Heike Denzau wurde 1963 in Itzehoe geboren. Sie lebt mit Ehemann und zwei Töchtern in dem kleinen Störort Wewelsfleth in Schleswig-Holstein. Die gelernte ReNo-Fachangestellte hat vor vier Jahren ihr Talent zum Schreiben entdeckt. Mehrere Kurzgeschichten wurden in Anthologien veröffentlicht. Im Emons Verlag erschienen ihre Kriminalromane »Die Tote am Deich«, »Marschfeuer« und »Tod in Wacken«.

Das Gedicht auf Seite 187, »Jeder Gedanke ist Saat«, ist dem Band »Ephides« entnommen, der 2002 im Bürger Verlag erschien. Mit freundlicher Genehmigung des Bürger-Verlags, Hardthausen, Hans Dienstknecht.

HEIKE DENZAU

Die Tote am Deich

KRIMINALROMAN

emons:

Bibliografische Information der Deutschen Nationalbibliothek
Die Deutsche Nationalbibliothek verzeichnet diese Publikation
in der Deutschen Nationalbibliografie; detaillierte bibliografische
Daten sind im Internet über http://dnb.d-nb.de abrufbar.

© Emons Verlag GmbH
Alle Rechte vorbehalten
Umschlagfoto: Laura Denzau
Umschlaggestaltung: Tobias Doetsch
Druck und Bindung: CPI – Clausen & Bosse, Leck
Printed in Germany 2015
Erstausgabe 2011
ISBN 978-3-89705-826-2
Originalausgabe

Unser Newsletter informiert Sie
regelmäßig über Neues von emons:
Kostenlos bestellen unter
www.emons-verlag.de

Dieser Roman wurde vermittelt durch die Agentur Dirk Meynecke.

Für Esther

Auf allen vieren erreichte sie die Deichkrone. Die Anstrengung und der brennende Schmerz in ihrem Rücken, der sich bis in den Brustkorb zog, ließen sie würgen. Ihr Blick glitt irre durch die Dunkelheit. Zurück, den Deich hinunter auf die Felder, zu den vereinzelten Lichtern in der Ferne.

Kam er?

Nackte, alles Denken lähmende Angst trieb sie weiter. Den Deich hinunter. Sie fiel, raffte sich wieder auf. Lief.

Alles war schwarz. Der Himmel, das Wasser. Und die Geräusche. Die schrecklichen Geräusche.

Als ihre Füße das kalte Flusswasser berührten, blieb sie abrupt stehen. Verzweifelt versuchte sie, Luft in ihre schmerzenden Lungen zu pumpen.

Ein Knacken im Schilf ließ sie aufschreien. Sie presste die Hand vor den Mund und rannte.

Rannte um ihr Leben.

EINS

»Guten Morgen, alle zusammen.« Der Bass von Hauptkommissar Wilfried Knebel dröhnte über die plappernde Tischrunde, während er die Tür des Besprechungszimmers schloss und Lyn mit einer knappen Handbewegung aufforderte, ihm an die Stirnseite des großen Tisches zu folgen.

»Ich möchte euch unsere neue Kollegin vorstellen. Oberkommissarin Gwendolyn Harms. Zuletzt tätig im bayerischen Bamberg bei der Sitte … Die weitere Vorstellung überlasse ich Ihnen selbst, Frau Harms.« Er zögerte kurz. »Wir duzen uns hier übrigens alle. Das ist natürlich nicht bindend, aber …«

»Schon gut«, sagte Lyn, »das ist okay. Also, meinen Namen habt ihr gehört. Harms, Gwendolyn. Ich möchte euch aber bitten, mich Lyn zu nennen. Es sei denn, ihr möchtet kein Stück dieser außergewöhnlich leckeren Marzipantorte.«

Sie stellte den Kuchenteller auf die ausgefranste Decke in der Mitte des Tisches und nahm das Tischklopfen lächelnd zur Kenntnis. Dann trat sie auf den Ersten der Runde zu und gab ihm die Hand.

»Willkommen, Lyn«, begrüßte der untersetzte Mittvierziger sie, »mein Name ist Jochen. Jochen Berthold.«

Der Rotschopf daneben stellte sich mit Lukas Salamand vor. »Auf Lukas reagiere ich allerdings kaum«, sagte er grinsend, »alle nennen mich Lurchi.«

Lyn lachte. »Ich frage nicht, warum. Ich bin alt genug, um die Werbung noch zu kennen.«

»Hallo, ich bin Karin Schäfer«, machte sich die einzige Frau am Tisch bekannt. »Ich bin die Dienstälteste in dieser Runde und freue mich, dass ich endlich weibliche Verstärkung habe. Herzlich willkommen, Lyn!«

Lyn lächelte die zierliche Mittfünfzigerin mit der flotten Kurzhaarfrisur an und hielt ihre Hand dem Nächsten in der Reihe hin.

Graue Augen musterten ihr Gesicht, während ihr Händedruck kraftvoll erwidert wurde. »Hallo, Gwendolyn aus Bayern. Nase voll von Weißwurst, Loddeln und nicht registrierten Nutten? Oder was sonst treibt dich in eine norddeutsche Mordkommission?«

Stöhnen und Gelächter am Tisch hielten sich die Waage.

Lyn lächelte süß-sauer. »Oh, der Hofnarr, wie nett! Du weißt, dass du dich gerade um deinen Anteil Torte gebracht hast?«

»Ich hasse Marzipan, Gwendolyn.«

»Dieser reizende Kollege ist Hendrik Wolff«, schaltete Wilfried Knebel sich ein. »Anscheinend ist er heute nicht in der Lage, ein vernünftiges Wort herauszubringen. Also ignoriere ihn am besten, Lyn.«

»Das wird mir nicht schwerfallen«, murmelte Lyn, das Grinsen des dunkelblonden Wolff mit dem markanten Gesicht ignorierend, und begrüßte nacheinander den Rest der neuen Kollegen.

»Es geht doch nichts über ein gutes Stück Torte um acht Uhr morgens«, sagte Wilfried Knebel fünf Minuten später, goss sich eine Tasse Kaffee ein und rückte seinen Block zurecht.

»Wie weit seid ihr mit der Messerstecherei in Pinneberg?«, wandte er sich kauend an Thilo Steenbuck, der gerade das dritte Stück Zucker in seinem Kaffeebecher versenkte.

»Der Täter ist zweifelsfrei identifiziert. Ahmet Müzel. Haben ihn gestern Nachmittag noch dem Haftrichter vorgeführt. Sitzt in Neumünster ein, lacht sich wahrscheinlich jetzt schon ins Fäustchen und plant das nächste Ding. Der Sack hat gestern die ganze Zeit gegrinst. Ich hätte ihm die Fresse polieren können, ehrlich.«

Amüsiert registrierte Lyn Wilfried Knebels »Äh, danke, Thilo«. Der Hauptkommissar blickte sie wie um Entschuldigung heischend an.

Lyn zuckte mit den Schultern. Frustrierte Kollegen hatte es auch in Bamberg gegeben.

Weit weniger amüsant fand Lyn ihr Gegenüber. Hendrik Wolff lauschte anscheinend hoch konzentriert seinem Chef, aber sie sah aus dem Augenwinkel, dass er sie fortwährend musterte. Sie seufzte fast unhörbar. Diese Typen kannte sie ebenfalls zur Genüge. Gut aussehend, sportlich und in höchstem Maße arrogant und von sich eingenommen. Ein Typ wie ihr Exgatte. Ein Kotzbrocken!

Als die Tür des Besprechungszimmers nach einem leichten Klopfen geöffnet wurde, wandten sich alle Blicke der kleinen, runden Frau zu, die auf Knebel zumarschierte. In ihrem quietschgelben Sommerkleid erinnerte sie Lyn an einen aufgeplusterten Kanarienvogel.

»Entschuldige, Wilfried, aber die Einsatzleitstelle hat gerade durchgeklingelt. Die Kollegen von der Schutzpolizei haben am Elbstrand bei Hollerwettern zwischen Wewelsfleth und Brokdorf eine Wasserleiche. Mit Stichverletzungen, wie es aussieht.«

»Danke, Birgit«, nickte Wilfried Knebel der Sekretärin zu und wandte sich an seine Kollegen: »Wer will rausfahren?«

Lyn starrte in die Runde. Wow! Ihr erster Tag und schon eine Leiche.

»Vielleicht sollte ich fahren, bevor ihr mit ausgekotzter Torte wertvolle Spuren am Tatort vernichtet«, sagte Hendrik Wolff und sprang auf. »Wie sieht's aus, bayerische Gwendolyn, willst du mich begleiten? So 'ne Wasserleiche ist doch mal was anderes als ein Gletscher-Ötzi. Bete, dass sie noch nicht so lange im Wasser lag.«

Lyn imitierte sein Grinsen. »Warst du im Geografieunterricht dauerkrank? Ötzi war Österreicher. Und Bayern hat Seen. *Große* Seen mit *viel* Wasser.«

Knebel lachte. »Eins zu null für Bayern. Ich überlasse es dir, ob du Hendrik begleiten möchtest, Lyn. Vielleicht willst du ja lieber erst einmal das Haus und deinen Schreibtisch kennenlernen.«

»Ist das hier ein Nichtraucher-Dienstfahrzeug?«, fragte Lyn und zog den Aschenbecher auf, während sie an der Ampel bei Sterling in der Lindenstraße warten mussten.

»Theoretisch nicht, aber praktisch schon. Jedenfalls wenn *ich* fahre«, sagte Hendrik und schob den halb vollen Aschenbecher wieder zurück.

Lyn verkniff sich einen Kommentar. »Ist die Spurensicherung auch unterwegs?«

»Selbstverständlich, Frau Kollegin. Wilfried hat sie persönlich in Gang gesetzt.«

Hendrik trat aufs Gas, nachdem sie zwei Kreisel hinter sich gelassen hatten und Itzehoe verließen.

»Es wird dir an der Elbe gefallen, Gwendolyn. Von der Leiche mal abgesehen natürlich. Sehr idyllisch. Ich jogge am Wochenende gerne dort.«

»Wer hätte das gedacht? Wir haben etwas gemeinsam. Ich laufe auch. Um welche Uhrzeit trifft man dich dort an?« Sie studierte kurz sein Profil. Die gerade Nase, das energische Kinn.

»Lass mich raten«, sagte er, die Geschwindigkeitsbegrenzung von achtzig Stundenkilometern um satte fünfzig Stundenkilometer überschreitend, »sage ich morgens, läufst du abends. Und umgekehrt. Richtig?« Lächelnd sah er sie an.

»Schlaues Bürschchen.«

Hendrik grinste. »Dann lassen wir's drauf ankommen.«

Lyn atmete noch einmal tief durch. Dies war nicht ihre erste Leiche, aber beim Anblick des toten Mädchens überzog, trotz Julisonne, eine Gänsehaut ihre Arme. Sie hatte nicht mit einem Kind gerechnet. Sie konnte den Blick nicht von dem schmalen Gesicht lösen. Die rechte Seite des Kopfes, die im Elbschlick gelegen hatte, war bizarr von dem jetzt verkrusteten Schlamm gezeichnet. Der Dreck reichte bis in den leicht geöffneten Mund.

Lyn schluckte, als eine grünlich schimmernde Schmeißfliege auf der Nase des Mädchens landete, über die bläuliche Oberlippe lief und kurz in der Mundhöhle verschwand. Als sie wieder auftauchte, wedelte Lyn sie angewidert mit der Hand fort. Das eklige Insekt stahl dem toten Kind die Würde.

Die blassbläuliche Haut der anderen Gesichtshälfte des Mädchens war fast makellos sauber. Dem mit Schlick und Reetstückchen durchsetzten blonden Haar hatte die Sonne noch nicht alle Feuchtigkeit entzogen.

»Merkwürdig«, murmelte Lyn und hob mit ihren behandschuhten Fingern die schwere dunkelgraue Wolljacke am Handgelenk des Kindes an, »sie trägt eine dicke Jacke und dazu noch ein langärmeliges Shirt. Und das, obwohl es sich momentan sogar nachts kaum abkühlt.«

Sie ließ die Wolljacke wieder los und ging ein Stück zur Seite, um den Rechtsmediziner, der vor einer halben Stunde eingetroffen war, nicht an seiner Arbeit zu hindern.

Lyn sah den Hünen mit dem strohblonden Haar an. »Was glauben Sie? Wann ist der Tod eingetreten?«

»Schätzungsweise zwischen zwanzig Uhr und vier Uhr letzte Nacht. Genaueres sage ich Ihnen nach der Obduktion.« Dr. Helbing wischte sich mit dem Ärmel des Overalls über die schweißnasse Stirn. »Diese schwüle Hitze macht einen fertig. Sind Sie neu bei den Itzehoern?«

»Mein erster Tag.«

»Und dann so etwas.« Er wies auf die tote Kleine und schüttelte seinen Kopf.

»Was glauben Sie, wie alt ist sie?«, fragte Lyn. »Irgendwie fällt es mir schwer, sie einzuschätzen.«

»Zwölf. Dreizehn vielleicht.«

Lyn seufzte. Sophie war auch zwölf. Eine grässliche Vorstellung, sie könnte hier liegen. Auf dem grauen Reethaufen, angeschwemmt von der Flut, mit leerem, totem Blick.

»Auf ihrem Rücken, sind das Stichwunden von einem Messer? Glauben Sie, dass sie schon tot war, als sie ins Wasser geworfen wurde?«

Dr. Helbing blickte kurz zu Lyn auf. »Zu Frage eins: Mit Sicherheit, ja. Klingenbreite folgt im Bericht. Zu Frage zwei: Kann ich nicht sagen. Wir müssen sehen, ob sie Elbwasser in der Lunge hat.«

Ein Stückchen weiter war die Spurensicherung damit beschäftigt, die Fundstelle im Elbschilf abzusuchen. Bei aller Vorsicht wirkten die Männer in Gebärden und Sprache hektisch. In ein paar Stunden würde das Wasser zurück sein und eventuelle Spuren wegspülen.

Dr. Helbing war Lyns Blick gefolgt. »Den zweiten Schuh haben Ihre Kollegen wohl noch nicht entdeckt?«

Lyn schüttelte den Kopf. »Sieht nicht so aus.« Ihr Blick wanderte zu dem rechten Fuß des Kindes, an dem der blaue Leinenschuh fehlte, dessen Pendant sie am linken trug. Ein Häschenmotiv zierte den Rand der Kindersocke.

»Ich denke, sie werden ihn hier auch nicht finden.«

Lyn blickte überrascht auf. »Warum glauben Sie das?«

»Sehen Sie sich ihren Fuß an.«

Er hatte die rechte Socke vorsichtig von dem schmalen Fuß gezogen. Bläuliche Schnitte von unterschiedlicher Größe waren an der Fußsohle zu erkennen.

»Diese Verletzungen hat sie sich zweifellos beim Laufen über eine längere Distanz geholt. Spitze Steine, scharfes Reet«, er deutete zur Elbe, »sie hat sich im oder am Wasser die Füße daran aufgeschnitten. Genaueres natürlich erst im Bericht. Aber ich täusche mich selten.«

»Sie ist vor ihrem Mörder geflohen«, murmelte Lyn erschüttert, »ist um ihr Leben gerannt … und hat verloren.«

Dr. Helbing hob die Schultern. Zu weiteren Spekulationen wollte er sich anscheinend nicht hinreißen lassen.

Lyn verabschiedete sich und wandte sich nach links. Vor dem mit rot-weißem Flatterband abgesperrten Bereich hatten sich die ersten Gaffer eingefunden.

Auf einer braunen Kunststoffbank neben dem Polizeibus saß Hendrik Wolff mit dem Mann, der die Kleine im Schilf entdeckt und ans Ufer gezogen hatte. Lyn schätzte den Grauhaarigen mit den ausgebeulten Cordhosen und dreckigen Gummistiefeln auf Anfang siebzig. Sein gebräuntes, wettergegerbtes Gesicht zeugte davon, dass er oft an der frischen Luft war.

»Harms, Kripo Itzehoe«, stellte sie sich – das erste Mal mit der neuen Dienststelle – vor.

»Das ist Heinrich Kelting. Er hat die Tote heute Morgen gegen sechs Uhr fünfundvierzig bei seinem Morgenspaziergang entdeckt«, übernahm Hendrik die Vorstellung.

Lyns Blick fiel auf den Handkarren, der neben der Bank stand. Die große zerschlissene Karstadt-Tüte darauf war bis zur Hälfte mit Unrat gefüllt.

»Sie sammeln Müll beim Spazierengehen, Herr Kelting?«

»Na, eigentlich nur nebenbei. Gibt ja so viel Dreckfinken … Eigentlich sammel ich Treibholz und brauchbare Dinge. Sie glauben gar nicht, was man manchmal findet.« Sein Blick glitt zu den Leuten der Spurensicherung. »Außer heut', mein ich.«

»Ist Ihnen irgendetwas aufgefallen?«, fragte Lyn den alten Mann. »Andere Personen? Spaziergänger?«

»Nee. Hab ich Ihr'm Kollegen schon gesagt. Da war keiner außer mir.«

»Wo wohnen Sie, Herr Kelting?«

»Dor, achtern Diek, also ich mein: hinter dem Deich.«

Lyn lächelte. »Ich habe Sie schon verstanden, Herr Kelting.«

»Du verstehst Plattdeutsch?«, hakte Hendrik erstaunt nach.

»Bayern ist auch nicht mehr das, was es mal war.« Er lächelte Heinrich Kelting an. »*Ich* wäre Ihnen dankbar, wenn Sie beim Hochdeutschen bleiben könnten, weil ich sonst kein Wort verstehe.«

»Haben Sie gestern Abend irgendetwas bemerkt, Herr Kelting? Waren Sie noch mal draußen? Nach zwanzig Uhr?«, fragte Lyn und ignorierte Hendriks leicht genervten Gesichtsausdruck. Natürlich hatte er diese Fragen schon gestellt, aber sie wollte die Antworten lieber von Heinrich Kelting als von Hendrik Wolff.

»Nee, so spät nicht, aber um sieben kuck ich jeden Abend noch mal übern Deich. Aber da war nix. Na ja, so gut sind meine Augen allerdings auch nicht mehr. Die Deern lag ja weit im Schilf. Da hätt' ich wohl ein Kuckglas gebraucht … Wer tut so was nur? So 'ne schöne kleine Deern.«

Lyn ließ Hendrik die Vernehmung beenden.

»Wir müssen einen Fährtensuchhund ordern«, sagte sie, nachdem sie den alten Mann verabschiedet hatten. »Der Rechtsmediziner hat mir eben den Fuß des Mädchens gezeigt. Die ganze Fußsohle ist aufgeschnitten. Sie muss völlig in Panik gewesen sein. Die Wahrscheinlichkeit ist groß, dass sie selbst in die Elbe gelaufen ist. Der Hund wird vielleicht herausfinden, von wo sie gekommen ist, wo sie gelaufen ist. Vielleicht haben auch die Stichverletzungen im Rückenbereich irgendwo Blutspuren hinterlassen.«

Lyn und Hendrik standen schweigend daneben, als die Bestatter die Kinderleiche in den kalt glänzenden Transportsarg legten.

»Wie blass sie ist«, sagte Lyn leise.

»Äh … sie ist tot. Da sieht man nicht wie das blühende Leben aus.«

»Nein, nein«, schaltete der Gerichtsmediziner sich nach Hendriks Bemerkung ein, »Ihre Kollegin hat schon recht. Das Kind ist extrem weiß … Nun, wir werden sehen, was die Obduktion ergibt.«

Er verabschiedete sich und eilte mit großen Schritten den Deich hoch. »Bericht kommt noch heute Abend«, schrie er, ohne sich noch einmal umzudrehen.

Lyns Blick klebte an dem Mädchen. »Irgendetwas ist an diesem Kind merkwürdig«, sagte sie. »Es ist ja nicht nur ihre Blässe. Diese Hose! Die ist doch mindestens zwei Nummern zu groß. Und die altbackene Wolljacke. Ich kenne kein Mädchen, das diese Sachen freiwillig tragen würde.«

»Ist ja nicht jeder so trendy wie du, Bavaria«, grinste Hendrik und ließ seinen Blick über ihr Shirt und die enge Weste gleiten, die ihre schmale Taille perfekt zur Geltung brachte.

Lyn ignorierte seine Bemerkung. Sie sah der Hundeführerin entgegen, die mit ihrem Schäferhund den Deich herunter auf sie zukam. »Svea?«, stieß Lyn freudig aus.

Die Polizistin mit dem Hund stutzte kurz, dann rief sie ebenso ungläubig: »Harmsi? Ich fass es nicht. Was machst du denn hier?«

»Hi, Svea«, rief Hendrik der Kollegin entgegen, und an Lyn gewandt, *»Harmsi?* So langsam glaube ich, dass du nicht immer in Bayern gewohnt hast.«

»Du hättest zur Kripo gehen sollen.«

Die uniformierte Polizistin umarmte Lyn, als sie bei ihnen ankam. »Mensch, Harmsi, das ist zwanzig Jahre her, dass wir uns zuletzt gesehen haben. Ich wusste ja, dass du auch zur Polizei wolltest, aber ich dachte, du würdest in Bayern leben. Mit Mann und Kind und Haus. Hat dein Vater mir mal erzählt.«

»Ich lebe jetzt wieder hier«, murmelte Lyn.

Svea und auch Hendrik blickten sie neugierig an. Zweifellos wollte man Details.

»Kollege Wolff hat die Socke des Kindes«, sagte Lyn stattdessen und deutete auf das Plastiktütchen, das Hendrik in der Hand hielt, »hoffen wir, dass dein Hund etwas findet.«

»Viel Glück!«, sagte Hendrik zu Svea, nachdem er ihr die Tüte überreicht hatte. »Wir sehen uns später. Ich fahre jetzt mit *Harmsi* kurz zurück. Aktuelle Vermisstenfälle checken.«

»Und, wie war's?«, fragte Karin Schäfer und stellte Lyn einen Becher Kaffee auf die Schreibtischplatte.

Lyn war dankbar für die Unterbrechung und klickte das braunhaarige Mädchen mit der Zahnlücke vom Computerbildschirm. Fehlanzeige. Das Kind wurde seit drei Wochen in Kiel vermisst, war aber allen Erkenntnissen zufolge von ihrem pakistanischen Vater in dessen Heimat entführt worden.

»Ehrlich gesagt: grässlich. Meinen ersten Tag hatte ich mir doch irgendwie anders vorgestellt.«

»Warum ist eigentlich die Kaffeekanne immer leer, wenn ich einen trinken möchte«, platzte Hendrik ins Zimmer, hockte sich auf die Kante von Lyns Schreibtisch und drehte seinen Kopf Richtung Computerbildschirm. »Lass uns eine bundesweite Erkenntnisanfrage machen. Die aktuellen Vermisstenfälle in der Gegend geben nichts her. Unsere Kleine ist nicht dabei. Oh, Kaffee!«

»Lyns Kaffee«, sagte Karin Schäfer und nahm ihm den Becher wieder aus der Hand. »Wer nie kocht, hat auch kein Anrecht auf Kaffee.«

»Ach, Schäferlein, sei doch nicht so hässlich zu mir. Dein Kaffee schmeckt nun einmal am besten.«

»Besser als Birgits?«, fragte sie grinsend.

»Jeder Kaffee schmeckt besser als Birgits«, lachte Hendrik auf, »aber dieser …«, er deutete auf ihren Becher, »sieht besonders gut aus.«

»Jetzt sieh dir diesen Blick an«, sagte Karin lachend zu Lyn, »da kann man doch gar nicht anders, oder? Hier, du Charmeur. Nimm meinen. Ich koche gleich eine neue Kanne. Ihr seid ja beschäftigt.«

»Diese Wirkung habe ich auf ältere Frauen«, sagte Hendrik grinsend als Erwiderung auf Lyns ungläubigen Gesichtsausdruck, nachdem sich die Tür hinter Karin geschlossen hatte.

»Nicht auf mich.«

»Du kennst mich erst einen halben Tag. Außerdem bist du nicht alt.«

»Älter als du.«

»Was sind schon zwei, drei Jahre? Ich bin neunundzwanzig.«

»Kleiner, ich bin achtunddreißig. Und jetzt trink deinen Kaffee und lass die gute Tante Harms ihre Arbeit machen.«

Die Altersangabe schien ihn ein wenig aus der Fassung gebracht zu haben. Er blickte sie ungläubig an und stand vom Schreibtisch auf. Zu Lyns Unmut ärgerte sie sich darüber.

»Lyn, Hendrik? Ihr müsst gleich noch mal los«, platzte Wilfried Knebel ins Zimmer, »der Hund hat eine Spur aufgenommen. Die Kleine muss über die Felder zum Deich gelaufen sein. Kümmert euch darum. Nehmt am besten noch Karin mit. Dann seid ihr mit der Befragung der Anwohner schneller durch. Die Vermisstenfälle kann Lurchi am Computer checken.«

»Wohnst du in Itzehoe?«, fragte Karin Schäfer Lyn beiläufig, nachdem sie die Stadt das zweite Mal im Dienstwagen verlassen hatten. Lyns Blick streifte die spargeligen Windräder auf den Hochfelder Weiden, die es noch nicht gegeben hatte, als sie Schleswig-Holstein den Rücken gekehrt hatte.

»Nein, ich wohne in Leichenfundortnähe. In Wewelsfleth. Ich habe dort ein kleines Häuschen gemietet.«

Hendrik sah sie verblüfft an. Lyn hoffte, dass Karin keine weiteren Fragen stellen würde, aber sie sah sich getäuscht.

»Hast du Familie oder lebst du allein?«

»Wenn ihr's denn genau wissen wollt: Ich lebe von meinem Mann getrennt. Ich habe zwei Töchter, die im Moment noch bei ihrem Vater sind, aber bald nachkommen.«

Lyn war sich bewusst, dass ihre Antwort sehr gereizt rübergekommen war.

Karin wirkte betreten. »Tut mir leid, Lyn, ich war wohl zu neugierig.«

Lyn blickte aus dem Fenster. »Ich bin gespannt, was der Hund entdeckt hat.«

»Hier endet die Spur.« Svea Magens tätschelte dem Schäferhund kräftig den Kopf. »Bosco hat die Fährte ein gutes Stück oberhalb der Leichenfundstelle aufgenommen und uns bis hierher geführt.«

Lyn blickte sich um. Sie standen auf einer geteerten Nebenstraße, die in dreihundert Metern Entfernung in die Bundesstraße 431 mündete. Der Elbdeich lag noch einmal einen guten Kilometer entfernt. Parallel zur Nebenstraße verlief die Wettern. Lyn zog die Nase kraus. Anscheinend war der kleine Kanal gerade ausgebaggert worden, denn der mächtige Schlammhaufen, der sich auf großer Länge an der Grabenkante entlangzog, verströmte Modergeruch.

Uniformierte Polizisten waren dabei, das Gelände großräumig abzusperren.

»Zweifellos hat sie hier gelegen«, sagte ein Kollege von der Spurensicherung. Lyn starrte auf das Grasstück entlang der Wettern, das anscheinend lange nicht gemäht worden war. Die hohen Halme von Gras und blühendem Wiesenkraut waren an einer Stelle niedergedrückt. In Gedanken legte Lyn den schmalen Kinderkörper auf die platte Fläche. Es passte.

»Wenn der Hund keine Witterung mehr hat, bedeutet das

wohl, dass sie aus einem Auto oder dergleichen hier abgelegt wurde, oder?«, wandte Hendrik sich fragend an den Kollegen der Spurensicherung.

»Wahrscheinlich.«

»Sie wird sich kaum freiwillig hier hingelegt haben«, sinnierte Hendrik weiter, »also war sie vermutlich gefesselt. Oder betäubt. Wollte der Täter, ich gehe mal davon aus, dass es ein Mann ist, sie hier ersäufen? Warum haben wir sie da hinten am Elbdeich gefunden?« Er deutete auf den entfernten Deich, auf dem sich Dutzende Schafe als cremefarbene Punkte tummelten.

Der Kollege von der Spurensicherung hob die Schultern. »Mit Sicherheit hat der Täter sie hier aus einem Fahrzeug geladen und im Gras abgelegt. Reifenspuren können wir vergessen. Die Straße ist so schmal, dass alle Wagen, die sich hier begegnen, auf den Grünstreifen ausweichen müssen. Da ist alles platt.«

»Gibt es Blutspuren an der Ablegestelle?« Lyn deutete auf das niedergedrückte Gras.

»Nein. Vielleicht war sie in eine Decke oder Folie gewickelt. Aber das finden wir raus. Hier, das dürfte Sie interessieren!« Er ging zu dem Polizeibus und kam mit einer Plastiktüte zurück.

»Der Schuh!«, rief Lyn, »wo haben Sie ihn gefunden?«

»Dort, gut fünfhundert Meter entfernt hinter den Weiden. Neben dem Teerweg auf der anderen Seite der Bundesstraße. Er führt zum Elbdeich. Ohne Zweifel ist sie die Strecke gelaufen und hat den Schuh dort im Gebüsch verloren.«

Hendrik schüttelte den Kopf. »Macht irgendwie alles keinen Sinn, oder? Gehen wir mal davon aus, dass der Täter sie hier abgelegt hat, um sie in der Wettern zu ertränken. Warum hat er es nicht getan? Hatte sie hier überhaupt schon die Stichverletzungen? Oder hat er ihr die erst an der Elbe zugefügt?«

Der Mann von der Spurensicherung schüttelte seinen Kopf. »Es gibt Bluttropfen auf dem gesamten Weg bis zum Deich. Zwar nur vereinzelt, das meiste wird die Kleidung aufgesogen haben, aber die Kleine war schwer verletzt, als sie die Strecke lief.«

»Warum hat er sie nur schwer verletzt?«, fragte Hendrik in die Runde. »Warum hat er sie nicht gleich getötet?«

»Und wenn er gar nicht wusste, dass sie noch lebt?« Lyn starrte ins Nichts. »Er hat ihr ein Messer zweimal in den Rücken gestoßen, wo auch immer, und dachte, sie ist tot. Vielleicht wollte er ihren Leichnam hier versenken. Tief genug wäre die Wettern. Sie ist frisch ausgebaggert. Er hat das Mädchen also hier abgelegt«, sie deutete auf das platte Gras, »ist dann aus irgendeinem Grund noch einmal zum Auto zurück, vielleicht um Gewichte zu holen«, sie lief zur Straße und wühlte in einem imaginären Kofferraum, »und als er zurückkam, war sie weg.«

»Sie war schwer verletzt. Auch wenn sie aus einer Bewusstlosigkeit erwacht und geflohen ist, müsste er sie schnell eingeholt haben.« Hendrik sah sie skeptisch an.

»Es war Nacht. Sieh dich um, hier gibt es keine Straßenlaternen. Bis zur Landstraße ist es nicht weit. Und auf der anderen Seite der Landstraße hat sie sich hinter den Weiden verkrochen. Dort wurde der Schuh gefunden. Er kann leicht an ihr vorbeigelaufen sein. Oder die entgegengesetzte Richtung eingeschlagen haben.«

Hendrik blickte zum Elbdeich. »Deine Theorie hat einen Haken, Bavaria. Wenn sie vor ihrem Mörder geflohen ist, warum hat sie dann nicht Schutz in einem der Häuser gesucht?«

Er deutete auf eine kleine reetgedeckte Kate und ein Bauernhaus, die entlang des Teerweges standen, auf dem das Kind zweifellos gelaufen war.

»Gute Frage«, sagte Lyn ernüchtert, »Panik?«

»Wie es aussieht, hat sie sogar einen Bogen um zwei weitere Häuser gemacht, die direkt am Elbdeich liegen«, klinkte Svea sich ein, »der Hund hat die Spur exakt verfolgt. Es sieht also nicht nach Panik, sondern nach Bedacht aus. Sie hat bewusst bewohntes Gebiet gemieden.«

»Aber warum?« Lyn spielte gedankenverloren mit einer Strähne ihres halblangen, gestuften Haars. Was war in dem Mädchen vorgegangen?

Hendriks Handy holte sie in die Wirklichkeit zurück. Lyn zog eine Augenbraue in die Höhe, als sie seinen Klingelton erkannte. Die James-Bond-Filmmelodie.

»Ein Anruf für 007?«, fragte sie spöttisch.

»Ich lade dich gern mal auf einen Martini zu mir ein«, parierte er grinsend, »Mister Bond bekommt immer die schönsten Frauen.«

Lyn war froh, als er endlich das Gespräch annahm. Ein kurzes Gespräch.

»Das war Wilfried. Er schickt uns Lurchi und Jochen zur Verstärkung«, sagte er zu Lyn, »je schneller wir mit der Befragung der Anwohner durch sind, umso besser.«

Gähnend tappte Lyn die schmale Holztreppe hinunter. »Scheiße!«, fluchte sie, als sie auf dem Weg in die Küche schmerzhaft daran erinnert wurde, dass Unordentlichkeit gern bestraft wurde. Vorsichtig knetete sie ihren kleinen Zeh, mit dem sie gegen den Umzugskarton gestoßen war.

»Weg hier«, murmelte sie und zog den Karton von dem engen Flur ins Wohnzimmer, wo sie ihn im Essbereich auf seinen Zwilling hievte. Seufzend blickte sie sich um. Ihrem Häuschen fehlte es eindeutig an Platz und ihr selbst an Zeit.

Sie öffnete den Deckel des oberen Kartons und griff nach dem erstbesten, in Zeitungspapier gewickelten Gegenstand. Sie zerfetzte das Stück Süddeutsche Zeitung und hielt das fragile, mit Blattgold überzogene Zuckerdöschen ihrer Großmutter in Händen. Lächelnd stellte sie es auf den alten Sekretär, den sie in die Ecke neben Terrassentür und Büfett gequetscht hatte. Sie stopfte das zerknüllte Zeitungspapier in den Karton zurück und klappte den Deckel wieder zu. Irgendwann würde der Inhalt der Kisten verstaut sein.

In dieser Gewissheit schlurfte sie in die seit drei Tagen eingeräumte Küche. Erst hinter der zweiten Schranktür fand sie die Kaffeedose. Als die Kaffeemaschine lief, ging sie unter die Dusche. Mit dem Föhn pustete sie anschließend den beschlagenen Spiegel frei und sah sich an.

So sah die Frau aus, die Bernd Hollwinkel nach sechzehn Jahren Ehe verlassen hatte. Verlassen für eine blonde, nicht einmal besonders attraktive siebenundzwanzigjährige Finanzbeamtin, die sie beide aus dem Ruderclub kannten.

Lyns Kopf ruckte vor, bis die Nase fast den Spiegel berührte. Die leichten Krähenfüße konnten nicht den Ausschlag gegeben haben. Und ganz gewiss auch nicht ihre Augen. Er hatte das Kakaobraun doch immer so geliebt. Gut, ihr herzförmiges Gesicht war vielleicht einen Tick zu breit, die Lippen vielleicht zu voll, aber die durchaus noch straffe Haut glich das doch wieder aus! Lyn seufzte und streckte sich selbst die Zunge raus.

Dinge passieren, hatte er gesagt. Liebe könne man nicht steuern. Miriam wäre sein Yin.

Nach dem Satz hatte sie Yang die Bodenvase von Hutschenreuther vor die Füße geworfen. Ein Hochzeitsgeschenk seiner Eltern. Dann hatte sie, zum letzten Mal, seine Koffer gepackt und sie auf dem direkten Weg aus dem Obergeschoss auf den Rasen befördert, die Scheidung eingereicht und ihren Mädchennamen wieder angenommen. Das alles lag Monate zurück. Seit einer Woche hatte sie die Ära Bayern endgültig hinter sich gelassen.

Sie riss sich von ihrem Spiegelbild los. Im Eiltempo föhnte sie das braune Haar, schminkte Augen und Lippen und wählte zu der weißen Leinenhose ein türkisfarbenes Shirt.

In der Küche stellte sie den Honigtopf wieder in den Schrank zurück, nachdem sie festgestellt hatte, dass nur noch ein schimmliger Kanten Weißbrot im Haus war. Der Bäcker war zwar nicht weit entfernt, aber ihr fehlte der Antrieb. Mit dem Kaffeebecher in der Hand starrte sie durch die Butzenscheiben des Küchenfensters.

Würden sie heute herausfinden, wer das tote Mädchen war? Sie hatten in der vergangenen Nacht bis weit nach Mitternacht gearbeitet, ohne auch nur einen einzigen konkreten Hinweis zu erlangen. Die Anwohnerbefragungen hatten nichts ergeben. Es gab keine Hilfeschreie, und niemand hatte das Mädchen oder verdächtige Personen bemerkt. Auch die bundesweite Erkenntnisabfrage war ergebnislos verlaufen. Von den vielen vermissten Mädchen in Deutschland war keines mit der Toten in der Elbe identisch.

Lyn hatte unruhig geschlafen. Der Fall hatte sie bis in die frühen Morgenstunden nicht losgelassen. Wer war die Kleine?

Der Gedanke beschäftigte sie auch noch, als sie ihren Wagen in Itzehoe auf dem Parkplatz neben dem Polizeihochhaus parkte.

»He, Bavaria, das ist mein Parkplatz«, erklang Hendrik Wolffs Stimme hinter ihr, als sie aus ihrem knallroten Beetle stieg. Er hatte die Scheibe seines Volvo heruntergefahren und ausnahmsweise kein charmantes Lächeln auf den Lippen.

»Zeig mir den Grundbuchauszug, der beweist, dass dies dein Parkplatz ist. Mir hat Wilfried gestern erklärt, dass ich in diesem Bereich parken kann«, sagte Lyn und schloss ihren Wagen ab. »Er hat nicht gesagt, dass es reservierte Plätze gibt.«

»Theoretisch gibt es die auch nicht, aber praktisch schon. Gewohnheitsrecht. Ich stehe immer hier.«

»Heute nicht.«

Ein zufriedenes Grinsen umspielte Lyns Lippen, als sie hinter sich einen aufheulenden Motor hörte.

»Guten Morgen, alle zusammen.« Wilfried Knebel blickte über seine Brille in die Frühbesprechungsrunde. »Jeder, der nichts Aktuelles zu bearbeiten hat, ist ab sofort in der Moko ›Elbe‹. Das heißt wohl«, er blickte noch einmal alle der Reihe nach an, »alle außer Thilo. Du bringst erst den Papierkram mit dem türkischen Messerstecher zu Ende.«

»Ist der Obduktionsbericht endlich da?«, hakte Hendrik nach und deutete auf das Papier vor Knebel.

Wilfried nickte. »Dr. Helbing entschuldigt sich. Bis gestern Abend war das nicht zu schaffen. Die Rechtsmedizin scheint völlig überfordert zu sein. Urlaub, Krankheit, was weiß ich.«

Er starrte auf das Hamburger Protokoll. »Tod durch Ertrinken. Elbwasser in der Lunge. Wahrscheinlich ist, dass sie durch die Schwere ihrer Verletzungen im Wasser zusammengebrochen ist. Sie hat zwei Einstichwunden im oberen Rückenbereich. Interessant ist: Der Vaginalbereich ist völlig intakt. Keine Vergewaltigung. Sie menstruierte.«

»Vielleicht der Grund, warum es nicht zu einem Missbrauch kam?«, mutmaßte Lyn.

»Gut möglich. Geholfen hat's ihr aber nicht«, sagte Jochen Berthold.

Nach der Besprechung vergrub sich Lyn an ihrem Schreibtisch in das rechtsmedizinische Gutachten. Die Stichverletzungen der Kleinen rührten von einem Messer mit Sägezahnung der Schneide und einer Klingenbreite von 2,8 Zentimetern. Ein handelsübliches Tomatenmesser, wie es auch in ihrer Schublade lag. Die Schnittverletzungen an der Fußsohle stammten von scharfen Steinen und Glasscherben. Dr. Helbing hatte also recht gehabt.

Lyn trank einen Schluck Kaffee. Das Kind war am Elbufer gelaufen. In tiefster Nacht.

Dr. Helbing hatte den Todeszeitpunkt zwischen Mitternacht und drei Uhr festgelegt. Sie musste gerannt sein, ohne Rücksicht auf die Schmerzen in ihrem Rücken und auf die Schmerzen, die spitzkantige Steine und Glasscherben ihren Füßen zufügten. Lyn griff nach ihrer Handtasche. Es war Zeit für eine Zigarette.

Das Raucherareal, das Dach des Dienstgebäudes, war zum Glück leer. Ihr war nicht nach Smalltalk. Sie inhalierte den Rauch der Zigarette tief, während ihr Blick über die Ruinen der ehemaligen Zementfabrik Alsen glitt.

War die Kleine in Todesangst, in Panik, vor ihrem Mörder davongelaufen? Lieber in das tiefe, kalte Elbwasser gerannt, als den letzten todbringenden Stich zu empfangen? Und … warum vermisste niemand das Kind?

Nach drei weiteren Zügen drückte Lyn die halblange Kippe aus und eilte zu ihrem Schreibtisch zurück.

Der Zahnstatus des Mädchens war interessant. Es gab etliche Fehlstellungen. Das Kind schien nie eine Zahnarztpraxis von innen gesehen zu haben. Der Ernährungszustand war gut. Hingewiesen wurde einzig auf die Regelblutung und die Haut. Dr. Helbing äußerte im Bericht einen Verdacht, der Lyns Beobachtung, dass das Kind eine extrem blasse Haut hatte, bestätigte.

Betroffen las sie den Absatz noch einmal, als Birgit an ihre offene Tür klopfte. »Lyn, der Chef bittet alle schleunigst ins Besprechungszimmer. Es scheint bahnbrechende Neuigkeiten zu geben.«

Wilfried Knebel nahm seine Brille ab, rieb sich kurz den Nasenrücken und blickte in die Runde im Besprechungszimmer. »Hammer-Nachrichten, Leute! Ein echter Hammer!«

»Nun sag schon, was ist los? Hat die bundesweite Erkenntnisanfrage noch Erfolg gehabt? Wird das Kind irgendwo vermisst?«, fragte Hendrik. Er krakelte, ohne hinzusehen, mit seinem Kugelschreiber wirre Muster auf den Block vor sich.

Wilfried setzte seine Brille wieder auf und starrte auf das Schriftstück vor seinen Augen. »Erinnert ihr euch an den Kindsraub in Marne vor elf Jahren? Den sogenannten Robin-Hood-Fall?«

»Natürlich«, sagte Karin Schäfer, »die kleine Nele, die beim Rosenmontagsumzug verschwand. Entführt von einem Mann im Robin-Hood-Kostüm. Man hat sie nie gefunden. Es war frustrierend.«

Wilfried blickte über den Rand seiner Brille in die Runde. »Sie wurde gefunden. Gestern Morgen. Am Elbdeich.«

Die Stille am Tisch war spürbar. Lyn schluckte. Hendriks Hand hatte aufgehört, mit dem Kuli zu spielen.

»Du … du meinst, das tote Mädchen am Elbdeich ist … ist die Kleine aus Marne?«, fragte Lukas Salamand. »Woher …?«

Lyn war, wie der Rest der Runde, von der Nachricht überwältigt. Über den Robin-Hood-Fall war damals in der süddeutschen Presse berichtet worden. Aber an Details konnte sie sich nicht erinnern.

»Die Rechtsmedizin hat das DNA-Identifizierungsmuster des toten Mädchens vom Elbstrand wie gewohnt in die DNA-Datei des Landeskriminalamts eingestellt. Und das ist das Ergebnis.« Er deutete auf das Schreiben vor sich. »Die DNA-Formel des Mädchens ist identisch mit der des in Marne entführten Kindes. Es gibt keinen Zweifel.«

Wilfried holte tief Luft. »Nele Johannson aus Marne ist nach über elf Jahren wieder da. Tot!«

Hendrik stellte den Wagen aus und blickte zu dem weiß geklinkerten Einfamilienhäuschen im Marner Amselweg. »Dann wollen wir mal. Ich bin froh, dass Karin und Lurchi uns das Schlimmste gestern schon abgenommen haben.«

Lyn lief vor Hendrik den kleinen Aufgang zum Haus empor. Ihr Finger ruhte auf dem Klingelknopf, aber sie drückte ihn nicht. Ihr Blick verharrte auf dem Keramik-Namensschild neben der Tür. ›Matthias und Claudia Johannson‹ stand unter zwei sich küssenden Igeln. Dann gab es noch drei kleinere Igelschilder darunter. Mit den Namen Nele, Morten und Rieke.

Lyn schluckte. Schließlich klingelte sie.

»Es tut uns sehr leid, Herr Johannson«, sagte Lyn leise zu dem Mann, der ihr auf seinem Sofa gegenübersaß. »Ich wage kaum, mir vorzustellen, was Sie und Ihre Frau gerade durchmachen.«

Matthias Johannson blickte sie an. Sein blasses Gesicht mit den rot geränderten Augen wirkte seltsam teilnahmslos, als er sprach.

»Wissen Sie, wir hatten gerade wieder ein Leben. Verstehen Sie? In den ersten Jahren, das Hoffen, das Bangen. Nicht zu wissen, wo sie ist. Es hat uns aufgezehrt. Vor sieben Jahren haben wir dann Morten bekommen, vor vier Jahren kam Rieke. Und jetzt, nach elf Jahren, hatten wir wieder so etwas wie ein normales Leben. Die beiden Kinder haben uns aus dem Loch herausgezogen. Und gestern …«, er begann zu weinen, »da kommen Ihre Kollegen und sagen, dass Sie Nele gefunden haben. Tot!«

Lyn blickte zu Hendrik, der jede Lässigkeit verloren hatte und den weinenden Vater sichtlich unwohl betrachtete. »Wir werden den Kerl finden«, sagte er forsch, in dem Versuch, Trost zu spenden, wo es keinen Trost gab.

»Warum haben Sie ihn nicht vor elf Jahren gefunden?«, durchbohrte eine hysterische Stimme die einsetzende Stille. »Dann würde mein Kind noch leben! Meine kleine Nele, meine Kleine.«

Lyn und Hendrik drehten sich erschrocken um. Matthias Johannson war aufgesprungen und nahm seine Frau in den Arm.

»Pst, Liebes, pst. Es wird alles gut. Ich verspreche es dir. Warum schläfst du nicht? Der Doktor hat dir doch die Tabletten gegeben.«

»Wie kann ich denn schlafen, wenn ich weiß, dass mein Kind all die Jahre gelebt hat? Nach ihrer Mama geschrien hat? … Wie kannst du schlafen? Wie kannst du hier sitzen und reden?«

Laut aufweinend machte sie sich von ihrem Mann frei und stellte sich vor Lyn und Hendrik. Ihr ganzer Körper bebte wie im Schüttelfrost, während sie schluchzte: »Sie! Sie sind schuld, dass meine Kleine tot ist. Warum haben Sie sie nicht gesucht? Sie hätten weitersuchen müssen! Sie haben einfach aufgehört. All die Jahre hat sie gelebt. Gelebt! Ohne mich, ohne ihre Mama. Und Sie haben sie nicht gefunden.« Sie brach weinend zusammen. Ihr Mann nahm sie in seine Arme und führte sie aus dem Zimmer.

Als er wiederkam, war er noch blasser als zuvor. »Ich habe ihr noch eine Tablette gegeben. Sie ist mit ihren Nerven am Ende. Sie hat immer gesagt, dass Nele noch lebt. Wissen Sie, ich habe irgendwann die Hoffnung aufgegeben. Ich dachte wirklich, dass sie tot ist. Aber Claudia wollte das nicht hören. Sie sagte immer: Ich würde fühlen, wenn sie tot ist. Sie hat recht gehabt.«

»Sie können uns glauben, dass die Polizei damals alles getan hat, was in ihren Möglichkeiten lag. Auch jetzt –«

»Ich weiß das alles«, fiel Matthias Johannson Hendrik müde ins Wort, »ich weiß es. Sie dürfen es meiner Frau nicht übel nehmen. Wir haben unser Kind gerade zum zweiten Mal verloren.«

»Herr Johannson«, sagte Hendrik, »gestern war Ihre Frau, verständlich, nicht in der Lage, eine Aussage zu machen. Wir kennen natürlich die Akte, trotzdem würden wir gern noch einmal aus dem Mund Ihrer Frau hören, was genau sich vor elf Jahren abgespielt hat. Glauben Sie, ihr seelischer Zustand ließe es zu, uns einige Fragen zu beantworten?«

Matthias Johannson ging wortlos nach oben. Lyn und Hendrik schwiegen in stiller Übereinkunft. Lyns Blick wanderte durch den Raum. An den orangerot gestrichenen Wänden hingen Kinderfotografien in bunten Rahmen. Lyn erkannte sofort die lachende kleine Nele, denn es war das gleiche Bild, das sie in der Ermittlungsakte führten. Ein Blondschopf, von dem es nie ein Kindergartenfoto geben würde. Kein Bild mit Schultüte. Keine Konfirmation.

Lyn löste den Blick, als Matthias Johannson mit seiner Frau zurückkam. Ihr Anblick schnitt Lyn ins Herz. Claudia Johannson zitterte nach wie vor in Schüben. Ihre Lippen waren blutleer. Hinter den rot geschwollenen Lidern blickten die Pupillen jetzt seltsam starr. Das starke Beruhigungsmittel schien zu wirken.

»Wir wollen Sie nicht quälen, Frau Johannson«, sprach Hendrik die Frau an, nachdem ihr Mann sie an seine Seite auf das Sofa gezogen hatte, »aber wir würden gerne noch einmal von Ihnen hören, was sich vor elf Jahren beim Rosenmontagsumzug ereignet hat. Fühlen Sie sich dazu in der Lage?«

Claudia Johannson blickte Hendrik an. »Haben Sie Kinder?«

Er schüttelte den Kopf.

Sie blickte zu Lyn.

»Ich habe zwei Töchter, Frau Johannson. Zwölf und sechzehn Jahre alt.«

»Können Sie sich vorstellen, wie Ihre Tochter wohl in elf Jahren aussehen wird?« Claudia Johannson erwartete keine Antwort. Sie blickte durch Lyn hindurch. »All die Jahre habe ich versucht, mir Nele vorzustellen. Wie sie jetzt wohl aussehen würde.«

Als sie weitersprach, sah sie Lyn klar an. »Gestern habe ich mein Kind nach elf Jahren wiedergesehen. Ich konnte sie kaum entdecken in dem großen, kalten Mädchen. Sie sah so fremd aus. Und doch waren es ihre Züge. Ich wünschte, sie hätte mich noch einmal ansehen können. Ich hätte so gerne noch einmal ihre leuchtenden Augen gesehen. Sie waren so blau … wie ein Gewitterhimmel.«

»Sie war ein hübsches Mädchen«, sagte Lyn leise, »sie hatte Ihr Haar, Frau Johannson.«

»Ja, nicht? Das habe ich auch zu meinem Mann gesagt«, sagte Claudia leise, und ein Lächeln stahl sich um ihre Mundwinkel, während sie sich über ihr dichtes Blondhaar strich, das glanzlos und ungekämmt auf ihre Schultern fiel.

»Wir werden herausfinden, wo Nele in den vergangenen elf Jahren war. Und wir werden den Täter finden.« Lyn versuchte, Zuversicht in ihre Stimme zu legen.

»Er hat sie nicht missbraucht, sagten Ihre Kollegen gestern.« Claudia Johannson schüttelte ihren Kopf. »Was wollte er denn von unserem Kind? Warum hat er sie so lange festgehalten? Und warum tötet er sie nach elf Jahren? Warum jetzt?«

Lyn nickte. »Die Obduktion hat eindeutig ergeben, dass Nele nie missbraucht wurde. Sie … sie hatte ihre Menstruation, als sie starb. Wir wissen natürlich nicht, ob diese Tatsache den Täter bei seinem Tun beeinflusste. Aber wir müssen diese Möglichkeit in Erwägung ziehen. Ihre Tochter wurde nie vergewaltigt. Vielleicht bedeutete Neles Blutung Unreinheit für den Täter, und er tötete sie. Das ist natürlich alles Spekulation, aber vom Profil her könnte es passen.«

»Und … und wenn es gar kein Mann war, der sie damals entführt hat? Vielleicht war es eine Frau. Eine kinderlose Frau. Das liest man doch immer wieder, nicht wahr? Eine Frau wünscht sich ein Kind, stiehlt eines und gibt es als das ihrige aus. So könnte es doch gewesen sein.«

Lyn seufzte. Aus Claudia Johannson sprach die Hoffnung, dass eine mütterliche Frau sich in den vergangenen elf Jahren liebevoll um ihr Kind gekümmert haben könnte.

»Wir können es nicht ausschließen, dass der Täter eine Frau ist, aber einiges spricht dagegen, Frau Johannson«, klinkte Hendrik sich ein, »vor allem die Tatsache, dass sie getötet wurde. Warum hätte eine Frau, die Nele an Kindes statt aufgezogen hat, sie töten sollen? Das ergibt keinen Sinn. Der Gerichtsmediziner hat außerdem Auffälligkeiten an der Haut entdeckt. Wie es aussieht, es tut mir leid, Ihnen das sagen zu müssen, hat Ihre Tochter jahrelang kein Sonnenlicht gesehen. Wir müssen davon ausgehen, dass sie irgendwo versteckt gehalten wurde.«

Matthias Johannson verbarg sein Gesicht in seinen Händen. Claudia Johannson griff sich an die Kehle. Sie kämpfte mit einem Würgereiz.

»Bitte erzählen Sie uns noch einmal, was an diesem 15. Februar 1999 in Marne passiert ist, Frau Johannson«, bat Hendrik.

»Es war … so ein schöner, klarer Tag«, begann Claudia brüchig, nachdem sie Hendrik sekundenlang angestarrt hatte, fast als würde sie prüfen, ob ein Kinderloser ihrer Geschichte würdig war.

»Nele war den ganzen Morgen aufgeregt, weil sie am Nachmittag endlich ihr Schmetterlingskostüm anziehen durfte, das ich ihr genäht hatte. Die Flügel hatte Matthias aus Draht gebogen. Ich habe sie mit buntem Gardinenstoff bezogen.« Sie sah ihren Mann an und begann, mit beiden Händen nervös seine Finger zu kneten, als sie weitererzählte.

»Wir wohnten damals noch direkt an der Hauptstraße, an der der Umzug vorbeiführte. Zur Miete im zweiten Stock. Hunderte Menschen waren unterwegs. Wir sind aus dem Haus gegangen, und Nele ist vor Freude über all die bunt kostümierten Menschen auf und ab gesprungen. Wir haben dem Treiben eine Weile zugeschaut, dann wollten wir dem Umzug folgen.« Sie brach ab.

»Ich … ich wollte nur noch schnell Neles Trinkflasche holen. ›Bleib hier stehen‹, habe ich zu ihr gesagt. ›Rühr dich nicht vom Fleck. Mami ist in einer Minute wieder da.‹ Ich wollte nicht, dass sie mit ihren Schmetterlingsflügeln noch einmal durch das enge Treppenhaus mit mir nach oben gehen musste. Wir wollten doch die schönen Flügel nicht verbiegen.« Sie blickte ihren Mann an. Und der nickte und gab so sein Ja zu ihrer Entscheidung.

Lyn fragte sich, wie oft er wohl schon genickt hatte, um ihre tragische Entscheidung mitzutragen, ihr die Schuld zu nehmen.

»Ich bin dann hinaufgeeilt, habe die Flasche mit Saft und Wasser gefüllt und bin wieder hinunter auf die Straße … und …

und sie war weg.« Claudias Blick schweifte in eine elf Jahre entfernte Vergangenheit. »Ich bin losgerannt und habe ihren Namen geschrien. Mir war ganz schlecht vor Angst. Sie war doch so klein. Und überall diese laute Musik und die vielen Menschen! Ich konnte sie nicht hören. Sie hat doch bestimmt nach mir gerufen.« Sie begann zu weinen.

»Ich habe alle Leute angesprochen, gefragt, ob sie ein kleines Mädchen mit Schmetterlingsflügeln gesehen haben. Aber keiner hat sie gesehen. Alle waren laut und fröhlich … Und mein kleiner Schmetterling war weg.«

Alle schwiegen für einen Moment. Matthias Johannson zog seine Frau in seine Arme. »Ein Junge hat Nele in Begleitung eines Mannes im Robin-Hood-Kostüm gesehen«, sagte er leise.

»Ja«, nickte Hendrik, »die einzige verwertbare Zeugenaussage. Wir haben sie gelesen. Marco Schmych hat das Kostüm Ihrer Tochter damals ziemlich genau beschreiben können. Es bestehen kaum Zweifel an seiner Aussage.«

»Es waren so viele Menschen unterwegs«, flüsterte Matthias Johannson, »und nur einer hat sie gesehen. Nur einer.«

»In der Masse der bunt kostümierten Menschen geht ein Einzelner allzu leicht unter«, sagte Hendrik, »eine Tatsache, die der Täter mit hoher Wahrscheinlichkeit einkalkuliert hat. War Nele vertrauensselig Fremden gegenüber oder eher ängstlich?«

»Sie war zwei Jahre und neun Monate alt«, sagte Matthias Johannson, »das Fremdeln lag hinter ihr. Sie war offen für alle Menschen. Egal, ob Kind oder Erwachsener. Jeder hätte sie mit einem fröhlichen Lachen oder einem Bonbon zum Mitkommen auffordern können.«

»Ich könnte heulen«, sagte Lyn, als sie in den Dienstwagen stieg. Sie lehnte den Kopf gegen die Nackenstütze und schloss die Augen.

»Die beiden werden darüber hinwegkommen«, sagte Hendrik, »die Zeit wird es bringen. Und ihre anderen Kinder fordern sie. Sie haben es einmal geschafft, und sie werden es wieder schaffen. Wenigstens haben sie jetzt Gewissheit.«

»Eine Gewissheit, die wenig tröstlich ist, wenn man bedenkt, dass Nele all die Jahre gelebt hat. Was diese Familie, insbesondere Claudia Johannson, jetzt durchmacht, ist nicht weniger schlimm als vor elf Jahren. Sie wird sich verrückt machen mit den Gedanken, wo ihr Kind all die Jahre gewesen ist, was es erlitten hat.«

Hendrik zündete den Motor. »Finden wir raus, wo sie gelebt hat. Und vor allen Dingen müssen wir das verdammte Schwein finden, das ihr Leben und das ihrer Familie zerstört hat.«

»Gab es damals Verdächtige im Umfeld der Johannsons?«, fragte Lyn. »Du hast die Akte doch schon in allen Einzelheiten gelesen.«

»Alles wurde durchleuchtet. Die Johannsons selbst, Familie, Freunde, Nachbarn. Nichts, keine Hinweise, dass Nele mit jemandem, den sie kannte, mitgegangen ist. Der Fall wurde sogar bei ›Aktenzeichen XY ungelöst‹ eingespielt. Ebenfalls ohne Erfolg. Es gab zwar Dutzende von Menschen, die einen Robin Hood oder Kinder in Schmetterlingskostümen gesehen haben wollen, aber nichts Konkretes, nichts Greifbares. Und darum werden wir jetzt Marco Schmych einen Besuch abstatten.«

Hendrik gab die Bürgermeister-Plambeck-Straße, in der das Marner Gymnasium lag, in das Navigationssystem ein. »Der Junge soll noch mal in seiner Erinnerung graben.«

»Du steckst dir doch wohl hier und jetzt keine Zigarette an?« Hendrik Wolff nahm Lyn die Zigarette aus dem Mund, während sie nach einem Feuerzeug kramte. Er machte eine weit ausholende Bewegung. »Schulhof. Kinder. Zigaretten: böse!«

»Wie? … Oh, natürlich. Wie dumm von mir. Ich war in Gedanken.« Sie nahm ihm die Zigarette aus der Hand und stopfte sie achtlos in ihre Tasche.

»Du solltest das Rauchen aufgeben, Bavaria, es gibt nichts Ekligeres, als Nikotinlippen zu küssen.«

Lyn schnappte nach Luft und blieb stehen. »Wolff! Deine Arroganz schreit zum Himmel«, sprach sie zu seinem Rücken, »ich habe nicht vor, dich zu küssen. Lieber küsse ich den Boxer meines Vaters. Und glaub mir: Es gibt kein widerlicheres, sabbernderes Maul als Barnys.«

Hendrik drehte sich lächelnd um. »Du musst mich auch nicht küssen, Bavaria. Ich werde *dich* küssen. Wenn es an der Zeit ist. Und es wird dir gefallen.«

»Eher friert die Hölle zu.«

»Hallo, Marco, wir dürfen doch Du sagen? Entschuldige, dass wir dich aus dem Unterricht holen ließen. Aber wir haben einige dringende Fragen an dich.« Hendrik klappte sein Notizbuch auf.

Der Junge mit dem Pferdeschwanz nickte. Er schob seine Brille mit dem Zeigefinger ein Stückchen nach oben und blickte von Hendrik zu Lyn. »Die Direktorin sagte, Sie sind von der Kripo? Was 'n los?«

Lyn glaubte, bei aller Lässigkeit eine nervöse Spannung in seiner Stimme zu hören.

»Es geht um deine Zeugenaussage, die du vor elf Jahren in der Kindesentführungssache Nele Johannson gemacht hast«, erklärte Hendrik ihm.

»Ach so«, kam es über Marco Schmychs Lippen, und er klang erleichtert.

»Wir sind von der Mordkommission, nicht von der Drogenfahndung«, schoss Lyn ins Blaue.

Hendrik warf ihr einen scharfen Blick zu. Lyn konnte es ihm nicht einmal verdenken. Es war nicht unbedingt klug, den Jungen in Abwehrstellung zu bringen. Schließlich wollten sie seine Aussage.

»Frau Harms ist nicht mehr die Jüngste«, sagte Hendrik mit einem vertraulichen Lächeln zu Marco Schmych, »Assoziationen von Pferdeschwanz mit bösen Buben sind da zu verzeihen.«

Nur Marcos Auflachen hielt Lyn davon ab, Hendrik Wolff gegen das Schienbein zu treten.

»Würdest du bitte noch einmal in allen Einzelheiten schildern, was du am Rosenmontag vor elf Jahren beobachtet hast?«, fragte Hendrik den Gymnasiasten, der sich in dem Klassenzimmer, das die Direktorin ihnen zur Verfügung gestellt hatte, auf dem Stuhl aalte.

»Oh Mann, das ist lange her. Wieso muss ich 'n das jetzt noch mal erzählen?«

»Nele Johannson wurde gestern tot aufgefunden. Am Elbdeich. Sie ist vierzehn Jahre alt geworden, davon war sie mehr als elf Jahre verschwunden.«

»Scheiße! Das ist echt krass. Dann ist das also die Kleine, die heute Morgen in der Zeitung stand? Mit Messerstichen und so?«

Hendrik nickte. »Versuch, dich an jede Kleinigkeit zu erinnern, Marco! Schildere, was dir damals aufgefallen ist. Du warst damals sechs Jahre alt?«

Der Junge nickte. »Mann, ey, das ist echt lange her.« Er setzte sich gerade auf. »Also, ich bin da so mitgelaufen. Mit meiner Mutter und meinem Bruder. Voll Scheiß-Blasmusik, aber damals stand ich wohl drauf. Na, jedenfalls ist mir da einer voll auf meinen Schwanz gelatscht und –«

»Als was warst du denn verkleidet?«, unterbrach Lyn ihn.

Marco lachte auf. »Ich war das Urmeli. Kennt ihr doch, aus der Puppenkiste.«

Lyn nickte. »Ja, klar, erzähl weiter. Da ist also jemand auf deinen Schwanz getreten, und dann?«

»Na, das war der Typ. Robin Hood. Hatte ein kleines Mädchen an der Hand. Die ist mir nur aufgefallen, weil sie ›Urmel‹ gesagt hat, als sie dann an mir vorbeiliefen. Und ich hab mich gefreut, dass einer das Kostüm erkannt hat. Meine Mutter ist jetzt nicht die krasse Bastlerin. Und mein großer Bruder hat gesagt, ich sähe nicht aus wie Urmel, sondern wie ein Außerirdischer.«

»Sie hat also ›Urmel‹ gesagt. Sonst noch etwas?«

»Nö. Die sind ja auch gleich weiter. An mir vorbei.«

»Sie haben dich überholt? Waren sie in Eile?«

Marco zog die Schultern hoch. »Keine Ahnung. Auf jeden Fall waren sie schneller. Wenn der die Kleine hopsgenommen hat, ist doch logisch, dass der schnell wegwollte, oder?«

Hendrik lächelte. »Darum fragen wir ja, ob sie sichtlich in Eile waren.«

»Hat der Mann irgendetwas zu dir gesagt?«, fragte Lyn.

»Kein Wort.«

»Warum bist du dir sicher, dass die Kleine Nele Johannson war?«

»Na, wegen dem Kostüm. Schmetterling.«

»Es waren doch bestimmt etliche Schmetterlinge unterwegs. Beim Marner Rosenmontagsumzug sind Tausende von Menschen auf den Straßen.«

»Ja, aber sie hatte diese bunten Flügel. Mit den Blumen. Und als meine Mutter dann später aus der Zeitung vorgelesen hat, was da abgegangen ist, mit dem Kindsraub und so, hat sie die Beschreibung von dem Kostüm auch vorgelesen. Na, und da hab ich mich eben erinnert.«

»Und du bist sicher, dass du der Polizei nicht nur das Kostüm beschrieben hast, wie du es aus der Zeitung kanntest?«

»Ey! Ich spinn doch nicht. Glaubt ihr, ich wusste nicht, um was es da ging? Außerdem konnte ich die Fühler beschreiben, und die standen nicht in der Zeitung. Die war'n aus Draht mit so rosa Wattebommeln.«

Lyn nickte. »Das ist richtig. Genauso hatte Frau Johannson sie gebastelt. Du konntest damals auch sehr genau das Kostüm des Mannes beschreiben.«

»Klar, der Typ sah aus wie Robin Hood. Mit diesen affigen Strumpfhosen. Grün war'n die. Und da drüber hatte er dieses zipfelige grüne Hemd, das aussieht wie 'n Kleid. Kennt ihr ›Robin Hood‹ von Disney? Mit dem Fuchs? Und dem geilen Sheriff und der Schlange? Na, genauso wie die Klamotten vom Fuchs sah auch der Typ aus. Schön grün.«

»Den Film kenne ich«, sagte Lyn, »habe ich mit meinen Töchtern gesehen. Der Fuchs trägt ein Käppi. Der Mann auch?«

Marco nickte. »Klar, so 'n Ding mit Feder. Nur seine Augenmaske passte nicht dazu. Trägt Robin Hood schließlich nicht, oder?«

»Tja, aber wenn man nicht erkannt werden möchte, macht sie

Sinn«, sagte Hendrik. »Kannst du dich an andere Details erinnern? Welche Haarfarbe hatte er? Wie sah sein Mund aus? Seine Nase? Trug er einen Bart?«

»Mann, ich hab doch damals schon 'n Phantombild erstellt! Gar nicht so einfach. Sah irgendwie scheiße aus, aber besser konnte ich's nicht. Und jetzt weiß ich echt nicht mehr genau, wie der Typ aussah. Hab auch nicht auf seine Haare geachtet. Konnt' ich ja nicht ahnen, dass das mal wichtig wird, oder?«

»War er dick oder dünn? Wie groß war er? Hatte er Pickel oder Warzen oder Tätowierungen?«

»Mann, Scheiße, ich war damals sechs Jahre alt. Der Typ war halt groß. Wie 'n Erwachsener eben. Normal groß. Dick war der nicht. Und sonst ist mir nix aufgefallen.«

»Könnte es auch eine Frau im Robin-Hood-Kostüm gewesen sein?«

»Das haben die damals schon gefragt. Aber das war 'n Kerl. Bestimmt. So 'ne Figur hat keine Frau.«

»Wie alt war er? Aus deiner heutigen Sicht?«

»Boah! Na, so richtig alt war der noch nicht. Vielleicht um die dreißig? Vielleicht auch jünger oder älter.«

»Marco Schmych hätten wir uns schenken können«, sagte Lyn, während sie durch die Flure des Gymnasiums liefen, in denen die Luft stand. Sie fühlte sich eindeutig an ihre eigene Schulzeit erinnert. Schulen hatten einen Eigengeruch.

»Ich hoffe, er repräsentiert nicht die heutige Generation von Gymnasiasten«, sagte Hendrik, während er Lyn die schwere Tür der Marner Schule aufhielt, die nach draußen führte, »Boah, ey! Krass, ey!«

»Danke, dass du mir die Tür aufhältst, junger Wolff«, sagte Lyn, ohne auf seine Bemerkung einzugehen, »in meinem Alter sieht man so etwas gerne.«

Hendrik strich sich sein dunkelblondes Haar aus der Stirn. Er lächelte. »Ich musste ihn besänftigen. So, wie der drauf war, lagst du mit deinem Drogenverdacht bestimmt richtig, aber ich hatte keine Lust, ihm jedes Wort mit der Kneifzange herauszuziehen. Außerdem tust *du* doch so, als wärst du Methusalems Tochter.«

»Danke, Lurchi. Mein Magen knurrt wie ein Grizzly.« Lyn suchte aus der Papiertüte, die Lukas Salamand ihr hinhielt, den bestellten Cheeseburger heraus und drückte ihm einen Euro in die Hand.

Lukas verschwand mit der Tüte, um das restliche Fast Food an die Kollegen zu verteilen.

Lyn blickte auf die Computeruhr. Einundzwanzig Uhr dreiundfünfzig. Zu früh, um nach Hause zu gehen. Die Zeit eilte davon, und das sprach eindeutig für den Täter. Die ersten zweiundsiebzig Stunden waren immer die entscheidenden. Danach sanken die Chancen unverhältnismäßig schnell, den Fall zügig aufzuklären. Und zu Hause wartete sowieso niemand auf sie. Heute noch nicht. Mit einem Lächeln betrachtete sie die Fotografie auf ihrem Bürotisch. Zwei Mädchen lachten sie aus dem mattsilbernen Rahmen an. Die Ältere hatte ihre Arme von hinten um die jüngere Schwester geschlungen.

Lyn küsste ihren Zeigefinger und drückte ihn auf das herzförmige Gesicht ihrer großen Tochter, deren Haar den gleichen Braunton wie ihr eigenes hatte. Die Kleine hatte das blonde Haar des Vaters geerbt. Nur die leichten Grübchen verrieten Lyns Gene. Ein erneut geküsster Finger fand sein Ziel.

»Morgen«, flüsterte Lyn und biss in ihren Cheeseburger. Den Becher mit dem kalt gewordenen Kaffee schob sie zur Seite. Sie zog die Akte Nele Johannson wieder zu sich heran. Sie wollte sehen, ob die Kollegen damals bei Claudia Johannson erfragt hatten, ob die kleine Nele das Urmel aus der Augsburger Puppenkiste gekannt hatte. Laut Marco Schmych sollte sie den Namen genannt haben.

Sie wurde schnell fündig. Ja, die Kleine kannte das Urmel, und sie hatte für ihr Alter eine deutliche Aussprache gehabt. Also gab es Marcos Aussage nichts entgegenzusetzen.

Lyn griff noch einmal nach dem Bericht der kriminaltechnischen Untersuchungsstelle des LKA. Die Jeans, die die tote Nele getragen hatte, war bei C&A gekauft worden. Ein Modell aus dem Jahr 2007. Auch Slip, Unterhemd, Söckchen sowie das langärmelige Shirt stammten aus demselben Warenhaus und demselben Jahr. Einzig die graue Wolljacke war das Produkt einer holländischen Firma. Auf der Jacke hatte die Gerichtsmedizin Tierhaare entdeckt, die noch analysiert werden mussten. An dem Söckchen des linken Fußes waren Dreck und Strohpartikel gefunden worden.

Lyn blätterte zurück. Das rechte Söckchen war stark verschmutzt gewesen. Das war natürlich dadurch erklärt, dass sie ihren Schuh am rechten Fuß verloren hatte. Dreck und Stroh unter der linken Socke waren schon interessanter. Schließlich hatte sie darüber ihren Schuh getragen. Aber die weiteren kriminaltechnischen Untersuchungen standen noch aus.

Als Wilfried Knebel an ihrer offenen Bürotür vorbeilief, sprang Lyn auf und rief ihm hinterher: »Wilfried?«

Er blieb stehen. »Was gibt's, Frau Kollegin?«

»Es ist wegen morgen. Ich hatte doch am Montag gefragt, ob ich den Vormittag freihaben könnte. Ich weiß, wie ungünstig das jetzt ist, aber …«

»Aber Lyn, ich bitte dich! Natürlich kannst du später kommen. Du wolltest deine Töchter von der Bahn abholen, richtig?«

DREI

»So, da wären wir!« Betont fröhlich wies Lyn nach draußen, nachdem sie den Beetle vor einem grünen Eisentor geparkt hatte.

Sophie hatte sich auf dem Rücksitz bereits abgeschnallt und starrte jetzt gemeinsam mit ihrer Schwester Charlotte durch die Windschutzscheibe auf das große Gebäude hinter dem Tor.

»Wir wohnen in der Kirche?«

»Natürlich wohnen wir nicht in der Kirche.« Lyn vermied den Blickkontakt im Rückspiegel. »Wir wohnen in dem kleinen Häuschen gleich links, hinter der Pforte.«

»Klasse, wir wohnen auf dem Friedhof«, sagte die Kleine begeistert und sprang aus dem Wagen.

»*Neben* dem Friedhof«, schwächte Lyn ab.

Charlotte hatte noch kein Wort gesagt. Das musste sie auch nicht, Lyn genügte ihr Blick.

»Hör zu, Schatz, das ist nur eine Notlösung. Ich suche uns etwas anderes, sobald meine Zeit es zulässt.«

»Das … das ist jetzt nicht dein Ernst, Mama, oder? Du verschleppst uns in dieses norddeutsche Bauernkaff. Du trennst mich von all meinen Freunden. Von Papa. Und … und du erwartest, dass ich auf einem Friedhof wohne? Tickst du nicht mehr richtig?«

»Ich hatte Opa gebeten, uns ein ruhiges kleines Häuschen zu suchen. Das hat er wörtlich genommen. Komm, sieh's dir wenigstens mal an. Es ist wirklich süß und hat nach hinten einen tollen Garten.«

Lyn umkreiste den Wagen, öffnete die Beifahrertür und zerrte am Oberarm ihrer Tochter. »Nun, komm schon.« Sie hievte einen Koffer aus dem Kofferraum, den anderen aus dem Wagenfond und stellte einen davon Charlotte vor die Füße.

»Das nennst du *neben* dem Friedhof?«, kreischte Charlotte, als sie ihrer Mutter widerwillig durch die kleine Friedhofspforte folgte. »Ich nenne das *auf* dem Friedhof.«

»Es ist ein Fußweg zwischen unserem Häuschen und dem Friedhof. Wir wohnen also daneben.«

»Zwischen unserer Haustür und einer toten Großfamilie«, Charlotte blickte auf den nahen Grabstein eines großen Familiengrabes, »liegen keine vier Meter!«

»Endlich mal Nachbarn, die nicht motzen, wenn du deine Musik aufdrehst.«

»Mama!«

»Ich finde das Haus cool, Mama.« Sophie kam um die Hausecke gerannt und hakte sich bei Lyn ein. »So richtig gruslig. Kann ich ein Zimmer mit Blick auf den Friedhof haben?«

»Ich schätze, deine Schwester hat nichts dagegen.« Lyns schiefes Grinsen prallte an Charlotte ab.

»Hier werde ich niemals Freunde empfangen können. Das … das ist unzumutbar.«

»Im Zug hast du gesagt, du würdest hier sowieso keine Freunde finden. Alles Bauern und Vollpfosten. Also ist es doch egal«, plauderte Sophie und folgte ihrer Mutter in den schmalen Flur des roten Backsteinhauses mit dem grün-weiß gestreiften Holzgiebel.

»Halt die Goschen, Krümel«, Charlotte trat nach ihrer Schwester, »war ja klar, dass du wieder auf ihrer Seite bist.«

Sophie hatte sich in weiser Voraussicht durch einen Sprung zur Seite in Sicherheit gebracht und lief die Treppe hinauf.

»Hier muss niemand auf irgendjemandes Seite sein«, sagte Lyn, »aber jeder darf seine Meinung haben.«

»Wenn du auf meine Meinung Wert gelegt hättest, säße ich jetzt mit meinen Freundinnen bei unserem Lieblingsitaliener in Bamberg«, fauchte Charlotte.

»Du wirst deine Freunde in den Ferien sehen. Und du wirst hier neue Freunde finden. Die Welt ist groß, Lotte, sie endet nicht in Bayern.«

»Das stimmt. Das Ende der Welt liegt definitiv hier, in diesem Kuhkaff.«

Lyn seufzte. »Ich weiß, dass es nicht einfach für euch ist. Aber … ich musste raus aus Bamberg.«

»Wäre ja auch okay gewesen. Ich kann schon verstehen, dass du Papa nicht mehr sehen wolltest. Aber du hättest dich einfach an eine andere Dienststelle in Bayern versetzen lassen können. Dann hätten wir Papa regelmäßig sehen können und nicht nur in den Ferien.« Charlottes Stimme brach. »Weißt du eigentlich, was du uns allen angetan hast? Mir und Sophie und Papa?«

»Ich konnte in Bayern nicht mehr atmen.« Mehr konnte Lyn nicht dazu sagen. »Das ist die Küche«, sagte sie stattdessen tonlos, stieß die kleine Tür im Vorbeigehen auf und ging in das angrenzende Wohnzimmer. »Durch die Terrassentür geht's in den Garten.«

Aus dem oberen Stockwerk erklang Sophies Stimme. »Komm hoch, Lotte, Zimmer aussuchen! Ich schätze, du nimmst freiwillig das kleinere. Das große ist das mit Gruselblick.«

»Na toll!« Charlotte trat gegen den Koffer.

»Was ist das für ein kleines Häuschen neben uns?«, rief Sophie aus ihrem Zimmer. »Das hinter der Hecke? Wohnt da jemand?«

Nur sporadisch, lag Lyn die Antwort auf der Zunge. Aber sie entschied sich für: »Keine Ahnung.«

Charlotte würde noch früh genug herausfinden, dass es die Leichenhalle war.

Die warf Lyn einen eisigen Blick zu. »Ich bin nur hier, weil ich dich so liebe, Mama«, sagte sie leise. »Ich hätte mich auch für Papa entscheiden können.«

»Wenn dein Vater nicht unsere Ehe mit Füßen getreten hätte, wärt ihr gar nicht in der Situation gewesen, euch entscheiden zu müssen. Ich war eine glückliche Ehefrau und Mutter in Bamberg.«

»Auch andere Frauen werden von ihren Männern betrogen, Mama. Sie lassen sich scheiden und ziehen in verschiedene Häuser, nicht in verschiedene Länder.« Charlotte drehte sich um und hievte ihren Koffer die schmale Treppe hinauf.

Lyn schmerzte die Kehle. Ihr Blick blieb an dem kleinen Banner über dem karierten Sofa hängen, das sie am Morgen in aller Frühe dort aufgehängt hatte: »Herzlich willkommen, meine Mäuse!«

»Hattest du uns nicht deinen Hackbraten versprochen?« Charlotte hob das Drittel der aufgebackenen Tiefkühlpizza mit der Gabel an und ließ es wieder auf den Teller fallen.

»Ich wollte den Hackbraten eigentlich gestern Abend vorbereiten, aber ich war erst um Mitternacht zu Hause«, sagte Lyn und gab das letzte Drittel Salamipizza auf ihren Teller, bevor sie sich auf den alten Küchenhocker mit dem rot karierten Kissen setzte.

»An meinem ersten Tag wurde eine Mädchenleiche an der Elbe gefunden. Und jetzt brennt uns die Zeit unter den Nägeln. Den Hackbraten gibt's am Wochenende, versprochen! Hier, nimm noch ein bisschen Salat.«

Charlotte starrte misstrauisch in die Schüssel. »Ist der aus der Packung? Weißt du, wie viele Keime da drauf sind? Und null Nährwert.«

Sophie starrte nach den Worten ihrer Schwester auf ihre mit Salat befüllte Gabel. »Keime? Was machen die?«

»Die siedeln sich in deiner Darmwand an. Wenn du Glück hast, kommst du mit grässlichen Bauchschmerzen davon. Aber da Mama diesen Industriesalat wahrscheinlich beim einzigen Krämer dieses Kaffs gekauft hat, kannst du davon ausgehen, dass sein Haltbarkeitsdatum überschritten ist. Das heißt: Krämpfe, Durchfall, Erbrechen.«

»Bei deiner Schwester haben sich Keime im Hirn angesiedelt«, sagte Lyn trocken zu Sophie und nahm einen herzhaften Bissen von dem leicht welken gemischten Grün.

Sophie kicherte los, und auf Charlottes Gesicht zeichnete sich das erste Lächeln seit ihrer Ankunft ab. »Musst du gleich noch arbeiten, Mama?«, fragte sie.

»Ja, leider. Ich hatte mir unser Wiedersehen auch anders vorgestellt, aber das Mädchen am Elbstrand …«

»Das ist dein Fall?«, fragte Sophie und zog ihren Stuhl dichter an Lyns heran. »Ich habe den Zeitungsartikel im Zug gelesen.

Habt ihr schon den Täter? Wo war das Mädchen denn all die Jahre? Vielleicht wohnt der Mörder hier in Wewelsfleth. Vielleicht ist es der Bäcker oder der Postbote … Hast du sie gesehen, Mama? Ich meine, das tote Mädchen?«

»Hör auf, Krümel! Keine Details beim Essen«, fiel Charlotte Sophie ins Wort, »schlimm genug, dass wir genau da wohnen, wo ein Irrer kleine Mädchen versteckt und absticht.«

»Er kann überall wohnen«, sagte Lyn, »nur weil sie hier gefunden wurde, heißt das nicht, dass der Täter aus der Gegend ist.« Sie strich ihrer jüngsten Tochter über den Scheitel. »Es reicht, wenn du die Dinge weißt, die in der Presse stehen, Sophie. Unser Postbote ist übrigens weiblich. Und den Bäcker habe ich bereits kennengelernt. Er ist ein netter Herr mit einem Haufen Enkelkindern. Ihr könnt den Nachmittag nutzen und eure Schultaschen vorbereiten. Blöcke, Stifte und so weiter bekommt ihr hier im Ort. Der Laden ist gleich um die Ecke.«

»Reicht es nicht, wenn wir Montag mit der Schule anfangen?«, maulte Charlotte. »Ich muss mich erst akklimatisieren.«

»Und ich möchte morgen Opa besuchen«, hakte Sophie mit ein. »Warum hat er uns eigentlich kein Haus in Itzehoe ausgesucht? Dann könnten wir ihn jeden Tag besuchen.«

»Wahrscheinlich wollte er genau das verhindern«, sagte Lyn zu Sophie. »Außerdem hatte ich ihn ausdrücklich gebeten, ein Haus in Elbnähe zu suchen. Und selbstverständlich«, sie blickte jetzt zu Charlotte, »geht ihr morgen in die Schule. Eigentlich hättet ihr schon seit Montag gehen müssen. Ich musste meine ganze Überredungskunst aufwenden, um eurem neuen Direktor zu erklären, warum ihr ein paar Tage später kommt.«

»Papa konnte doch nicht ohne uns Geburtstag feiern«, sagte Sophie bestimmt.

»Wenn ihr in der Schule ein paar nette Leute kennenlernt, ladet sie ein«, sagte Lyn, während sie den Tisch abräumte, »wir werden in vierzehn Tagen eine Einweihungsparty geben.«

»Cool!«, strahlte Sophie.

»Rechne bei mir mit null Leuten«, war Charlottes Antwort.

Lyn klickte die kleine Britta weg und den nächsten Namen auf dem Computerbildschirm an. Elisa Berchinger. Verschwunden von einem Spielplatz. Das Foto der Dreijährigen ließ sie einen Moment den Atem anhalten. Genauso hatte Sophie als Kleinkind ausgesehen. Mit blonden Zöpfchen und süßen Grübchen. »Wo seid ihr nur alle?«, flüsterte sie.

»Ist das altersbedingt, dass du mit dir selber sprichst, Bavaria?«

»Was willst du, Wolff?« Genervt drehte Lyn sich zu Hendrik um, der zwei dampfende Becher vor sich her balancierte.

»Kaffeepause. Du solltest ihn genießen, ich konnte nicht verhindern, dass Birgit die nächste Kanne kocht.« Er stellte einen Becher neben Lyns Tastatur, setzte sich auf die Schreibtischkante und trank seinen Kaffee in kleinen Schlucken. »Was machst du?«

Ein Hauch seines herb-markanten Eau de Toilette erreichte ihre Nase. Er war zu nah. Lyn rückte ein Stück mit dem Stuhl zur Seite.

»Ich gehe gerade die Liste mit den Mädchen, die in den letzten zwanzig Jahren verschwunden sind und nie gefunden wurden, durch. Ich frage mich, was mit ihnen geschehen ist. Sind sie tot? Oder verschleppt? Vegetieren sie in einem dunklen Verlies vor sich hin? Die kleine Italienerin aus Wanne-Eickel, Marina Tansardi. Vor acht Jahren verschwunden. Nur ihr Roller wurde gefunden. Sonst nichts. Die kleine Britta aus dem Schwarzwald ist seit drei Jahren spurlos verschwunden. Einem verdächtigen Jugendlichen aus der Nachbarschaft konnte nichts nachgewiesen werden. Und hier«, sie deutete auf den Bildschirm, »die dreijährige Elisa Berchinger aus Aachen. Sie verschwand vor sechs Jahren von einem Spielplatz direkt gegenüber von ihrem Elternhaus. Ihre Mutter beobachtete, wie sie mit einem anderen Mädchen spielte, und ließ sie darum kurz aus den Augen. Als sie wieder nach ihr sah, war sie weg. Das ist doch Wahnsinn, oder?«

»Für diese Kinder kannst du jetzt nichts tun«, sagte Hendrik. Einen Moment lang musterte er Lyns Gesicht. »Weg damit!« Er legte seine Hand auf ihre, die nach wie vor die Maus hielt. Überrascht ließ Lyn zu, dass er ihre Hand führte und den Cursor auf das Kreuzchen in der oberen Ecke lenkte. Mit dem warmen Druck seines Zeigefingers verschwand die Liste auf dem Bildschirm.

»Deine Finger sind kalt, Bavaria.«

»Und deine Finger sind gebrochen, wenn du sie nicht ab sofort bei dir behältst, Wolff.«

Mit einem Lächeln nahm er seine Hand von ihrer.

Ein zutiefst hassenswertes Lächeln, fand Lyn, denn es reichte bis in seine grauen Augen und bahnte sich von dort irgendwie seinen Weg in ihren Bauch.

Hendrik nahm seinen Kaffeebecher und ging zur Tür. »Nele Johannson ist freigegeben. Die Beerdigung ist am Montag. Wir sollten uns dort umschauen.«

Lyn sah kurz auf ihre Pulsuhr, bevor sie ihren Laufschritt verlangsamte und schließlich stehen blieb. Auch hier oben, auf dem Deich, wehte kaum ein Luftzug. Sie ließ ihren Blick schweifen. Das war es, was sie in Bayern immer vermisst hatte: Die Weite der ebenen Getreidefelder, den glitzernden Fluss mit seinen Segelbooten und Containerschiffen und die sturmgebeugten Pappeln, die der seltene Ostwind niemals gerade biegen konnte.

Dutzende Schafe fraßen um sie herum, geräuschvoll knuspernd, das saftige Marschgras. Lyn seufzte genüsslich. Nicht einmal der strenge Geruch der Schafskötel und der Anblick der hellgrauen Betonmoschee des nahen Brokdorfer Atomkraftwerks konnten das Gefühl trüben, das sich wie warmer Honig in ihr ausbreitete. Frieden.

Tief durchatmend begann sie mit ein paar Dehnübungen. Sie ärgerte sich, dass sie ihre Wasserflasche nicht mitgenommen hatte. Die Sonne brannte mit unerwarteter Kraft. Dabei war es erst neun Uhr. Sollte sie umdrehen? Ihr Blick richtete sich gen Wewelsfleth. Die großen gelborangefarbenen Kräne der örtlichen Schiffswerft hoben sich gegen einen strahlend blauen Himmel ab. »Ach, was soll's«, sprach sie das Schaf zu ihrer Rechten an, »weiter geht's!«

Die Mädchen standen sonntags sowieso nicht vor zehn Uhr auf. Da konnte sie den letzten Kilometer zur Leichenfundstelle noch in Angriff nehmen.

In gleichmäßigem Schritt näherte sie sich der Bank, auf der Hendrik den alten Heinrich Kelting verhört hatte. Auch heute war die Bank besetzt. Einen Moment glaubte Lyn, Hendrik zu erkennen, und ihr Blick glitt automatisch zu ihrem am Körper klebenden fliederfarbenen Top und der kurzen schwarzen Laufhose. Aber das blonde Haar des Mannes auf der Bank war einen Tick heller als Hendriks.

Zwanzig Meter vor der Bank machte Lyn halt und ließ ihren Blick über die Elbe gleiten. Das Wasser lief auf und würde in einer Stunde seinen Höchststand erreicht haben. Nichts deutete mehr auf die Tragödie hin, die sich Tage zuvor hier ereignet hatte. Das glitzernde Wasser plätscherte sanft ans Ufer. Ein Segelschiff fuhr elbaufwärts. Aufgrund des nicht vorhandenen Windes war es auf Motorkraft angewiesen. Aus Richtung Hamburg kam ein Elbkahn geschippert. Lyn beobachtete, wie sie aufeinander zufuhren. Gleich würden sie zusammenstoßen. So hatte sie es in ihrer Kindheit empfunden, wenn sie am Sonntagmorgen mit ihrem Vater auf dem Deich gestanden und die Schiffe beobachtet hatte. Sie lächelte, als das Segelschiff hinter dem langen Kahn verschwand, um gleich darauf wieder aufzutauchen.

Der Mann auf der Bank starrte ebenfalls auf den Fluss, wie Lyn durch einen kurzen Seitenblick feststellte. Kurz entschlossen setzte sie ihren Weg fort. Auch als sie die Bank passierte, wandte der Mann seinen Blick nicht vom Wasser ab. Ihr lockeres »Hallo« wurde nicht erwidert. Lyns Schritt verlangsamte sich unbewusst. Der Anblick seines hageren, aber durchaus markanten Gesichts rief etwas in ihr wach. Sie blieb stehen und drehte sich um.

»Markus?«, fragte sie und ging die paar Schritte zur Bank zurück.

Der blonde Mann blickte sie jetzt an, sagte aber kein Wort.

»Markus von Böhling«, sagte Lyn, »du bist es tatsächlich. Du erinnerst dich vielleicht nicht an mich, ich bin …«

»Gwendolyn Harms«, fiel er ihr ins Wort, ohne überrascht zu wirken.

»Ja«, sagte Lyn lächelnd, »was treibt dich hierher?«

Er sah eindeutig nicht nach Jogger aus. Er trug Jeans, schwarze Sneaker und ein dunkelblaues Hemd mit langen Ärmeln, das er bis zu den Ellenbogen aufgekrempelt hatte.

»Ich bin oft hier an der Elbe«, sagte er und starrte wieder auf das Wasser. »Es hat etwas Erhabenes, den Wellen zuzusehen, wie sie sich langsam ihr Terrain zurückerobern. Ich mag die Flut. Die Ebbe ist machtlos. Sie muss hergeben, was sie halten möchte. Bist du mehr Flut oder mehr Ebbe, Gwendolyn Harms?«

Lyn sagte erst einmal gar nichts. Sie starrte ihren ehemaligen Klassenkameraden mit großen Augen an. Von Smalltalk hatte er nie viel gehalten, fiel ihr ein. In sich gekehrt, hatte er lieber beobachtet als gesprochen. Nur im Philosophiekurs war er aus sich herausgekommen. Anscheinend hatte er sich in zwanzig Jahren nicht verändert.

»Äh, ich glaube, ich kann ganz gut abgeben«, sagte sie, um das Schweigen zu brechen, »aber natürlich gibt es auch Dinge, die ich halten möchte. Eine gesunde Mischung aus Ebbe und Flut, denke ich. Darf ich fragen, was du beruflich machst?«

»Ich habe ein Schlachthaus.«

Zum zweiten Mal innerhalb von fünf Minuten war Lyn sprachlos. Psychotherapeut, Pastor, alles hatte sie erwartet, aber nicht das.

»Du schlachtest Tiere?«

»Ja, im Allgemeinen werden in einem Schlachthaus Tiere geschlachtet«, sagte er mit leicht ironischem Unterton und sah sie an.

»Ich bin einfach überrascht. Ich sehe dich eher mit Block und Kuli neben einem Patienten auf der Ledercouch als mit Bolzenschussgerät und Hackebeil.«

»Eigentlich sind es mehrere Schlachthäuser. Mit vielen Angestellten. Ich lasse töten.« Er stand auf, nahm einen kleinen Stein und warf ihn weit ins Wasser. »Und du? Was machst du, Gwen?«

Gwen! So hatten sie in der Schule alle genannt. »Ich bin bei der Kripo. Fünfzehn Jahre in Bamberg, seit Montag in Itzehoe.«

»Polizei!« Interessiert sah er auf und musterte sie intensiv. Sein Blick glitt zum ersten Mal von ihrem Gesicht über ihren Körper. »Ja, das passt. Die süße Gwen hat schon in der Schule am liebsten mit den coolen Jungs abgehangen.«

»Polizeiarbeit ist nicht cool. Sondern detailorientiert, langwierig und oft deprimierend. Wusstest du, dass genau hier vor einer Woche ein Mädchen getötet wurde?«

Er starrte auf das Wasser. »Seinem Schicksal kann man nicht davonlaufen. Läufst du auch vor etwas davon, Gwendolyn?«

»Ich laufe, weil ich frische Luft liebe und das Gefühl, meinen Körper ausgepowert zu haben … Darum werde ich mich jetzt auf den Rückweg machen«, fügte sie schnell hinzu. Sie verspürte keinen Bedarf nach weiteren philosophischen Ausführungen. »Es war schön, dich zu sehen, Markus. Mach's gut. Vielleicht sieht man sich mal wieder hier an der Elbe. Wohnst du noch in Itzehoe?«

»Nein, ich wohne in Pinneberg.«

Lyn winkte und nahm den Rückweg in Angriff. Bis sie außer Sichtweite war, glaubte sie, seinen Blick im Rücken zu spüren.

Die Orgelmusik klang mächtig bis in alle Ritzen des Kirchenschiffes, und sie jagte Lyn einen Schauer über den Nacken. Es musste an dem Text des Liedes liegen, dachte sie, dass kaum eine Stimme durch die Musik drang.

So nimm denn meine Hände und führe mich
bis an mein selig Ende und ewiglich …

Die Masse der zumeist schwarz gekleideten Menschen kämpfte mit den Tränen und brachte keinen Ton heraus. Aber vielleicht sahen sie auch keinen Sinn in den Worten, die sie singen sollten, um Trost zu erfahren.

… bis an mein selig Ende? Lyn konnte die Menschen verstehen, die sich weigerten, diese Zeilen zu singen. Bedeutete ein seliges Ende nicht, alt und friedlich in seinem Bett zu sterben? Ein

erfülltes Leben gehabt zu haben, mit aller Freude und auch allem Leid, das ein Menschenleben so mit sich brachte? Nein, Nele Johannson hatte beileibe kein seliges Ende gehabt.

Lyn beugte sich auf der Empore ein Stück nach vorn und ließ ihren Blick über die Bankreihen der Marner Kirche gleiten. Dicht an dicht gedrängt, wie um sich gegenseitig Halt zu geben, saßen die Trauergäste in den Bänken und lauschten den Worten des Pastors. Lyn versuchte, professionell zu bleiben, die Menschen auf Auffälligkeiten zu überprüfen, insbesondere die Männer. Es gelang ihr, das wiederholte Aufschluchzen vieler Trauergäste, das versteckte Räuspern der Männer, die gegen die Tränen ankämpften, denen die Frauen und Kinder freien Lauf ließen, an sich abprallen zu lassen. Es gelang ihr so lange, bis ihr Blick an Claudia Johannson hängen blieb.

Winzig und grau wie ihr Kleid saß sie neben ihrem Mann und starrte tränenlos auf den Sarg zu ihrer Linken. Dort, unter einem schlichten Margeritengebinde, ruhte in mattblauem Kiefernholz ihre vierzehnjährige Tochter, die sie nur zwei Jahre und neun Monate hatte kennen und lieben dürfen.

Lyn hielt ihre Augen krampfhaft auf. Ein Lidschlag hätte das heiße Nass in ihren Augen überlaufen lassen. Also ordnete sie sich in die Masse der Räusperer ein.

Hendrik stupste Lyn an, als sie nach dem Gottesdienst nebeneinander die Kirche verließen. »Da hinten in dem VW-Bus ist die Videokamera installiert. Alle Trauergäste werden erfasst. Der Bruder von Matthias Johannson hat sich bereit erklärt, den Film übermorgen früh mit uns anzuschauen. Er wird die fremden von den bekannten Gesichtern unterscheiden.«

»Wir sollten auch den Pastor dazu bitten«, überlegte Lyn, »Herr Johannson kennt vielleicht nicht alle Trauergäste. Der Pastor kennt seine Gemeindeglieder.«

»Glaubst du, dass er hier irgendwo ist?«, flüsterte Hendrik, als sie dem Trauerzug an das Grab folgten.

Lyn zog die Schultern hoch. »Wohl kaum. Der geheimnisvolle Unbekannte taucht doch nur in Filmen auf.«

Trotzdem machte sie mit ihrem Handy Fotos von einem Mann

der Trauergemeinde. Er fiel ihr auf, weil er eine rote Rose in das offene Grab warf, obwohl er offensichtlich nicht zur Familie gehörte.

Lyn und Hendrik warteten, bis alle Trauergäste den Weg an das Grab gefunden hatten.

Die kleine Familie Johannson stand reglos neben der offenen Grube. Sie hatte darum gebeten, von Beileidsbekundungen abzusehen, und man hielt sich daran. Auch Lyn und Hendrik wollten die Johannsons in diesem Moment nicht belästigen, aber Claudia Johannson trat auf Lyn zu, als die sich mit einem Kopfnicken verabschiedete.

»Ich weiß nicht, ob ich will, dass Sie ihn finden«, sagte sie.

Lyn sah sie fragend an.

»Er hat kein Gesicht in meinen Gedanken. Er ist schrecklich, aber er hat kein Gesicht. Und ich will nicht, dass er ein Gesicht bekommt.«

»Aber es ist diese Gesichtslosigkeit, die Ihnen niemals Ruhe geben wird, Frau Johannson.« Lyn nahm die zittrige Hand Claudia Johannsons in ihre. »Glauben Sie mir, wenn es so weit ist, werden Sie es ertragen.«

»Mama, gehen wir jetzt nach Hause? Ich will nicht wieder zu Oma.« Ein kleines blondes Mädchen drückte sich an Claudia Johannson, deren Hand automatisch den Schopf des Kindes streichelte.

»Ihre kleine Rieke?«, fragte Lyn lächelnd.

Claudia Johannson starrte auf ihre Tochter hinunter und begann von einer Sekunde zur nächsten bitterlich zu weinen.

»Sie hat so gelitten … meine kleine Nele … so allein … ohne ihre Mama … Ich kann das nicht ertragen. Nie … niemals.«

***

»Ja, wo steckt denn nur die Anna?«

Er zog die Bettdecke mit dem Katzenmotiv mit einem Ruck hoch und ließ sie wieder fallen. »Im Bett ist sie nicht. Ja, wo ist sie denn?«

Er ließ das andere Bett, das durch einen wurmstichigen Nacht-tisch von dem Ersteren getrennt war, unbeachtet und ging zu den Regalen. Dort lüpfte er den Deckel einer kleinen Kaffeekanne aus rosa Plastik, blickte in das Kinderspielzeug und sagte: »Nein, in der Kaffeekanne ist sie auch nicht.«

Ein Kichern erklang hinter dem Plastikvorhang, der das Plumpsklo verbarg.

Er lächelte, nahm einen Plüschbären zur Hand und hob dessen Mütze an. »Nein, unter Teddys Mütze steckt sie auch nicht.« Während er sich um die eigene Achse drehte, sagte er laut: »Ich kann Anna nicht finden. Sie hat sich *so* gut versteckt. Da brauche ich Hilfe. Mäuschen, sag mal *Piep*!«

Ein erneutes Kichern, dann ein helles »Piep!«.

Mit zwei Schritten war er an dem geblümten Vorhang, riss ihn zur Seite, hob den hölzernen Deckel des Klosetts und sagte: »Na, hier drin ist sie auch nicht.«

»Hier ist doch Anna! Unter dem Handtuch.« Das kleine blon-de Mädchen riss sich das Badelaken mit dem Winnie-Puuh-Mo-tiv vom Kopf und strahlte den Mann an.

»Na, das war mal wieder ein tolles Versteck. Da kann ich dich ja lange suchen.« Er streckte die Arme nach dem lachenden Kind aus und hob es hoch.

Sie schlang ihre Ärmchen um seinen Hals und kicherte: »Peter macht Quatsch. Anna kann doch nicht in die Kanne krabbeln. Anna ist groß.«

»Da hast du recht. Du bist schon ein großes Mädchen.« Er lä-chelte sie an und strich über ihren blonden Pony.

Ihr Lächeln erlosch im gleichen Moment. »Wo ist Große Anna? Wann kommt Große Anna wieder?«

Mit einem Ruck setzte er sie ab. »Sei ruhig!«

»Aber Große Anna soll wiederkommen. Kleine Anna weint sonst.« Ihre blauen Augen füllten sich mit Tränen.«

»Ich habe gesagt, du sollst ruhig sein!« Der Schrei verzerrte seine Gesichtszüge, und die Kleine wich zurück.

»Peter ist böse.« Sie flüsterte die Worte.

Er atmete schwer. Mit geschlossenen Augen und geballten

Fäusten stand er in der Mitte des kleinen Raumes. »Geh ins Bett!«, sagte er nach einer Weile. »Peter macht jetzt das Licht aus.«

Ohne das Kind noch einmal anzusehen, kletterte er die Stiege hoch, stemmte die Betonluke auf und verschwand dahinter. Zwei Sekunden später erlosch das Licht in der fensterlosen Kammer.

Das Mädchen ging mit sicheren Schritten durch die Dunkelheit und krabbelte in ihr Bett. Lautlos weinend zog sie die Kätzchendecke über ihren Körper und starrte in die Dunkelheit. »Anna, komm wieder!«, flüsterte sie und drehte ihren Kopf zu dem leeren Bett. Sie streckte den Arm aus und wartete vergeblich auf die Hand, die die ihre stets umschlossen hatte.

VIER

»Lyn, hier ist jemand, der eine Aussage im Johannson-Fall machen möchte«, sagte Thilo Steenbuck und schob mit bitterernster Miene eine alte Dame in Lyns Büro. »Hast du Zeit, die Aussage aufzunehmen? Wir anderen sind gerade so beschäftigt …«

»Äh, klar, mache ich«, sagte Lyn irritiert. Jede Aussage im Fall Nele Johannson war Gold wert. Warum nahm Thilo die Sache nicht selbst in die Hand?

»So, Frau Butenschön, dann nehmen Sie mal Platz.« Thilo schob ihr einen Stuhl hin. »Der Kollegin Harms können Sie alles sagen, was Sie gesehen haben.«

»Aber ich möchte den Chef sprechen«, sagte die grau gelockte Dame und machte keine Anstalten, sich auf den angebotenen Stuhl zu setzen.

»Frau Harms *ist* die Chefin«, sagte Thilo und drückte die alte Frau auf den Stuhl vor Lyns Schreibtisch.

»Schon wieder ein neuer Chef«, murmelte Frau Butenschön kopfschüttelnd, während Thilo, Lyns fragenden Blick ignorierend, sich schleunigst verzog.

»Ich habe den Mörder gesehen«, stieß die alte Dame aus, noch bevor Lyn ein Wort an sie gerichtet hatte, »der, der das kleine Mädchen umgebracht hat.«

Lyn starrte sie an. »Würden Sie das bitte genauer erklären?«

Die grauen Locken wippten aufgeregt hin und her, als Frau Butenschön sich vorbeugte und, immer wieder nickend, berichtete: »Er ist bei mir vorbeigelaufen. An meinem Fenster. Ich sehe nachmittags immer aus dem Fenster. Nur nicht zur Kaffeezeit. Meinen Kaffee trinke ich am Tisch. Ich hätte Ihnen von meinen Plätzchen mitbringen sollen. Mit guter Butter gebacken. Da bekommen Sie ein bisschen Fleisch auf die Rippen, junge Frau.«

Lyn glaubte, verhaltenes Gelächter auf dem Flur zu hören.

»Sie wollten etwas über einen Mann berichten, der an Ihrem Fenster vorbeilief«, erinnerte Lyn Frau Butenschön.

»Ja, doch. Dieser grässliche Mensch. Hans-Ottfried Jürgensen. Er hatte das kleine Mädchen an der Hand. Und ein Gewehr. Und dann hat er sie totgeschossen.«

»Vor ihrem Fenster.«

Frau Butenschön nickte.

In Lyns offener Bürotür erschien Thilo Steenbuck, über beide Backen grinsend und mit dem rechten Zeigefinger kreisende Bewegungen neben seiner Stirn machend.

»Waren Sie schon öfter hier, Frau Butenschön?«, fragte Lyn und lächelte die alte Dame an.

»Natürlich! Ich muss doch mithelfen.«

»So, Frau Butenschön«, Thilo Steenbuck löste sich aus dem Türrahmen und trat von hinten auf die alte Dame zu, »jetzt hat die Chefin alles aufgenommen. Vielen, vielen Dank, dass Sie wieder so aufmerksam waren. Ihre Tochter ist da, um Sie abzuholen. Sie müssen nicht immer weglaufen, Frau Butenschön. Ihre Familie sorgt sich um Sie. Wir kümmern uns schon um den Mörder.«

»Das haben Sie beim letzten Mal auch gesagt. Und der Jürgensen läuft noch immer frei rum.« Sie ließ sich von Thilo aus dem Raum führen, wandte sich an der Tür aber noch einmal um.

»Nicht wahr, junge Frau, Sie sperren den Jürgensen jetzt ein?«

Thilo machte hinter dem Rücken der alten Dame nickende Kopfbewegungen.

»Selbstverständlich überprüfen wir Ihre Angaben«, sagte Lyn, zur Bekräftigung ebenfalls nickend.

»Und beim nächsten Mal bringen Sie wieder Kekse mit«, hörte Lyn Thilo sagen, während er Frau Butenschön an ihre Tochter übergab, »die mögen wir doch alle so gern.«

Als Lyn auf den Flur trat, verschwand die alte Dame mit ihrer Tochter gerade im Fahrstuhl.

»Vielen Dank!«, wandte Lyn sich an Thilo Steenbuck, der neben Hendrik und Lurchi stand und mit den beiden um die Wette grinste.

»Wir dachten, du solltest Miss Marple kennenlernen, bevor

ihre arme Tochter sie irgendwann ins Heim steckt. Besagter Hans-Ottfried Jürgensen ist übrigens ihr Exnachbar. Ihre Tochter sagt, sie hat ständig mit ihm im Clinch gelegen. Muss sie verinnerlicht haben. Alles, was sie in der Zeitung aufschnappt, hängt sie ihm an. Der Gute ist inzwischen Massenmörder.«

»Nicht zu vergessen: Bankräuber und Erpresser«, fügte Hendrik lachend hinzu.

»Am besten war die Exhibitionisten-Story«, erinnerte Lurchi sich, »das war klasse.«

»Mitgefühl geht euch gänzlich ab, wie?« Lyn sah ihre Kollegen missbilligend an.

»Gönn uns ein bisschen Spaß, Bavaria«, sagte Hendrik, »wir haben doch wenig genug zu lachen in unserem Job. Und Miss Marple kann jetzt ruhig schlafen, weil sie dir den Mörder geliefert hat.«

»Ach, hat Martha Butenschön uns mal wieder besucht?« Wilfried Knebel tauchte aus seinem Büro auf. »Vermute, Hans-Ottfried Jürgensen hat die kleine Johannson umgebracht?«

Vier Köpfe nickten, drei davon grinsend.

Knebel schüttelte seinen Kopf. »Ich wünschte, wir hätten Robin Hood wirklich schon hinter Schloss und Riegel. Vielleicht bringt der Bericht der Kriminaltechnik ein wenig Licht ins Dunkel. Kommt gleich per Fax. Die haben allerlei herausgefunden bezüglich der Anhaftungen auf der Kleidung der Kleinen.«

»Schönen Gruß von meiner Göttergattin.« Wilfried Knebel stellte ein Tablett mit Erdbeertörtchen auf den Tisch im Besprechungszimmer. »Sie meint, sie müsse uns ein wenig verwöhnen, bei all den Überstunden, die wir im Moment leisten.«

»Ich würde mein Törtchen gern unserem lieben Regierungschef in sein dauergrinsendes Gesicht drücken«, brummte Thilo, »für all die unbezahlten Überstunden. Ehrlich, die da oben gehen mir so auf den Sack.«

»Nun reg dich nicht wieder künstlich auf, Thilo«, versuchte Wilfried, den Kollegen zu beruhigen, »denk an deinen Blutdruck.«

»Meinem Blutdruck würde es besser gehen, wenn wir mal wieder Weihnachtsgeld sehen würden!«

»Einen Vorteil muss es ja haben, wenn man nur Oberkommissarin ist und über A 10 nicht hinauskommt«, schaltete Lyn sich grinsend ein, »*ich* bekomme noch Weihnachtsgeld.«

»Lieben Gruß an deine Elke, Chef«, unterbrach Lurchi das Geplänkel, griff nach einem Teller und legte ein Törtchen darauf, »wenn sie nicht schon mit dir verheiratet wäre, würde ich sie ehelichen.« Dann füllte er einen zweiten Teller und stellte ihn grinsend vor Lyn ab. »Damit du ein bisschen Fleisch auf die Rippen bekommst.«

Als Hendrik sich vorbeugte, um einen Kuchen zu nehmen, flüsterte er, sodass nur Lyn ihn hören konnte: »Du bist schon perfekt, so wie du bist.«

Lyn verdrehte die Augen. War sie hier nur von Schwachköpfen umgeben?

»Kommen wir zur Sache«, sagte Wilfried Knebel, nachdem auch er sich bedient hatte. »Die Tierhaare auf Nele Johannsons Wolljacke stammen von einem Kaninchen. Ärmel und Brustbereich der Jacke waren übersät davon.« Er blickte auf. »Was sollen wir davon halten?«

»Du sagst, die Jacke war übersät mit den Haaren«, ergriff Lyn das Wort, »also wird sie das Tier des Öfteren auf dem Arm gehalten haben … Ein Haustier?« Sie streichelte ein imaginäres Kaninchen auf ihrem Arm.

Wilfried grunzte. »Hmm. Mal sehen, was haben wir denn noch? Die leichte Verschmutzung unter ihrer linken Socke ist Kleiboden.«

»Na ja, sie ist über die Felder gelaufen und hatte keinen Schuh an«, sagte Jochen Berthold, »natürlich hat sie Klei an der Socke.«

Wilfried schüttelte seinen Kopf. »Du hast nicht zugehört, Jochen. Ich habe von ihrem linken Fuß gesprochen, der, an dem sie noch einen Schuh trug. Die Verschmutzung war also schon vorhanden, bevor sie ihren Schuh anzog.«

»Kleiboden ist Marschboden«, sagte Hendrik.

»Genau«, nickte Wilfried. Er trat an das Flipchart und schrieb in Stichworten auf, was er zusammenfasste.

»Wir haben ein totes Mädchen am Elbstrand zwischen Wewelsfleth und Brokdorf. Wir wissen, dass sie von dem Feldweg über die Äcker Richtung Elbe lief. Wir haben Tierhaare an ihrer Kleidung, außerdem geringe Mengen Stroh und Kleiboden. Nicht viel, aber genug, um die Höfe um den Tatort noch einmal genauer ins Auge zu nehmen. Meint ihr nicht auch?«

***

»Das bist du, Hoppel«, sagte sie und malte mit dem braunen Buntstift die Ohren des Hasen auf dem Papier aus. Sie legte den Stift weg und kraulte das hellbraune Zwergkaninchen, das sich vorsichtig auf dem kleinen Eichentisch bewegte, hinter den Löffeln, bevor sie es in die Arme zog.

»Und das sind Peter und Anna und … Große Anna.« Sie starrte auf ihre Zeichnung. »Große Anna kommt bald wieder, Hoppel. Dann musst du nicht mehr weinen. Bald ist sie wieder da.«

Als das vertraute, schrammende Geräusch der sich öffnenden Deckenluke erklang, drehte die Kleine sich hoffnungsvoll auf dem Stuhl herum. In ihrem Blickfeld erschienen ein Paar Gummistiefel, dann eine Jeans, schließlich die gesamte Person.

»Peter«, sagte sie matt und flüsterte dem Kaninchen ins Ohr: »Bald kommt sie. Nicht mehr weinen.«

»Was sollst du sagen, wenn ich das Frühstück bringe?« Er sah sie ernst an.

»Guten Morgen … Guten Morgen, Peter.«

»So ist es brav.« Aus der Innentasche seiner Jacke holte er eine Plastikdose und stellte sie auf den Tisch. »Leberwurst. Heute auf weißem Brot. Und Erdbeeren. Weil du so lieb bist.« Dann bückte er sich, zog unter dem Tisch eine Kanne hervor und hob den Deckel an. Er steckte seinen Finger in die weiße Flüssigkeit und leckte ihn ab. »Die Milch ist noch gut.«

»Anna mag nicht frühstücken.«

Mit einem Wisch fetzte er die Zeichnung vom Tisch. »Iss dein Brot! Und trink deine Milch!«

Verunsichert griff sie nach dem Becher, den er mit Milch gefüllt hatte, und nippte daran. »Hoppel hat Angst.«

Er atmete tief durch. Langsam hob sich seine Hand, und er strich über ihren blonden Scheitel. Dann ging er um den Tisch herum und hob die Kinderzeichnung wieder auf.

»Große Anna …«, begann die Kleine.

»Sei ruhig! … Sei ruhig!«

Zutiefst erschrocken starrte sie ihn an. Nicht weil er schrie. Sondern weil er weinte. Wild und hemmungslos.

Mit dem Kaninchen auf dem Arm wich sie bis an die Wand zurück, die mit Dutzenden bunter Zeichnungen beklebt war. Ihre aufgerissenen Augen klebten an seinen zuckenden Schultern, suchten das zwischen seinen Händen verborgene Gesicht.

Er brauchte Minuten, bis er wieder die Kontrolle über sich gewann. »Iss!«, forderte er sie mit starren Zügen erneut auf.

Sie steckte das Kaninchen in den kleinen Käfig neben dem Plastikvorhang und setzte sich hastig an den Tisch. Sie griff nach dem Brot aus der Dose und biss ein winziges Stück ab. Kauend hielt sie ihren Blick auf ihn gerichtet. Er hatte sich auf den anderen Stuhl, ihr gegenüber, gesetzt. Sie behielt den Bissen im Mund und versuchte zu schlucken, schließlich nahm sie einen Schluck Milch und spülte das Brot damit hinunter. Als sie den zweiten Bissen im Mund zerkaute, begann sie zu würgen.

Ruckartig stand er auf. »Ich lasse das Licht an. Unter der Luke ist es dreckig, und auch vor dem Käfig. … *Du* musst jetzt sauber machen, Anna.«

Als die Bodenluke sich schloss, blickte sie sich in dem Raum um, als sähe sie ihn zum ersten Mal. Schließlich ging sie zum Kaninchenkäfig und sagte durch das Drahtnetz: »Große Anna kommt nicht wieder.«

Sie zog den Plastikvorhang zur Seite, griff nach Schaufel und Handfeger und begann, die von seinen Gummistiefeln gebröckelten Erdklümpchen unter der Bodenluke aufzufegen. Anschließend ging sie zu dem Regal mit den Spielsachen, nahm ein abgegriffenes Liederbuch und setzte sich damit auf ihr Bett. Sie blätterte die erste Seite auf und betrachtete das Bild. Ein kleiner Hase in einem tiefen Loch.

»Häschen in der Grube, saß und schlief«, begann sie zu singen, »saß und schlief, armes Häschen bist du krank, dass du nicht mehr hüpfen kannst. Häschen hüpf, Häschen hüpf.«

***

Lyn bereute, dass sie sich am Morgen für die Sandaletten entschieden hatte. Die Absätze waren zwar nicht besonders hoch, aber auf dem knubbeligen Kopfsteinpflaster des Hofes lief es sich nicht gerade elegant. »Ich hätte Gummistiefel anziehen sollen«, grummelte sie.

»Was eine Sünde gewesen wäre«, ließ Hendrik sich vernehmen, »solche Beine verhüllt man nicht.«

Die Wahl des kurzen geblümten Rockes fiel ebenfalls unter Fehlentscheidung, befand Lyn.

»Ich hasse es, wenn du hinter mir läufst, Wolff.« Sie blieb stehen und ließ den lächelnden Hendrik an sich vorbei. An der Vordertür des Bauernhauses suchte er vergeblich nach einer Klingel. Er klopfte kräftig, aber niemand öffnete.

»Lass uns hinten herum reingehen«, schlug Lyn vor, »hier leben Bauern. Die sitzen nicht den ganzen Tag in der guten Stube. Die sind bestimmt im Stall oder in der Scheune.« Sie lief los, blieb aber sofort wieder stehen und ließ Hendrik erneut an sich vorbeigehen.

»Wenn du solche Klamotten anziehst, muss dir auch klar sein, dass die Männer nicht weggucken.«

»Wenn du so weitermachst, Wolff, melde ich dich der Internen wegen sexueller Belästigung.«

Er blieb so abrupt stehen, dass Lyn seinen Rücken fast mit ihrer Nase berührte. Als er sich umdrehte, lächelte er. »Ich glaube nicht, dass du das machst, Bavaria.«

»Was macht dich so sicher?«

Die Antwort blieb er schuldig, weil ein alter Mann in abgeschabten Cordhosen und verdreckten Gummischuhen um die Ecke kam. »Wat mokt ji hier?«

Hendrik sah Hilfe suchend zu Lyn.

»Guten Tag, Herr Bolthagen, wir sind von der Kriminalpolizei.« Beide zogen ihre Ausweise. »Sie haben doch bestimmt von dem toten Mädchen an der Elbe gehört?« Lyn deutete Richtung Deich, der in der Ferne zu sehen war. »Wir haben ein paar Fragen. Haben Sie einen Moment Zeit für uns?«

Fünf Minuten später saßen Lyn und Hendrik dem Ehepaar Bolthagen in der großen Hofküche gegenüber.

»Sehr lecker«, sagte Lyn und stellte das milchig-trübe Glas mit dem Himbeersaft nach einem kräftigen Schluck zurück auf den blank geschrubbten Küchentisch.

»Aus eigener Ernte«, sagte Lore Bolthagen stolz.

Lyn deutete auf den Auszug unter der Tischplatte. »Das ist ja eine richtige Antiquität, die Sie hier haben. Unglaublich. Sind darin wirklich noch die alten Email-Waschschüsseln?«

Lore Bolthagen nickte. »Natürlich. Benutze ich noch gern beim Einkochen zum Gemüseputzen.«

»Ich unterbreche ja nur ungern«, klinkte Hendrik sich mit einem genervten Seitenblick zu Lyn in das Gespräch ein, »aber würden Sie sich bitte einmal dieses Foto anschauen?«

Er sah das alte Ehepaar auf der Eckbank gegenüber an. »Es handelt sich um das Mädchen vom Elbdeich. Bitte erschrecken Sie nicht, es ist ein Leichenfoto, aber das Gesicht des Kindes ist gut zu erkennen. Haben Sie dieses Mädchen schon einmal gesehen? Es muss nicht unbedingt in den letzten Tagen gewesen sein, vielleicht ja schon vor längerer Zeit?«

Die beiden Alten starrten auf die Fotografie.

»Eine Schande ist das, nicht Mutti?« Jakob Bolthagen sah seine Frau an und schüttelte den kahlen Kopf. »Wer tut nur so was?« Er blickte zu Hendrik. »Nee, nee, das Kind kennen wir nicht, nicht wahr, Mutti?«

Lore Bolthagen schüttelte den Kopf. »Nein, nein.«

»Wir würden auch Ihrem Sohn gern das Bild zeigen«, sagte Lyn. »Wo finden wir ihn?«

»Der Junge ist auf der hinteren Weide«, antwortete der alte Bolthagen, krampfhaft im Hochdeutschen bleibend, um das Hendrik gebeten hatte. »Holt die Tiere. Da müssen Sie noch ein halbes Stündchen warten.«

»Haben Sie etwas dagegen, wenn wir uns Ihren Hof solange ansehen?« Hendrik lächelte hinreißend. »Als Stadtmensch kommt man ja nicht so oft in den Genuss des Landlebens. Sie haben doch außer Kühen bestimmt auch Kleingetier. Katzen, Hühner oder Kaninchen?«

Jakob Bolthagen nickte. »Jo, denn wüllt wi mol rut gohn.«

Während Hendrik mit Jakob Bolthagen durch die Ställe strich, stand Lyn mit Lore in der kleinen Melkkammer und betrachtete verzückt drei kleine Kätzchen, die in einer mit einem alten Tuch ausgelegten Apfelkiste herumtapsten.

»Gott, sind die süß«, sagte Lyn und nahm ein Graugetigertes auf den Arm.

»Sind schon entwöhnt, sieben Wochen alt. Nehmen Sie's ruhig mit«, sagte die Bäuerin, »der Junge ersäuft sie sonst in der Regentonne.«

»Nein, danke, aber Ihr Sohn wird doch nicht die kleinen Kätzchen ...« Lyn sah Lore Bolthagen entsetzt an.

Die nickte. »Wir sind hier auf einem Hof, junge Frau. Die Katze wirft andauernd. Meistens werden wir die Jungen ja los, aber eben nicht immer ... Möchten Sie noch mein Gewächshaus sehen?«

Lyn verließ das aus alten Fensterelementen zusammengeschusterte Gewächshaus mit zwei riesigen Salatgurken in der einen, einer ausgedienten Brötchentüte voller Tomaten in der anderen Hand. Sie versuchte, die vielen Fliegen zu ignorieren, die um die Pflanzen sirrten und wahrscheinlich von dem in direkter Nachbarschaft liegenden Misthaufen stammten. Der penetrante Gestank ließ sie durch den Mund atmen.

»Die Höfe rechts und links von Ihnen sind nicht so gepflegt wie Ihrer«, sagte Lyn, nachdem sie das Gemüse im Dienstwagen verstaut und Lores Dahlien im seitlich gelegenen Garten bewundert hatte. Sie deutete auf das Grundstück zu ihrer Linken. Durch einige Obstbäume hindurch erkannte man ein heruntergekommenes Hauptgebäude und eine verfallene Scheune.

»Eine Schande«, sagte Lore, und ihre faltige Mundpartie verzog sich missmutig. »Seit Jahr und Tag lässt sich da niemand blicken. Wenn unser Junge nicht ab und zu nach der Sense greifen würde, hätte das Unkraut auch uns übermannt.«

»Wem gehört der Hof?«

»Ach, irgend so ein Hamburger Geschäftsmann. Erst haben sie große Flausen im Kopf und wollen aufs Land. Und dann wird's zu viel Arbeit, und man bleibt in der Stadt.«

Lore kniff die Augen zusammen und starrte durch die Bäume. »Läuft da nicht jemand ums Haus?« Rotes Haar leuchtete durch die Obstbäume.

Lyn nickte. »Das ist ein Kollege. Wir befragen alle Bewohner in der Gegend. Aber da wird er nebenan ja kein Glück haben, wenn der Hof leer steht.«

Lore Bolthagen nickte und sah zu dem Bauernhaus auf der anderen Seite. Der Hof lag ein gutes Stück entfernt, aber man erkannte, dass auch dieses Grundstück nicht sonderlich gepflegt wurde.

»Da wohnt der Sönke«, sagte sie, »lebt allein. Unser Dirk hat ja wenigstens noch uns … Eine Schande ist das. Zwei stattliche Kerle, und keine Frau im Haus. Aber die jungen Frauen wollen heutzutage doch alle keinen Bauern mehr. Meinen, sie könnten sich die fein lackierten Finger schmutzig machen. Bei unserm Dirk hab ich die Hoffnung ja noch nicht aufgegeben, aber der Sönke«, mit ihrem gichtigen Zeigefinger deutete sie zum benachbarten Hof, »der Sönke, der wird auch keine mehr abkriegen. Vielleicht will er auch keine. Wurde ja viel gemunkelt früher.«

»Was wurde denn gemunkelt?«, hakte Lyn nach.

»Dumm Tüüch«, verfiel Lore ins Plattdeutsche und schüttelte den Kopf.

»Dummes Zeug? Inwiefern?«

»Ach, die Rimmers waren schon immer Sonderlinge. Wir sind

von jeher gut miteinander ausgekommen, aber im Dorf waren die nicht gut angesehen. Dem Sönke seine Mutter, die Monika, hatte ja keinen Mann. Hat auch nie verraten, von wem sie den Sönke empfangen hat. Da sind dann die Gerüchte entstanden. Weil sie ja mit ihrem Bruder, dem Gerd, allein auf dem Hof lebte. Waren immer unter sich. Geizig sind sie gewesen. Und dreckig. Aber das ist ja nicht verboten. Na, jedenfalls, als die Monika in anderen Umständen war, kamen die hässlichen Gerüchte auf.«

Lyn zog fragend die Augenbraue hoch, obwohl sie die Antwort ahnte.

»Inzucht.« Lore Bolthagen flüsterte jetzt. »Ich hab's ja nie glauben wollen, aber die Dörfler waren überzeugt, dass der Gerd seiner Schwester das Kind gemacht hat.«

»Sie sagten, der Sönke lebt allein auf dem Hof«, hakte Lyn nach, »was ist mit dem Onkel und seiner Mutter, der Monika?«

»Tot. Alle beide. Der Gerd ist beim Heuen vom Boden gefallen. Hat sich das Genick gebrochen. Ist lange her, da war der Sönke vielleicht neun, zehn Jahre alt. Die Monika ist zwei Jahre später gestorben. Krebs. Der Sönke ist dann ein paar Jahre bei einer Cousine seiner Mutter gewesen. War grad achtzehn, da war er wieder hier. Hat viel mitgemacht, der Sönke … Ach, da hinten kommt unser Dirk mit den Kühen. Da kann Jakob ja schon mal mit dem Melken anfangen, wenn sie dem Jungen das Foto zeigen. Aber woher sollte er das Mädchen kennen?«

»Seine Mami nennt ihn *Junge*«, flüsterte Lyn Hendrik zu, während sie an dem verrosteten Gatter auf Dirk Bolthagen warteten, der gemächlich eine Herde Kühe vor sich hertrieb, »dabei ist der doch mindestens Mitte bis Ende vierzig.«

»Er wird wohl auch immer ihr Junge bleiben«, flüsterte Hendrik zurück, »es sei denn, er wird für ›Bauer sucht Frau‹ entdeckt. Er trägt Hosenträger.«

Als Dirk Bolthagen direkt vor ihnen stand, bedauerte Lyn die Wahl ihrer Kleidung erneut. Bei der Begrüßung sah er ihr nicht in die Augen, sondern auf den Busen. Sein lascher Händedruck fiel ihr unangenehm auf. Er wollte nicht zu seinem untersetzten Körperbau passen. Und das Schweiß-Gülle-Gemisch, das seiner Kleidung entströmte, machte ihn nicht sympathischer.

»Polizei?«, fragte er und begann, sein kariertes Hemd, das zur Hälfte über der Hose hing, in den Bund zu stopfen.

Er griff nach dem Foto, nachdem Hendrik ihm erklärt hatte, worum es ging.

Er starrte sekundenlang auf das Bild, dann drückte er es Hendrik wieder in die Hand. »Kenn ich nicht. Noch was?«

»Nein, das war's schon, Herr Bolthagen«, sagte Hendrik, »obwohl … haben Sie Kaninchen?«

»Ja, klar.« Er grinste. »In der Gefriertruhe. Kann ich jetzt melken gehen?« Sein Blick fiel dabei erneut auf Lyns Busen.

»Der Hauch Rot auf deinen Wangen steht dir.« Hendrik grinste sie von der Seite an, als sie zum Wagen liefen.

»Dieser … tumbe … Bauer!«

»So tumb nun auch wieder nicht. Ich hab Vater Jakob ein bisschen ausgequetscht. Junior ist aktiver Jäger, Jagdhornbläser und Gemeinderatsmitglied.«

»Um wehrlose Tiere abzuknallen und in ein blödes Horn zu tuten, muss man wahrhaftig kein geistiger Überflieger sein«, machte Lyn ihrem Ärger Luft.

»Die beiden Alten waren genial, nicht? Vati und Mutti nennen sie sich. Ich stelle mir gerade vor, wie ich dir in dreißig Jahren am Küchentisch gegenübersitze und zu dir sage: ›Mutti, gib doch mal die Butter rüber!‹«

»Mal abgesehen davon, dass wir beide niemals zusammen frühstücken werden, würde der Titel ›Mutti‹ durchaus passen.« Sie bohrte ihm ihren Zeigefinger auf die Brust. »Ich könnte fast deine Mutter sein.«

Hendrik griff nach ihrer Hand, bevor sie sie zurückziehen konnte. »Meine Gefühle für dich sind alles andere als kindlich, Bavaria«, sagte er leise mit seinem Wolff-Lächeln.

Lyn holte tief Luft. »Du …«, aber weiter kam sie nicht, denn seine Hand legte sich um ihre Hüfte, und er zog sie an sich heran. Warme Lippen legten sich für einen kurzen Moment auf ihren Mund.

Lyn stand stocksteif, als Hendrik sie losließ. Sie schnappte nach Luft. Der Kuss war nicht nur kurz gewesen. Sondern auch fest und warm und … köstlich.

Schallend landete ihre flache Rechte an Hendriks Wange.

In Hendriks Augen blitzte Ärger auf. Aber er lächelte. »Bei Gericht würdest du mit ›Ohrfeige im Affekt‹ nicht durchkommen, Bavaria. Du hast ein bisschen zu lange gezögert. Und weißt du auch, warum? Weil es dir gefallen hat.«

»Küss mich nie wieder, Wolff!«

»Keine Angst, das werde ich nicht«, er strich kurz über seine gerötete Wange, »erst, wenn du mich darum bittest.«

»Du musst geisteskrank sein.«

»Du wirst mich bitten, Bavaria, du wirst.«

Sie ignorierte ihn, bis sie beim Auto waren. »Ich fahre«, sagte sie kurz und riss ihm den Schlüssel aus der Hand.

»Äh, sollten wir nicht diese Auffahrt nehmen, wenn wir Bauer Sönke einen Besuch abstatten wollen?« Er deutete auf die von Unkraut überwucherte Auffahrt, an der Lyn gerade vorbeifuhr.

»Das muss kurz warten. Wir machen noch einen Abstecher nach Wewelsfleth.«

Als sie den Passat vor dem grünen Tor parkte, starrte Hendrik durch die Windschutzscheibe.

»Muss ich jetzt beichten, oder warum hältst du vor der Kirche?«

Lyn ignorierte ihn und stieg aus. Hendrik folgte ihr.

»Du kannst im Wagen bleiben, Wolff. Ich bin gleich wieder da.« Sie riss ihm das Gemüse aus der Hand, das er vom Rücksitz genommen hatte.

»Sag nicht, da wohnst du!«

Sie schloss ihre Haustür auf und knallte sie vor seiner Nase wieder zu.

»Ich bin's, Mäuse. Bin aber gleich wieder weg.« Noch während sie die Treppe hochlief, öffnete sie den Reißverschluss ihres Rockes. Oben flogen die Sandaletten im hohen Bogen durch das

Schlafzimmer. Das fliederfarbene Top tauschte sie gegen eine weiße Bluse, bevor sie in die Jeans stieg. Zufrieden betrachtete sie sich im Spiegel.

Unten im Flur erklang Gelächter. Ein warmes Gefühl breitete sich in Lyn aus. Es tat gut, Charlottes Lachen zu hören, denn sie lachte selten, seit sie hier war. Wahrscheinlich hatte Sophie einen ihrer dummen Sprüche gebracht. Im nächsten Moment verschwand Lyns Lächeln. Die dunkle Stimme unten im Flur gehörte eindeutig nicht Sophie. Sie eilte die Treppe hinunter.

»Ich hatte dich nicht hereingebeten, Wolff.«

»Deine Tochter hat mich draußen aufgelesen.« Er lächelte Charlotte an.

»Hier!« Lyn warf ihm die Autoschlüssel zu. »Jetzt darfst du fahren. Schmeiß den Wagen ruhig schon an. Ich komme gleich.« Sie öffnete ihm die Tür und wies nach draußen.

»Aye, aye, Sir!« Er schlug die Hacken zusammen und blinzelte Charlotte zu.

Charlotte lachte. »So liebt Mama es. Wenn alle parieren! Tschau, Hendrik … Und denk an die Top Hundert!«, rief sie ihm hinterher, bevor er hinter der Pforte verschwand.

Lyn starrte ihre Tochter an. »Du kennst diesen Mann drei Minuten und duzt ihn? Und was hat es mit diesen Top Hundert auf sich?«

»Er hat sich mir als Hendrik vorgestellt, also duze ich ihn. Und so alt ist der ja auch noch nicht. Hast du noch mehr so süße Kollegen? Bring ihn ruhig öfter mit. Er will mir die neuesten Charts-Hits brennen. Die, die noch keiner hat.«

»Das ist illegal.«

»Geh doch zur Polizei.«

Hendrik parkte den Dienstwagen am Straßenrand. »Soll ich den Rimmer übernehmen?«, fragte er, nachdem sie sich aus Zeitgründen darauf geeinigt hatten, sich bei den Befragungen zu trennen.

Lyn schüttelte den Kopf. »Nein, geh du ruhig zum nächsten

Hof. Lore Bolthagen hat mich neugierig gemacht. Und kleidungstechnisch bin ich ja jetzt keine Gefährdung mehr.«

»Du würdest selbst in einem Sack noch …«

Der Rest des Satzes ging unter, als sie die Autotür heftig zuschlug. Sie stapfte die Auffahrt hoch.

Rechts und links des Weges blühte das Unkraut. Die ehemals weiße Farbe des Wohngebäudes hing in gräulichen Fladen am Putz. Das Dach war im Gegensatz zu Bolthagens Hof nicht mit Reet gedeckt, sondern mit Eternitplatten. Graue Gardinen hingen hinter den fünf Fenstern der Frontpartie, eine davon halb herabgerissen. Lyn klopfte an die Tür an der linken Seite des Hauses. Auch hier gab es keine Klingel.

Als niemand öffnete, ging sie weiter. Schließlich spielte sich bäuerliches Leben im hinteren Bereich der Höfe ab. Sie betrachtete drei Schafe, die, zumindest in ihrem eingezäunten Bereich, das Gras kurz hielten. Lyn war noch in den Anblick der Tiere vertieft, als sie an der Ecke des Hauses in einen Mann hineinlief. Beide fuhren erschrocken zusammen.

»Herr Bolthagen!«, sagte Lyn nach der Schrecksekunde, »was machen Sie denn hier?« Der penetrante Geruch, der seinem Hemd entströmte, ließ sie noch einen weiteren Schritt zurückweichen.

»Ist es verboten, den Nachbarn zu besuchen?«

»Nein, aber die Polizei ist nun einmal von Haus aus neugierig. Wissen Sie, wo ich Herrn Rimmer finde? Ist er im Stall?« Sie blickte zum hinteren Teil des Hofgebäudes, in dem sich anscheinend die Stallungen befanden.

Dirk Bolthagen schüttelte den Kopf. »Der Sönke hat keine Kühe. Nur 'ne Herde Schafe am Deich. Ansonsten ist er Getreidebauer.«

»Er scheint auch noch jede Menge andere Tiere zu haben.« Lyn blickte von den beiden an einen Pflock gebundenen Ziegen zu den Hühnern, die in der Hitze auf dem kargen Boden herumpickten.

»Der Sönke kommt mit den Tieren besser aus als mit den Menschen. Da hinten hat er einen richtigen Tierfriedhof.« Dirk

Bolthagen deutete auf einen Bereich neben einem eingefallenen Schuppen.

»Und Sie, kommen Sie gut mit den Menschen aus?« Lyn sah ihm in die Augen.

»Schon. Bin ein geselliger Typ.« Er hielt ihrem Blick nicht stand.

»Verstehen Sie sich gut mit Ihren Eltern?«

»Ist das hier ein Verhör, oder was?«

»Natürlich nicht, wir plaudern doch nur.«

»Dazu hab ich keine Zeit. Ich muss jetzt rüber. Tschüss.« Er verschwand nicht die Auffahrt hinunter, sondern über die kleine Schafweide.

Lyn lief über die ungepflegte Hoffläche Richtung Schuppen. Die Tür hing aus den Angeln. Spärliches Licht fiel durch die Holzlatten in das Innere. Alte Maschinen rosteten vor sich hin. Neben dem Schuppen lag der von Bolthagen erwähnte Tierfriedhof. Klee und Löwenzahn dominierten in der ungepflegten Grasfläche vor alten, knorrigen Obstbäumen. Kleine, zum größten Teil verwitterte Kreuze standen wahllos verstreut zwischen hohen Gräsern.

›Meikel‹ lautete eine der wenigen, noch lesbaren Inschriften, dann gab es noch ›Pussy‹, ›John‹ und ›Waldi‹. Die übrigen Inschriften waren nicht mehr lesbar. Lyn lächelte. Der kleine Sönke schien an seinen Haustieren gehangen zu haben.

»Wer zum Teufel sind Sie? Was tun Sie hier?«

Lyn schrak zusammen und drehte sich um. Fünf Meter vor ihr stand ein Mann in schmuddeligen Watthosen. In der linken Hand hielt er einen Eimer, den er jetzt abstellte. Er kam auf sie zu. Er war jünger, als Lyn erwartet hatte. Mitte bis Ende dreißig.

»Herr Rimmer? Schön, dass ich Sie noch antreffe. Ich bin von der Kripo Itzehoe. Mein Name ist Harms.«

Er blieb dicht vor ihr stehen. Seine hellblauen Augen musterten sie gründlich, aber nicht so aufdringlich wie die von Dirk Bolthagen. »Was wollen Sie von mir?«

»Nur ein Foto zeigen und einige Fragen stellen.«

»Sie schnüffeln auf meinem Grund und Boden herum.« Sein Blick glitt zu den Kreuzen. Er wirkte peinlich berührt und strich sein überlanges gescheiteltes Haar, das ihm in die Stirn gefallen war, zurück.

»Meikel war bestimmt eine Katze, nicht?« Lyn deutete auf das alte Holzkreuz. »Ich kann mich noch an die Fernsehserie erinnern. ›Emm wie Meikel‹ hieß sie und Meikel Katzengreis war der Star.«

Sönke Rimmers Blick glitt zu dem Kreuz. »Meikel war ein Hund.«

»Oh … Ich hatte als Kind auch einen Hund«, fuhr Lyn fort, »meiner hieß Raudi. Ich habe ihn heiß und innig geliebt. Er wurde auch im Garten beerdigt. Bei Ihnen scheinen es ein paar mehr Tiere gewesen zu sein. Sind Kaninchen dabei?«

»Sind das Ihre Fragen? Nach meinen Tieren?«

»Unter anderem.« Lyn zog einen Papphefter aus ihrer Tasche und entnahm das Foto. »Kennen Sie dieses Mädchen, Herr Rimmer? Es ist eine Leichenfotografie.«

Er nahm das Foto nicht in die Hand, betrachtete das Bild aber intensiv. »Ist das das Kind vom Elbstrand?«

»Ja. Sie haben sie nicht zufällig irgendwo, irgendwann einmal gesehen?«

»Nein.«

»Waren Sie gerade an der Elbe?«, fragte Lyn. »Sie tragen Watthosen.«

»Ich habe nach den Reusen geschaut.«

»Und? Wie war der Fang?« Sie ging zu dem Eimer, den er abgestellt hatte. Glitschige dunkelgraue Aalleiber wanden sich umeinander. »Kontrollieren Sie die Reusen täglich?«

»Natürlich. Schließlich fallen sie trocken.«

»Waren Sie am Sonntag, dem 25. Juli, und am Montag, dem 26. Juli, auch an der Elbe, um die Reusen zu überprüfen? Wo genau liegen Ihre Reusen?«

»Nicht da, wo das Kind gefunden wurde. Darauf wollen Sie doch hinaus, oder? Meine Reusen liegen ein gutes Stück elbaufwärts. Sind die letzten vor der Störmündung.«

»Und, haben Sie die Reusen an einem der besagten Tage aufgesucht? Vielleicht Sonntagabend oder Montagmorgen?«

Er überlegte kurz. »Es war Sonntagmittag. Bei Ebbe.«

»Okay, vielen Dank, schönen Tag noch, Herr Rimmer.« Als sie über den Hof zurückging, drehte sie sich an der Hausecke noch einmal um. »Haben Sie Kaninchen, Herr Rimmer?«

Er stand nach wie vor neben seinem Eimer. Nickend deutete er nach links. Lyn wandte sich in die angegebene Richtung. Verdeckt von einem großen Stapel Feuerholz, standen drei hölzerne Käfige an der Hauswand. Jeweils zwei große Kaninchen teilten sich den spärlichen Platz der ersten beiden Käfige. Im dritten kauerten zwei Meerschweinchen in einer Ecke.

»Sie haben von allen Tieren zwei, wie?«, fragte Lyn.

»Ist besser, wenn man sie paarweise hält.«

»Ja«, murmelte Lyn, »wer ist schon gern allein.« Sie öffnete die Käfigtür und streichelte jedes der Kaninchen, bevor sie ging.

»Krümel, Lotte!« Lyn rief die Treppe hinauf. »Essen! Es gibt Hühnersuppe.«

»Oh, lecker«, rief Sophie und kam umgehend hinuntergerannt, »endlich mal was Ordentliches.«

»Wer sagt dir, dass sie die selbst gekocht hat. Ist vielleicht aus der Dose.« Charlotte war ihrer Schwester gefolgt und fläzte sich auf den Stuhl.

»*Sie* hat die Suppe selbst gekocht.« Lyn warf ihrer Ältesten einen bösen Blick zu und wandte sich an Sophie: »Wir war's in der Schule, Schatz?«

Sophie fischte mit dem Löffel die Selleriestückchen aus ihrer Suppe und gab sie auf Lyns Teller, während sie antwortete. »Ich bin eingeladen, Mama. Bei Lisa. Die wird morgen dreizehn. Darf ich da hin? Ich könnte bei Opa Mittag essen und anschließend zu Lisa gehen. Du müsstest mich dann nur gegen einundzwanzig Uhr abholen.«

Lyn strahlte sie an. »Das ist toll, Schatz. Klar hole ich dich ab. Ich freue mich, dass du gleich eine Freundin gefunden hast. Bring Lisa ruhig mal mit … Wir war's bei dir, Lotte?«

»Oberätzend. Langweilig. Den Stoff, den die Provinzler hier durchnehmen, hatte ich in Bamberg schon im letzten Schuljahr.«

»Und deine Mitschüler? Hast du schon jemanden Nettes kennengelernt?«

»Vollpfosten und Land-Girlies. Ich mach mein Ding, die ihres. Und frag nicht immer. Lass mich einfach in Ruhe.«

»Die spinnt«, kam es undeutlich aus Sophies mit Suppe gefülltem Mund, »auf dem Schulhof stand sie heute mit ein paar Mädchen aus ihrer Klasse, und die haben die ganze Zeit rumgegackert. Und ein Junge hat Lotte mit Keksen gefüttert.«

»Halt die Goschen, Krümel«, fuhr Charlotte hoch und sah ihre Mutter an, »das saugt die sich aus den Fingern.«

»Gar nicht. Weißt du, wie blöde sie gelacht hat, Mama, als der Typ ihr die Kekse in den Mund geschoben hat?« Sophie begann in hohen Tönen zu kichern und wandte den Kopf dabei in alle Richtungen.

Als Charlotte aufsprang und Sophie um den Esstisch herum und schließlich die Treppe hinaufjagte, ließ Lyn sie gewähren. Mit einem breiten Grinsen im Gesicht lehnte sie sich zurück und genoss den Krach, den Charlotte verursachte, als sie gegen die verschlossene Zimmertür ihrer Schwester hämmerte.

FÜNF

»Wer ist der Besitzer?«, stieß Lyn aus und setzte sich gerade in ihrem Stuhl auf. Sie starrte Lukas Salamand an.

Der sah sie, wie der Rest der Frühbesprechungsrunde, erstaunt an und wiederholte seine Auskunft. »Der Besitzer des unbewohnten Resthofes neben den Bolthagens heißt Markus von Böhling. Kennst du ihn?«

Verwirrt spielte Lyn mit ihrem Kugelschreiber. »Ja, ja, den kenne ich allerdings. War ein Mitschüler von mir. Hier auf dem Gymnasium. Das Merkwürdige ist: Ich habe ihn am Sonntag zufällig an der Elbe getroffen. Ich war joggen, und er saß auf der Bank in Nähe der Leichenfundstelle. Wir haben uns nur kurz unterhalten. Er sagte, er wohnt in Pinneberg.«

»Das stimmt auch«, sagte Lukas und sah auf seinen Notizblock, »er hat ein Schlachthaus in Itzehoe und eines in Pinneberg. Dort wohnt er auch.«

»Und er saß auf der Bank in Nähe der Fundstelle?«, hakte Wilfried noch einmal nach.

Lyn nickte. »Ich glaube, ich besuche meinen alten Schulkameraden heute mal.«

Als die Runde sich auflöste, hielt Lyn ihren Chef kurz am Arm fest. »Wilfried?«

»Ja?«

»Ich habe hier ein paar Kaninchenhaare.« Sie wedelte mit einem Plastiktütchen vor seiner Nase herum. »Nicht offiziell genommen. Ich habe sie den Kaninchen auf dem Rimmer-Hof sozusagen entstreichelt. Darf ich sie der Kriminaltechnik schicken?«

Wilfried Knebel runzelte die Stirn. »Wenn wir von allen Kaninchen, die auf Marschhöfen gehalten werden, Proben an die KTU schicken, kündigen die uns die Freundschaft.«

»Es ist ein Hof in Elbnähe, ein alleinstehender Bauer, Kaninchen …«

Er lachte. »Na gut, aber es sind die Letzten. Karin und Jochen haben auf zwei Höfen ebenfalls Kaninchen skalpiert. Jedenfalls ließ die Menge der Haare in ihren Tüten darauf schließen.«

»Gwen! Welche Überraschung.« Markus von Böhling warf seinen Kugelschreiber auf das Schriftstück vor sich und sprang von seinem Schreibtisch auf, als er sah, wen seine Sekretärin hereinführte.

Lyn reichte ihm die Hand. »Hallo, Markus. Hättest du geglaubt, dass wir uns so schnell wiedersehen?«

Er wartete mit der Antwort, bis die Sekretärin die Tür hinter sich geschlossen hatte.

»Ich habe nach unserem Treffen an der Elbe oft an dich gedacht, Gwen. Und das hat mich überrascht. Ich denke nicht oft an Frauen.«

»Vielleicht hast du ja an mich als Polizistin und nicht als Frau gedacht?« Ihr Blick streifte die Wände seines kleinen Büros, während sie sprach. Kuhköpfe in Aquarell starrten sie an.

»Möchtest du lieber als Polizistin und nicht als Frau wahrgenommen werden?«

»Möchtest du meine Frage nicht beantworten?«

Er lächelte und schob ihr den Besucherstuhl zurecht. »Ich denke an dich als Frau. Du bist noch schöner geworden, Gwen. Diese Reife steht dir.«

Lyn verfluchte das Hormon, das ihren Blutdruck an- und dieses grässliche Rot in ihre Wangen trieb. »Du hast mir bei unserem Treffen gar nicht gesagt, dass du einen Hof in Elbnähe besitzt, Markus.«

»Ich habe dir auch nicht gesagt, dass ich vor drei Jahren eine Hämorrhoidenbehandlung hatte.«

Lyn lachte auf. »Eins zu null für dich … Gibt es einen Grund, warum du nicht auf dem Hof wohnst? Er verkommt. Warum verkaufst du ihn nicht?«

Interessiert sah sie zu, wie er sich versteifte.

»Warum interessiert dich das?«

Lyn griff nach ihrer Tasche und zog einen Ordner heraus. »Es geht um das tote Mädchen an der Elbe. Nele Johannson. Wir haben alle Höfe in Nähe der Leichenfundstelle aufgesucht, um vielleicht noch Informationen zu erlangen. Das Kind ist über die Felder gelaufen. Jemand hätte sie sehen können. Ich würde auch dir gerne das Foto zeigen.« Sie legte die Fotografie auf seinen Schreibtisch.

»Warum zeigst du mir das?« Angewidert schob er das Foto zur Seite. »Ein Foto eines toten Kindes.«

»Sie sieht auf dem Foto fast aus, als schliefe sie«, sagte Lyn. »Du siehst nach einer Sekunde, dass es eine Leichenfotografie ist?«

»Ich weiß, wie ein totes Kind aussieht.« Er war blass geworden.

»Darf ich fragen, woher?«

»Meine Frau hat sich und unsere Tochter totgefahren. Reicht Ihnen diese Auskunft, Frau Kriminalbeamtin?«

»Das … das tut mir leid«, stammelte Lyn, »das wusste ich nicht.«

»Es ist lange her. Aber ich möchte nicht darüber reden. Nicht mit der Polizistin. Mit Gwen hätte ich vielleicht darüber gesprochen.« Er stand auf und wies zur Tür. »Entschuldigst du mich jetzt? Es geht ums Blutvergießen. Ich habe einen Termin mit unserem Schlachtmeister.«

***

»… Und als Peter Pan den bösen Piraten Käpt'n Hook mit Hilfe des Krokodils getötet hatte, lebten Wendy und ihre Brüder und all die anderen Kinder für immer glücklich im Nimmerland«. Er klappte das abgegriffene Buch zu und gab ihr einen Kuss auf den Scheitel.

Sie hob den Kopf von seiner Brust. »Darf ich noch die Bilder anschauen?«

»Natürlich.«

Sie blätterte durch die Seiten. »Das ist Peter Pan. Peter ist lieb.« Sie streichelte bei diesen Worten über seine Hand. »Und das sind die Piraten. Piraten sind böse. Machen Aua.« Sie sah kurz auf und flüsterte: »Hoppel hat Angst.« Dann blätterte sie weiter. »Und das ist eine Mama. Eine Mama ist böse.«

Seine Augenbrauen zogen sich zusammen. »Ja. Aber Hoppel muss keine Angst haben. Peter Pan passt auf Hoppel und Anna auf … Komm, möchtest du reiten?«

»Ja!«, sie strahlte ihn an, »auf Peter Pan reiten!« Kichernd sprang sie auf seinen Rücken, als er sich bückte. »Hopp, hopp, hopp, Pferdchen lauf Galopp«, sang sie, während er durch den kleinen Raum trabte.

»Und jetzt Äpfel schälen«, forderte sie, als er sie wieder herunterließ. Sie setzte sich an den kleinen Tisch und griff nach einem der drei Äpfel in der Schale. Mit dem Messer begann sie, vorsichtig die Apfelhaut zu schälen. »Das ist ein *grüner* Apfel.«

»Ja.«

»Ein grüner Apfel schmeckt gut. Ein roter Apfel ist giftig.«

»Aber nein, auch rote Äpfel schmecken lecker.«

»Aber die Mama hat Schneewittchen totgemacht. Mit dem roten Apfel.«

»Du passt gut auf, wenn Peter Geschichten erzählt«, lobte er sie und begann ebenfalls, einen Apfel zu schälen. »Mamas sind böse. Die böse Mama hat auch Hänsel und Gretel in den Wald zur Hexe geschickt.«

»Aber Gretel hat einen lieben Bruder«, sagte sie und küsste ihn auf die Wange.

Er presste sie kurz und heftig an sich und küsste ihren Scheitel. »Ja, das hat sie … Und nun komm, schälen wir die Äpfel.«

Kichernd sah sie zu, wie er eine lange Apfelschlange schälte. »Au!«, rief sie im nächsten Moment und warf ihr Messer auf den Tisch. Sie hielt ihren linken Daumen.

Mit riesigen Augen sah sie ihn an. Dann verschwand ihre Hand unter dem Tisch.

»Zeig her«, sagte er lächelnd, »blutest du? Bist du mit dem Messer abgerutscht?«

»Kein Blut«, sagte sie und begann zu weinen, »Kleine Anna hat kein Blut … Kleine Anna hat kein Blut.«

Sein Gesicht wurde weiß. Mit einem Ruck stieß er den Tisch

zur Seite und griff nach ihrer Hand. Aus ihrem Daumen quoll es rot.

»Das«, sagte er mit spröder Stimme, »ist gutes Blut, Anna. Gutes Blut. Peter gibt dir ein Pflaster.« Er stand auf und nahm aus einer kleinen Dose im oberen Regal ein blaues Kinderpflaster.

Stoßweise schluchzend starrte sie zum verwaisten Bett. Die Tränen liefen unaufhörlich über ihre Wangen.

Er folgte ihrem Blick. »Mama-Blut ist böses Blut.«

Verstört sah sie erst ihn, dann ihren Daumen an. »Kleine Anna hat kein Mama-Blut?«

Seine Hände zitterten, als er ihr das Pflaster überstreifte. »Nein.«

**

»Ein Mann ist mir aufgefallen«, sagte Pastor Sturmbiegel, kaum dass er sich gesetzt und noch bevor Lukas Salamand den Fernseher angestellt hatte, »ein unbekannter Mann, der auffälliges Interesse an der Trauerfamilie zeigte. Er folgte kaum meinen Worten. Er hatte so einen unsteten Blick. Verschlagen.«

»Den dürfen Sie uns gleich zeigen«, sagte Lukas und drückte den Tastaturknopf. »Können Sie beide gut sehen?« Er sah erst Gernot Johannson, dann den Pastor an.

Pastor Sturmbiegel deutete auf das Fenster. »Der Lichteinfall …«

»Ich mach schon, Lurchi«, sagte Lyn zu Lukas, sprang auf und zog die Jalousie herunter. Dann folgte sie ebenfalls der Aufnahme von der Beerdigung Nele Johannsons.

Hinter dem Sarg ging die Familie aus der Kirche, gefolgt von Freunden und Bekannten. Gernot Johannson murmelte Namen für Namen vor sich her. Pastor Sturmbiegel nickte dazu. Lyn notierte die Namen.

»Stopp«, bat sie gleich darauf, und Lukas hielt den Film an. Lyn dankte ihm nickend.

»Dieser Mann, den Sie dort sehen, fiel mir am Grab auf, weil er eine rote Rose hineinwarf«, sprach sie den Pastor und Gernot Johannson an. »Wer ist das?«

»Das ist unser Henry«, sagte Pastor Sturmbiegel lächelnd, »Henry Demmling. Stadtbekannt in Marne. Henry ist harmlos. Ein wenig zurückgeblieben. Er ist bei jeder Beerdigung dabei und verabschiedet sich mit einer Rose.«

Lyn nickte. »Okay, weiter.«

Es gab nicht viele Trauergäste, die der Bruder von Matthias Johannson nicht zuordnen konnte. Der Pastor sprang dann ein. Mehr als die Hälfte der Trauergäste hatte die Kirche verlassen, ohne dass ein Unbekannter dabei war. Lyn schrak zusammen, als der Pastor plötzlich ausrief: »Das ist er! Der merkwürdige Mann. Kennen *Sie* den, Herr Johannson?«

Gernot Johannson schüttelte den Kopf und stierte angespannt auf den Bildschirm. »Nein, den kenne ich nicht.«

»Äh … Sie meinen den da«, stammelte Lukas und deutete auf einen Mann mit schwarzem Lederblouson.

»Ja«, stieß der Pastor aufgeregt aus, »der ist mir nicht geheuer.«

Lyn war froh, dass sie ein Stück hinter dem Pastor saß. So konnte er ihr Grinsen nicht sehen.

»Das ist unser Kollege Thilo Steenbuck, Herr Pastor«, klärte Lukas gerade auf, »er hat die Trauergäste in der Kirche observiert. Genau wie die Kollegin Harms und Kollege Wolff.« Sein Gesicht verriet nichts, aber Lyn wusste, wie viel Überwindung es Lukas kostete, ernst zu bleiben.

»Oh, Gott! Sagen Sie Ihrem Kollegen bloß nicht, dass ich gesagt habe, er sähe verschlagen aus«, bat Pastor Sturmbiegel peinlich berührt.

»Natürlich nicht.« Lukas nickte verständnisvoll.

»Verschlagen?« Thilo verschränkte die Arme vor der Brust und betrachtete ergeben seine vor Lachen brüllenden Kollegen. »Pater Brown soll mir mal unter die Augen treten!«

»So, Leute, kriegt euch wieder ein«, mahnte Wilfried Knebel, eine Träne aus dem Augenwinkel wischend. »Gab es aus der Videoüberwachung auch verwertbare Erkenntnisse, Lurchi?«

Der schüttelte den Kopf. »Der Rote-Rosen-Mann entpuppte sich als verschrobenes Marner Original. Harmlos. Eine unbekannte Frau stellte sich im Nachhinein als Nachbarin des Organisten heraus, die ihn zur Kirche gefahren hatte. Ansonsten waren alle von Person bekannt. Und Familie und Bekannte wurden bereits vor elf Jahren als Verdächtige ausgeschlossen. Nach dem derzeitigen Erkenntnisstand hat sich daran doch wohl nichts geändert, oder?«

Wilfried nickte. »Also stehen wir wieder vor dem Nichts. Was hat dein Besuch bei diesem Markus von Böhling ergeben, Lyn?«

Lyn sah ihren Chef an. Sollte sie ihre Gefühle in Worte fassen? War das gerecht Markus gegenüber? Ihr Blick fiel auf die Wand, die mit Fotografien vom Leichenfundort gespickt war. Das kleine Häuflein Mensch mit dem schlammigen, blassen Gesicht. Mit dem dicken, blonden Haar. Mit dem blutigen Rücken. Den blutigen Füßen.

»Seine Zeit hat ein intensives Gespräch nicht zugelassen. Und nur weil er gerne an der Elbe sitzt und auf das Wasser sieht, kann ich ihn ja schlecht vorladen. Aber ich knöpfe ihn mir noch mal vor. Er ist ein schwieriger Typ. Seit jeher … Ich würde mich gern noch einmal auf seinem Resthof umsehen.«

»Offiziell geht da gar nichts, Lyn, das weißt du.«

»Ich gehe Samstag früh joggen. Und komme zufällig am Hof meines alten Schulfreundes vorbei. Da kann ich doch mal schauen, ob ich ihn nicht dort antreffe. Das tun alte Freunde doch, oder?«

In gleichmäßigem Schritt lief Lyn die Landstraße Richtung Brokdorf entlang. Von ihrer Haustür bis zu Markus' Hof waren es rund vier Kilometer. Gut zu schaffen. Sie ließ einen Apfel-Hof hinter sich und genoss den Blick über die grünen Weiden, auf denen die Kühe gemütlich das Gras wiederkäuten. Über den zum Teil bereits abgeernteten Feldern lag ein spätsommerlicher Duft. Als sie am Hof von Sönke Rimmer vorbeilief, kam der Bauer gerade seine Auffahrt hinuntergeritten.

Lyn hielt an und musterte ihn, während er näher kam. Schlanke, aber muskulöse Schenkel, die in der Watthose verborgen geblieben waren, zeichneten sich unter einer abgewetzten Reithose ab. Das karierte Hemd war deutlich ungebügelt, aber sauber.

»Guten Morgen, Herr Rimmer. Ein Pferd haben Sie auch?«

Notgedrungen zügelte er die braune Stute. »Zum Laufen bin ich zu faul«, sagte er mit einem angedeuteten Lächeln, das seinem schmalen Gesicht eine sympathische Note verlieh.

Lyn lachte und strich dem Pferd über die helle Blesse. »Sie ist ein Freiberger, oder?«

»Sie kennen sich mit Pferden aus.«

»Eigentlich nicht, aber meine kleine Tochter hatte Reitstunden auf dieser Art Pferd … Nun, ich will Sie nicht aufhalten. Auf Wiedersehen.«

Er nickte ihr zu, schnalzte mit der Zunge und strich der Stute über den Hals. »Auf geht's, Darling.«

Er trabte vor ihr her, bevor er nach links in einen Feldweg abbog. Lyn blickte ihm nach. Sein Pferd hieß Darling. Ob er je eine Frau so genannt hatte?

Lyn lief weiter, den Blick auf den nächsten Hof, den der Bolthagens, gerichtet. Aus dem Augenwinkel sah sie gerade noch, wie Dirk Bolthagen über die kleine Schafweide zum Rimmer'schen Hof ging.

»Da hast du mal wieder Pech, *Junge*, der Nachbar ist weg«, murmelte Lyn vor sich her.

An der Auffahrt zum von Böhling'schen Hof blieb sie kurz stehen. Es sah ruhig aus. Entschlossen lief sie über das Kopfsteinpflaster zum Hauptgebäude, das durch die gardinenlosen dunklen Fenster einen abweisenden Anblick bot. Sie pochte pro forma an die doppelflüglige Friesentür an der rechten Seite des Hauses, deren grün-weiße Farbe von verwittertem Holz abblätterte. Beide Hände an die Schläfen haltend, presste sie ihren Kopf an das Fenster neben der Tür und versuchte, etwas zu erkennen. Es sah nach einem Wirtschafts- oder Abstellraum aus. Leere Regale, ein fleckiges Handwaschbecken, ein paar Eimer und Kartons.

Langsam ging sie weiter zum hinteren Teil des Hofes. Dabei versuchte sie, durch die Obstbäume zu ihrer Rechten auf den Bolthagen'schen Hof zu blicken, in der Hoffnung, niemanden zu sehen, der auch sie sehen könnte.

Als sie um die Hausecke bog, blieb sie kurz stehen. Prächtige Linden, eine Kastanie und weitere Obstbäume boten einen unerwartet romantischen Anblick. Bunt wuchernde Sommerstauden versuchten der Unkraut- und Grasflut zu trotzen. Eine kleine hölzerne Brücke führte über einen Graben zu einer verfallenen Scheune. Eine alte Kutsche lag mit gebrochenem Rad neben der Hintertür.

Lyn warf einen Blick in jedes der hinteren Fenster des Hauptgebäudes, ohne Details erkennen zu können. Schließlich überquerte sie die Brücke und lief durch das hohe Gras zu der Scheune. Im Vorbeigehen pflückte sie einen kleinen, grünen Apfel von einem der Bäume. Im hohen Bogen warf sie ihn nach dem ersten Bissen durch die Luft. Er war eindeutig noch nicht reif.

Die Scheunentür war nur angelehnt, ließ sich aber schwer öffnen. Sie musste mit beiden Händen ziehen, um hineinzugelangen. Millionen Staubpartikel wirbelten im Sonnenlicht, das durch die Ritzen der Holzlatten fiel und die Scheune in diffuses Licht warf. Mehrere alte Trecker, vielleicht Sammlerstücke, rosteten vor sich hin. Lyn schlenderte an den Maschinen vorbei und blieb vor einer Wand mit Sensen stehen, die von dicken Spinnweben überzogen waren.

»Nimm ruhig eine herunter. Es muss ja nicht immer der Sensen*mann* sein, der umhergeht.«

Der Schreck, der Lyn durch den Bauch in die Beine fuhr, ließ sie aufschreien, bevor sie herumschnellte.

»Wenn du schreist, hört dich höchstens Bolthagen junior. Möchtest du wirklich von *ihm* gerettet werden? Ich entsinne mich dunkel, dass er einen recht minderschlauen Eindruck auf mich machte.«

»Markus«, stotterte Lyn, »wa-was machst du denn hier?«

»Müsste nicht ich *dir* diese Frage stellen?« Markus von Böhling kam langsam auf sie zu.

»Wie? Oh, ja, klar. Was ich hier mache? Eigentlich … suchte ich dich.«

»Du suchst mich in einer alten, verfallenen Scheune? Auf einem Grundstück, von dem du weißt, dass ich es ungefähr alle zehn Jahre einmal betrete? Respekt!«

Er stand so dicht vor ihr, dass sie seinen Atem auf ihrer Wange spürte. »Nun, du bist doch hier«, sagte sie, einen Schritt zurückweichend, »also lag ich doch genau richtig.«

Er lachte kurz auf. »Du bist in deiner Unverschämtheit unwiderstehlich.«

»Eigentlich war ich nur neugierig«, sie stahl sich an ihm vorbei und verließ die Scheune. »Du wohnst so schön hier. Dieser herrliche Garten.«

Er folgte ihr. »Wie gefiel dir das Innere des Hauses? Konntest du durch die verdreckten Fenster überhaupt etwas erkennen? … Oh, Gwen, du generierst bei mir ein schlechtes Gewissen. Immer bringe ich dich zum Erröten.«

»Ich würde wirklich gern einmal in das Haus schauen«, trat sie die Flucht nach vorn an, »diese alten Bauernküchen haben so etwas Urgemütliches. Die hohen Decken, der Stuck …«

Das Lächeln verschwand aus seinem Gesicht. »Als ich meiner Frau das Haus zeigte, hat sie Tränen gelacht. Vor Hohn.« Dann deutete er auf die Bäume und den Garten. »Meine kleine Johanna hätte es geliebt.«

»Du musst sie wahnsinnig vermissen.«

»Hätte mir damals eine Macht die Möglichkeit gegeben, mir die Liebe aus dem Herzen zu reißen, ich hätte es getan. Diese unglaubliche Liebe, die ich für sie empfand, wurde durch einen unermesslichen Schmerz ihrer Kraft beraubt. Der Kraft, mein Leben zu meistern. Für die nächste Stunde, den nächsten Tag.«

»Aber du hast es geschafft.«

Er starrte in die Bäume. »Mit Johanna war ich die Sonne. Mit ihrem Tod wurde ich zur Nacht … Aber ich habe mein Licht wiedergefunden.«

Lyn folgte seinem Blick zum Himmel. »Bist du wieder Sonne?«

Er strich ihr eine verschwitzte Strähne aus dem Gesicht. »Ich bin jetzt Mond. Ich leuchte, aber mein Licht ist kalt.«

Die Worte riefen auf Lyns Armen eine Gänsehaut hervor.

»Du wolltest mir das Haus von innen zeigen«, sagte sie betont fröhlich.

Er verzog keine Miene. »Nein, wollte ich nicht.«

»Warum bist du hier, Markus? Du warst ewig nicht hier. Du hast es selbst gesagt.«

»Du hast mich bei deinem Besuch darauf gebracht. Ich wollte sehen, ob ich hier atmen kann. Ich hatte dieses Haus für sie gekauft. Für Johanna. Sie hat nie hier gelebt.«

»Wann sind sie … ich meine, wie lange ist es her?«

Er sah wieder in die Bäume. »Eine Ewigkeit Schmerz ist es her … Ich muss jetzt gehen, Gwen. Möchtest du noch etwas auf meinem Grundstück verweilen, oder gehst du auch?«

Lyns Gesicht wechselte noch einmal die Farbe. Er ging winkend zu seinem silberfarbenen Nissan Primera, der unter einem mit Wein überwucherten Carport stand und den Lyn jetzt erst bemerkte.

»Ich habe noch nie ein Schlachthaus von innen gesehen«, rief sie ihm hinterher, »könntest du das ändern? Wann bist du in deinem Itzehoer Betrieb?«

Er zögerte, bevor er sich umdrehte. »Komm nach Pinneberg. Dort sind wir auf dem neuesten Stand. Ruf einfach vorher an.«

»Er spricht immer noch gern in Rätseln«, sagte Lyn und teilte ein großzügiges Stück von der Marzipantorte ab. Mit der vollen Gabel fuchtelte sie vor Svea Magens' Gesicht herum. »Es ist mir nicht gelungen, auf alle Fragen eine zufriedenstellende Antwort zu bekommen.« Endlich ließ sie das Stück in ihrem Mund verschwinden.

»Du hättest im Zeitungsarchiv recherchieren können«, meinte Svea und strich mit der Zunge über ihre Oberlippe, um den Milchschaum zu entfernen.

»Aber so ist es doch viel netter«, sagte Lyn lächelnd. »Du erzählst mir alles über Markus, und wir klönen über alte Zeiten …

Ich kann kaum glauben, dass es dieses Café und auch die leckeren Rumberge noch gibt.« Ihr Blick glitt durch das Itzehoer
Café Ramm, das von einem dunklen Laminatfußboden und großen Fenstern beherrscht wurde. Weinrote Bezüge auf den Stüh-
len und Bänken kontrastierten mit hellen Wänden und silberfarbenen Dekorationen.

»Weißt du noch, wie wir in den Pausen immer herüberge-
rannt sind und uns mit Negerkussbrötchen eingedeckt haben?«,
kramte Lyn weiter Erinnerungen hervor.

»Ja, und der bissige Ulms hat auf der Lauer gelegen und uns
Strafarbeiten aufgebrummt.«

»Was bauen die auch eine Schule direkt gegenüber einer Kon-
ditorei.«

Svea lachte. »Ich glaube, die Kaiser-Karl-Schule war eher da.
So schlappe hundert Jahre … Und deine Töchter hast du auch
beide hier angemeldet?«

»Klar. Aus alter Verbundenheit. Sophie liebt übrigens auch
diese Rumberge.« Lyn biss in den weichen, mit Schokolade über-
zogenen Teig. »Aber lass uns auf Markus zurückkommen. Wann
und wie sind seine Frau und seine Tochter ums Leben gekommen?«

»Hm, lass mich überlegen. Ich bin damals zur Beerdigung gegangen. Das war vor zwölf Jahren, im Januar, also ist es zwölf-
einhalb Jahre her. Seine Frau war mit der Kleinen abends auf der
Landstraße unterwegs. Blitzeis. Bumm, das war's! Kerstin war
sofort tot, Johanna starb im Krankenhaus.«

Lyn strich über ihre Oberarme. »Grässlich … Weißt du, ob
sie eine harmonische Ehe führten?«

»Es wurde seinerzeit gemunkelt, dass ihre Ehe nicht zu den
glücklichsten zählte. Aber nach dem schrecklichen Unglück
stand das nicht mehr zur Debatte. Vielleicht war es auch nur ein
Gerücht. Hast du ihn eigentlich zu deiner Party eingeladen?«

Lyn schüttelte den Kopf. »Ich habe einige alte Bekannte eingeladen, aber Markus ist nicht dabei.« Das Warum fügte sie nicht
hinzu. Sie hätte es auch nicht in Worte fassen können. Er hatte
etwas an sich, das ihr Unbehagen bereitete. Vielleicht waren es

seine düsteren Äußerungen. Andererseits hatte er etwas Verletzliches. Seine Widersprüchlichkeit machte ihn jedenfalls interessant.

»Erde an Lyn!«

Sie schrak zusammen. »Wie? Oh, entschuldige, Svea. Ich war mit meinen Gedanken woanders ... Es ist wirklich schade, dass du nicht zu meiner Party kommst. Das Kommissariat wird fast komplett zugegen sein. Sogar Wilfried und seine Frau kommen.«

»Hendrik auch?«

»Wolff ist nicht eingeladen.«

»Was? Ausgerechnet den lädst du nicht ein? Hast du keine Augen im Kopf?«

»Von einem attraktiven Äußeren lass ich mich nicht noch einmal blenden. Außerdem ist er unverschämt.«

Svea grinste. »Du musst ihn ja nicht gleich heiraten. Aber so zum Füße wärmen, wenn die kalte Jahreszeit kommt ...«

»Ich hab dicke Socken. Schade, dass ich deinen Mann nicht kennenlerne. Aber ein Essen bei Schwiegereltern darf man nicht absagen.«

Svea zögerte einen Moment, bevor sie fragte: »Und du? Wie fühlst du dich so, als geschiedene Frau?«

Lyn nahm den Löffel und rührte ihren schwarzen Kaffee um. »Es ist okay. Ist ja noch ziemlich frisch. Aber ich bin darüber hinweg.«

»Boah, Mama, das müssen reiche Leute sein. Der ganze Sarg ist mit roten Rosen geschmückt. Die sind doch teuer, oder?«

Lyn knallte das Bügeleisen aufs Brett und raste die Treppe hinauf in Sophies Zimmer »Spinnst du?«, zischte sie und zog ihre Tochter von der Fensterbank herunter. »Das ist pietätlos. Was sollen denn die Trauergäste denken, wenn sie dich hier oben am Fenster hocken sehen?«

»Ist doch mein Zimmer. Ich kann doch rausgucken, wann ich will. Und wenn die mit dem Sarg ausgerechnet hier vorbeikommen, ist das doch nicht mein Probl–«

»Krümel!«

»Jaaa, ist ja schon gut … Ach, aber wenn *du* rausstarrst, ist das nicht piedingsbums, was?«

»Pietätlos«, korrigierte Lyn Sophie automatisch, ohne vom Fenster wegzutreten. Sie hatte keinen Blick für die Trauergemeinde, die dem Sarg aus der Wewelsflether Kirche folgte.

Lyn interessierte vielmehr der Mann, der vor einem Grab neben dem Glockenturm stand. »Sönke Rimmer«, flüsterte sie.

»Heißt so der Mann im Sarg, Mama?«, wollte Sophie wissen.

»Nein, so heißt der Mann, der gerade auf ein Grab gespuckt hat.«

Lyn wartete, bis die Beerdigung vorüber war, und ging den Plattenweg an der über fünfhundert Jahre alten Trinitatis-Kirche entlang, deren Name die göttliche Dreieinigkeit widerspiegelte. Neben dem weinrot gestrichenen Glockenturm, der ihr stündlich und halbstündlich die Uhrzeit ins Haus gongte, blieb sie stehen. Das ungepflegte Grab fiel sofort ins Auge. Wuchernder Efeu und Unkraut machten den Großteil der Bepflanzung aus.

Die Namen Gerd Rimmer und Monika Rimmer, dazu die Geburts- und Sterbedaten, waren in einen grauen Grabstein graviert, der windschief und mit Vogelkot befleckt einen traurigen Anblick bot.

»Wer nicht weiß, dass Gerd und Monika Geschwister war'n, würde wohl denken, dass dieses Doppelgrab das Grab eines Ehepaares ist.«

Lyn drehte sich um. Es war der alte Küster, der diese Worte gesagt hatte. Er nahm seinen schwarzen Hut ab und nickte ihr zu. Einen Moment war Lyn verdutzt, denn sie hatte gerade das Gleiche gedacht, an das Gerücht, von dem Lore Bolthagen berichtet hatte. Hatten Gerd und Monika Rimmer wie ein Paar zusammengelebt?

»Monikas Sohn scheint an Grabpflege nicht sehr interessiert zu sein«, sagte Lyn nur.

»Der Sönke ist nie hergekommen«, erwiderte der Küster und strich sich über seine blank polierte Glatze, »bis auf heute. War eben hier. Wohl, weil er angeschrieben wurde. Die Laufzeit ist um. Fünfundzwanzig Jahre. Das Grab kann aufgelöst werden.«

»Kannten Sie die beiden?« Lyn deutete auf den Grabstein.

»Ja, schon. Ich kannte und kenne alle Wewelsflether.«

»Hatte der Sönke Probleme mit seiner Mutter? Oder mit seinem Onkel?«

Der Küster sah sie erstaunt an. »Nicht, dass ich wüsste. Der war doch noch Kind, als seine Mutter so krank wurde. Scheiß Krebs. Hat mir schon leidgetan damals, die Monika. War grad erst Anfang dreißig, als sie starb. Da war der Onkel vom Sönke schon tot. Probleme hatte der Junge wohl eher mit den Spötteleien der anderen. Der Dörfler. Es gab hässliche Gerüchte.«

Lyn tat unwissend. Fragend zog sie eine Augenbraue hoch. Mehr bedurfte es nicht, um den Küster zum Sprechen zu bringen. Seine Stimme wurde Nuancen leiser.

»Inzucht! Monika und Gerd Rimmer sollen es miteinander getrieben haben. Und wenn Sie mich fragen: Der Sönke ist der Sohn vom Gerd. Ist ihm wie aus dem Gesicht geschnitten.«

»Das wäre ja auch bei einem Onkel-Neffe-Verhältnis nicht ungewöhnlich«, warf Lyn ein.

Der Küster wirkte eingeschnappt. »Warum fragen Sie eigentlich, ob der Sönke Probleme mit den beiden hatte?«

»Nur so.«

»Sie sind doch die Kriminale, die jetzt im Haus von der alten Bengisch wohnt?«

Nun sah Lyn ihn erstaunt an.

Er grinste. »Ich sag doch, ich kenn alle Wewelsflether.«

Lyn lächelte. »Ich habe das Haus von den Bengisch-Erben gemietet. Über meinen Vater.«

»Wussten Sie, dass die alte Bengisch sich oben, in dem kleinen Zimmer zum Garten, aufgehängt hat? Wollte nicht ins Heim. Drei Tage hing sie da, bis ihr Sohn sie gefunden hat.«

Lyn starrte ihn an. »Das muss mein Vater vergessen haben zu erwähnen. Und bitte, tun Sie mir einen Gefallen: Keinen Ton davon zu einer meiner Töchter!«

***

»Kchrrrrr …«, lang gezogen ahmte sie das vertraute Geräusch der sich öffnenden Luke nach.

Sie lag auf ihrem Bett, Arme und Beine eingeigelt, mit dem Kopf zur Wand. Sie drehte sich auch nicht um, als er die Leiter herabkletterte. »Kwad-Kwad … Kwad«, begleitete sie das Geräusch seiner gummigestiefelten Schritte. Einen Moment herrschte Stille.

»Anna! Sieh mich an.«

Weiter die Wand anstarrend, ahmten ihre Lippen lautlos seine Worte nach.

»Schau, Anna, was Peter dir mitgebracht hat.«

Jetzt hob sie den Kopf.

»Damit Anna wieder fröhlich wird«, sagte er und hielt ihr eine Blechbüchse hin, die mit einem Tuch abgedeckt war.

Ihre Augen leuchteten, während sie sich aufsetzte und nach der Dose griff. »Was ist das?«

»Nimm das Tuch ab.«

Das tat sie. Als etwas aus der Dose flatterte, stieß sie ein erschrockenes »Oh« aus, aber ihr Blick folgte neugierig dem Insekt.

»Das ist ein Schmetterling«, sagte sie nach weiteren Sekunden des Beobachtens. »Ein Schmetterling!« Sie strahlte ihn an. Dann sprang sie auf und verfolgte das braun-bunte Pfauenauge. Als er sich auf dem Regal niederließ, streckte sie die Hand aus.

»Sei vorsichtig«, mahnte er sie, »der Schmetterling hat ganz dünne Flügel.«

Als der Falter weiterflog, kreischte sie auf und lief ihm erneut hinterher. Er ließ sie gewähren. Plötzlich hielt sie inne und ging an ihr Spielzeugregal. Sie nahm die Memory-Schachtel und schüttete den Inhalt auf den Tisch, um ihn gleich darauf nach einer bestimmten Karte zu durchwühlen.

»Das ist ein Schmetterling«, sagte sie, als sie fündig wurde. Sie hielt ihm die Karte mit dem Pfauenauge vor die Nase.

Er nickte lächelnd.

Sie griff nach einer weiteren Karte. »Das ist eine Giraffe. Kann Peter morgen eine Giraffe mitbringen?«

Er lächelte. »Nein, das kann Peter nicht. Eine Giraffe ist groß. Viel größer als ein Schmetterling.«

»Ist ein Papagei auch groß?« Sie nahm die Karte mit einem hellroten Ara zur Hand.

»Nein, aber einen Vogel darf Peter nicht mitbringen.«

»Warum nicht?«

»Ein Vogel ist laut.«

Ihre Augen weiteten sich. Sie flüsterte: »Kleine Anna und Große Anna dürfen nicht laut sein. Dann kommen die Piraten und holen sie.«

»Die Piraten sind unruhig«, er flüsterte ebenfalls und starrte an die Decke, »sie schleichen herum, da oben … Leise müssen wir sein, leise.«

SECHS

Unentschlossen schlenkerte Lyn die Fackel hin und her. Da, im Beet hinter dem Apfelbaum, war der richtige Platz. Sie musste sich anstrengen, um die Fackel in den trockenen Boden zu stemmen.

»Fertig«, murmelte sie und blickte sich zufrieden um. Der Garten war festlich geschmückt, die Wetterprognosen waren hervorragend. Es war ein Augustabend wie aus dem Katalog. Der Party stand nichts im Wege. Lyn zählte noch einmal die Sitzgelegenheiten, die aus Gartenstühlen und geliehenen Partybänken bestand.

»Kriegt man acht Leute auf eine Partybank? Wie viele Freunde hattest du jetzt eingeladen, Krümel?«

»Dreizehn«, rief Sophie von der Leiter, auf der sie stand, um pinkfarbene Luftballons an der Regenrinne zu befestigen.

»Oh. Das ist … nett«, stammelte Lyn.

»Eigentlich meint sie: Das ist viel. Zu viel.« Mit den Unterarmen auf die Fensterbank gestützt, sah Charlotte aus ihrem Fenster.

»Würde Madame, statt blöde Sprüche zu klopfen, vielleicht einmal mit Hand anlegen? Es gibt noch genug zu tun. Es ist schließlich auch deine Party. Wie viele Leute hast du eingeladen?«

»Lass mich schnell durchzählen. Null plus null plus null plus …«

»Eigentlich müsste ich wahnsinnig traurig sein«, unterbrach Lyn Charlotte, »aber in diesem Fall bin ich dir äußerst dankbar. So ist genug Platz für alle geladenen Gäste.«

Charlotte knallte ihr Fenster zu.

»Ich dachte, Opa wollte dir helfen«, sagte Sophie und klappte die Leiter zusammen, »jetzt hast du alles allein gemacht.«

Lyn schlang die Arme von hinten um Sophie und drückte einen Kuss auf den blonden Scheitel. »Du hast mir doch geholfen, Krümel. Und dass Opa plötzlich etwas Besseres vorhatte, überrascht uns doch nicht wirklich, oder? Heute Abend will er aber auf jeden Fall dabei sein. Nun fehlt nur noch der Cateringservice mit dem Essen. Dann kann's losgehen. Und jetzt auf! Duschen und umziehen. Die Gäste kommen in einer Stunde.«

»Ihre Törtchen waren ein Gedicht«, sagte Lyn zu Wilfried Knebels Frau, »gibt's ein Rezept, oder backen Sie frei Schnauze?«

Elke Knebel lachte und stieß mit ihrem Sektglas an das von Lyn. »Ich bin Elke. Und es gibt ein Rezept. Aber nur, wenn ich im Gegenzug das deiner Marzipantorte bekomme. Wilfried hat so davon geschwärmt.«

»Kein Problem. Noch etwas Sekt?«

Lyn war auf dem Weg zur Küche, um kalten Sekt zu holen, als es erneut klingelte. Als sie die Haustür öffnete, drängte sich ein großes braunes Etwas an ihr vorbei.

»Oh, Vater, du hast Barny mitgebracht? Er wird alle Gäste vollsabbern.«

»›Vater, wie schön, dich zu sehen‹ wäre die nettere Variante der Begrüßung gewesen. Ich jedenfalls freue mich, dich zu sehen, mein Kind!« Henning Harms drückte seiner Tochter einen großen Strauß Dahlien in den Arm. »Ich erkläre dir lieber später, warum ich Barny dabeihabe.« Er ignorierte ihren skeptischen Blick und rief die Treppe hinauf: »Mädels, wo seid ihr? Opa ist da.«

»Lotte hockt oben und schmollt, Krümel ist mit ihren Freunden im Garten.«

»Wenn der Spanferkelduft nach oben zieht, wird sie schon runterkommen. Ist das Essen schon da? Ich habe einen Mordshunger.« Seine Frage schien rhetorischer Art gewesen zu sein, denn er ging bereits Richtung Terrasse.

»Oh, was höre ich? Es gibt Spanferkel? Lecker.«

Lyn schnellte an der noch offenen Tür herum und starrte den Mann an, der vor ihr stand. »Wolff! Du … du bist nicht eingeladen.«

Hendrik lächelte sie an. »Irrtum. Ich bin eingeladen.«

»Genau. Und zwar von mir.« Charlotte kam die Treppe herunter. »Toll, dass du gekommen bist, Hendrik, und vielen Dank für die CD.«

Lyn stand mit offenem Mund da.

»Bitte sehr«, Hendrik wickelte einen bunten Sommerblumenstrauß aus dem Papier, »für die Damen des Hauses.«

Da Lyn keine Anstalten machte, den Strauß zu nehmen, griff Charlotte danach. »Und was ist das?«, fragte sie und deutete auf den Umschlag, der an dem Strauß befestigt war.

»Ein Kinogutschein. Für vier Personen.« Hendrik sah Lyn an.

»Toll«, sagte die, »da können wir Opa mitnehmen.« Dann deutete Lyn durch die Terrassentür nach draußen. »Siehst du dort den hinteren Tisch, Lotte? Das ist der Kindertisch. Nimm deinen Gast und setzt euch dahin.«

Mit heißen Wangen öffnete Lyn in der Küche den Sekt. Auf dem Weg nach draußen blieb sie kurz vor dem Flurspiegel stehen. Eine Strähne ihres halblangen, heute hochgesteckten Haars hatte sich gelöst. Sie zupfte sie zurecht.

Hendrik Wolff!

Sie würde ihn ignorieren.

Im Rausgehen warf sie noch einen Blick in den Spiegel. Das grau-fliederfarben geblümte Sommerkleid mit den Spaghettiträgern saß perfekt.

In der Terrassentür blieb Lyn einen Moment stehen und genoss den Anblick, der sich ihr bot. Alle Gäste schienen sich bestens zu unterhalten. Sophies Truppe stand Schlange vor dem Tisch des Cateringservice und ließ sich Spanferkel und Kraut auf die Teller häufen. Zwischen Apfelbaum und Hecke tanzte Lurchi mit Karin. Als Lyns Blick den Tisch ihres Chefs streifte, kam Leben in ihre Beine, denn Elke Knebel versuchte gerade, mit einer Serviette diverse Glibberfäden von ihrem Rock zu wischen.

»Barny! Oh nein«, stieß Lyn aus, stellte schnell den Sekt auf den Stehtisch und packte den Boxer am Halsband. »Du altes Sabbermaul. Entschuldige, Elke.« Sie zerrte ihn durch die lachenden Gäste. »So, Freundchen, den Rest des Abends verbringst du in meinem Schlafzimmer.«

»Hund müsste man sein.«

Genervt blickte Lyn auf. Mitten in lachende graue Augen.

»Das ist also Barny.« Hendrik ging in die Knie und streichelte den Boxer. »*Er* mag mich. Siehst du, Bavaria? Er wedelt mit dem Schwanz.«

»Barny würde auch Hannibal Lecter aus der Hand fressen.« Sie ließ Hendrik stehen und verfrachtete den Hund in ihr Schlafzimmer.

Als sie wieder nach draußen kam, stand Hendrik am gleichen Platz. Er griff einfach nach ihrer Hand. »Würdest du mit mir tanzen?«

Lyns Blick glitt zu der kleinen improvisierten Tanzfläche, auf der sich bereits allerlei Volk tummelte. »Ja, klar, warum nicht? Ich habe auch schon mit Lurchi und Wilfried getanzt.«

»Du bist also nur höflich?«, fragte er, während er sie in seine Arme zog.

»Nicht nur. Ich tanze einfach gern.«

»Dann werde ich mich bemühen, dich einmal nicht zu verärgern. Vielleicht habe ich dann Chancen auf einen zweiten Tanz.«

Er hatte im Gegensatz zu Lurchi Rhythmusgefühl und führte sie sicher. Nur allzu deutlich spürte Lyn durch den dünnen Stoff des Kleides seine warme Hand auf ihrem Rücken. Der leise Seufzer entschlüpfte ihr, bevor sie etwas dagegen tun konnte.

»Tanze ich so schlecht? Oder ist mein Verhalten nicht korrekt?« Er lächelte und bog seinen Kopf ein wenig nach hinten, um ihr in die Augen zu sehen.

Sie konnte ihren Blick kaum von seinen grauen Augen lösen. Er verhielt sich höchst korrekt. Er hatte sie nicht unnötig eng an sich herangezogen, und er hatte eine belanglose Unterhaltung geführt. Ohne jede Anspielung. Sie senkte den Blick. Allerdings nur bis zu seiner sehnigen Halsbeuge. Der perfekte Platz, um ihren Kopf beim Tanzen daran anzuschmiegen.

Abrupt blieb sie stehen und machte sich aus seinen Armen frei. »Ich muss Getränke holen. Die Gäste verdursten.« Sie drehte sich um und lief ihrem Vater in die Arme.

»Der steht dir, Kind. Könnte das was werden mit euch?« Henning Harms deutete mit seiner Gabel auf Hendrik, der sich zu Lukas und Karin Schäfer an den Tisch setzte.

Lyn verdrehte die Augen. »Vater, bitte! Im Gegensatz zu dir bin ich durchaus in der Lage, auch ohne Partner ein erfülltes Leben zu führen. Ich komme im Moment sehr gut ohne einen Mann aus.«

»Ich würde dir trotzdem gerne meinen Nachbarn vorstellen. Sichere Existenz, Finanzbeamter, kulturell interessiert, Audi-Fahrer …«

»Du meinst hoffentlich nicht diesen Bundfaltenhosenträger, der seine Haare über die Halbglatze kämmt?«

»Du könntest ihn modisch beraten.«

Lyn konnte nicht anders. Sie begann herzlich zu lachen. »Lieber lebe ich mit Barny als mit einem deiner Auserwählten. Und du weißt, dass ich Barny nicht besonders mag.«

»Dein Verhältnis zu Barny könnte sich in nächster Zeit bessern.«

Misstrauisch blickte Lyn ihren Vater an, der imaginäre Fussel von seinem Hemd entfernte. »Wie das?«

»Es ist alles mit Sophie und Charlotte besprochen. Du wirst gar nicht merken, dass er hier ist. Er ist wirklich pflegeleicht. Nur seine Tabletten dürft ihr nicht vergessen. Du weißt schon, wegen seiner epileptischen Anfälle. Und die Vitamine.«

»Entweder habe ich dem obersüffigen Barolo zu sehr zugesprochen oder ich halluziniere. Es hörte sich einen Moment so an, als würde Sabbermaul in meinem Haus einquartiert werden.«

»Zwei Wochen, Schatz, es sind nur zwei Wochen.«

»Nein!«

»Aber Gitta Kempmeier und ich machen Kurlaub. Also sie macht Kur, ich Urlaub. Im Schwarzwald. Da sind Hunde nicht erwünscht.«

»Hier auch nicht. Und wer, bitte, ist Gitta Kempmeier? Ich denke, deine Angebetete heißt Rosel Soundso …«

»Die hat zu sehr geklammert. War mehr der häusliche Typ. Von Theater und Konzerten hielt sie nicht viel. Und jeden Abend Pilcher oder Serienkrimis halte ich nicht aus.«

»Wenn du eine deiner Bekanntschaften mal länger als drei Monate hast, mach mich gerne mit ihr bekannt. Aber vorher bitte nicht. Und jetzt zu Sabbermaul: Such ein hübsches Tierheim, wo er zwei Wochen bleiben kann. Bei mir nicht!«

»Wäre ja auch zu schön gewesen«, murmelte Jochen Berthold, während er lesend Lyns Büro betrat, »hier, vom LKA.« Er drückte Lyn die Berichte der kriminaltechnischen Untersuchungsstelle in die Hand. »Alles negativ.«

Lyns Blick flog über die Zeilen. Es gab keinerlei Übereinstimmungen zwischen sämtlichen von der Kripo Itzehoe eingesandten Kaninchenhaaren und denen an Nele Johannsons Jacke.

Jochen verschwand mit einem kurzen Winken. Lyn warf sich in ihren Bürostuhl zurück. Und nun? Der Frust riet ihr zu einer Zigarette. Aber sie hatte erst vor einer halben Stunde geraucht. Sie nahm den Bericht und heftete ihn in den übervollen Spurenordner. Einen Moment grübelte sie vor sich hin. Dann griff sie kurz entschlossen nach dem Telefonbuch.

»Schlachthof von Böhling GmbH«, murmelte sie vor sich hin, »Kieler Landstraße.« Sie überlegte. Als Karin an ihrer Tür vorbeilief, rief sie: »Karin, wo in Itzehoe ist die Kieler Landstraße?«

»Außerhalb«, antwortete Karin umgehend, »auf dem Weg nach Hohenlockstedt. Da, wo sich Fuchs und Hase Gute Nacht sagen.«

»Danke.« Lyn starrte auf das Telefonbuch. Wo Fuchs und Hase sich Gute Nacht sagten, waren Felder und Wiesen. Und dort lag eindeutig Kleiboden.

Sie griff nach ihrer Handtasche und betrat das kleine Büro der Kommissariatssekretärin, in dem es duftete, als wäre ein Moschusvulkan explodiert.

»Ist ein Dienstwagen frei, Birgit?«

»Aber klar doch.« Die goldberingte Hand der Sekretärin öffnete die Schreibtischschublade und drückte Lyn den Passatschlüssel in die Hand. »Wohin geht's?«

»Nach Pinneberg.«

»Gwen, es wird zur lieben Gewohnheit, dass du mich besuchst.« Markus sprang von seinem Schreibtischstuhl auf und nickte seiner Sekretärin zu, die Lyn hereingeführt hatte. »Kaffee, Gwen? Zwei Kaffee, bitte, Frau Riester.«

Lyn setzte sich auf den Stuhl, den er ihr zuschob. »Du hast gesagt, du zeigst mir deinen Betrieb. Da bin ich.«

»Ich sagte, glaube ich, auch: Mach einen Termin.« Das Lächeln seines Mundes erreichte nicht seine Augen.

»Komme ich ungelegen?«

»Niemals. Aber ich möchte dich nicht mit Halbheiten abspeisen.«

»Dann mach doch eine private Führung. Morgen oder übermorgen oder wann auch immer du Zeit hast. In deinem Itzehoer Schlachthof. Da bin ich nah dran.« Lyn hoffte, dass er auf ihren Vorschlag eingehen würde. Schließlich wollte sie den ländlichen Itzehoer Betrieb etwas genauer in Augenschein nehmen.

Er lächelte. »Jetzt bist du schon mal hier in Pinneberg. Und was soll's? Ich bin der Chef. Ich nehme mir die Zeit.«

Lyn lächelte ihn an. *Shit!*

Mit einem weißen Kittel und Plastikschuhen ausgestattet, folgte Lyn Markus von Böhling durch seinen Betrieb.

»Ach, die Armen«, sagte sie, als mehrere Rotbunte aus einem Viehtransporter geführt wurden, während sie ihm über einen gepflegten Hof in das nächste Gebäude folgte.

»Wandelndes Gulasch«, sagte Markus und klopfte einer Kuh auf den Rücken. »Oder ernährst du dich vegetarisch?«

»Das nicht, aber sie tun mir trotzdem leid. Wenn ich das Gulasch anbrate, gucken mich die treudoofen Augen ja nicht mehr an.«

»Dann ist die taffe Gwen also doch nicht so ein harter Kerl.

Ich wollte dich gerade fragen, ob du gerne mal das Bolzenschussgerät ausprobieren möchtest.«

Sie sah ihn an. »Du glaubst, ich hätte Spaß daran, eine Kuh zu töten?«

»Mit dem Bolzen würdest du sie nur betäuben. Getötet wird sie mit dem Messer. Die Kehle wird aufgeschlitzt.«

Lyn wandte den Blick ab. »Die Messer würde ich mir gerne mal ansehen.«

»In der Hoffnung, dass du ein Messer entdeckst, das dem ähnelt, mit dem Nele Johannson getötet wurde? Nein, warte … du möchtest kein ähnliches finden. Du möchtest *das* Messer finden. Bei mir.«

Er lächelte.

Lyn öffnete die Knöpfe ihres Kittels, zog ihn aus und drückte ihn Markus in den Arm.

»Lass uns in dein Büro gehen, Markus.«

Er trank einen Schluck Kaffee und sah sie über den Rand der Tasse hinweg an.

»Ich habe mich natürlich schlau gemacht, nach deinem ersten Besuch hier. Nur ein Schwachkopf hätte nicht bemerkt, was du dachtest. Und dann dieser reizende Besuch auf meinem Hof in Wewelsfleth … Du hältst mich für ein Tier. Ein Tier, das kleine Mädchen entführt … und versteckt … und tötet.«

Sie hielt seinem undefinierbaren Blick stand. »Ich mache nur meinen Job. Du hast an der Elbe gesessen, direkt dort, wo das Kind gefunden wurde. Du hast einen Hof in direkter Nähe, und du hast …« Sie stockte.

»Ja?« Seine Stimme war Eis.

»… du hast … deine Tochter … verloren!«

Seine Hand zitterte, als er die Tasse absetzte. Sein Blick marterte ihr Gewissen.

»Ich sitze seit über dreizehn Jahren auf dieser Bank an der Elbe. Und den Hof habe ich vor ebenso langer Zeit gekauft. Alles lange vor der Entführung dieses Kindes … Ja, ich habe mein Kind verloren, aber glaubst du wirklich, ich gehe los und greife mir ein anderes? Als Ersatz? Du glaubst, irgendein Kind könnte Johanna ersetzen?«

Seine Mundwinkel bogen sich nach unten. »Wie armselig du bist, Gwen. Wenn du das nächste Mal kommst, bring bitte einen Durchsuchungsbefehl mit.«

Weiß, wie der Kittel auf seinem Schreibtisch, stand sie auf und ging.

***

Er gab der Plastikdose einen Stoß mit dem Finger. »Warum isst du dein Rührei nicht, Anna?«

Sie hob ihren Kopf kurz vom Kissen und starrte zum Tisch. »Anna mag nicht essen.«

»Schau, Peter hat dir Schokolade mitgebracht.«

Sie schüttelte den Kopf und drehte sich, die Beine eng an den schmalen Körper ziehend, wieder zur Wand.

Mit zwei Schritten war er bei ihr am Bett. Er griff nach ihr und setzte sie auf seinen Schoß. »Möchtest du die Sterne sehen, Anna?«

Mit großen Augen sah sie ihn an. »Anna darf wieder Sterne gucken?«, fragte sie ungläubig und deutete zur Luke.

Er nickte. »Wenn du dich an unsere Abmachung hältst! Was tun wir, wenn wir durch die Luke gehen?«

Sie legte ihren Finger auf die Lippen und flüsterte: »Wir sind ganz leise. Mäuschenstill. Damit die Piraten uns nicht hören. Wir gehen nicht zu einem Licht. Und wir gehen nicht zu einem Haus. In einem Haus wohnen die Piraten.«

»Wie sieht ein Haus aus?«, fragte er.

Sie hüpfte von seinem Schoß und nahm ein Buch aus dem Regal. »Das ist ein Haus … und das.« Sie deutete auf verschiedene gezeichnete Häuser.

»Gut!« Er starrte zur Decke. »Die Piraten sind da … Sie suchen … und finden nicht … du musst immer schön bei Peter bleiben.«

Sie fiel ihm um den Hals. »Hab dich lieb«, flüsterte sie an seinem Ohr.

Er lächelte. »So gefällst du Peter schon besser.«

Sie rannte zur Stiege. »Komm, Peter, komm!«

Er schüttelte den Kopf. »Wir müssen warten, Anna, bis die Sterne am Himmel stehen. Dann schlafen die Piraten. Peter weckt dich. Bis dahin musst du dich gedulden. Und jetzt iss dein Ei und trink deine Milch. Nur liebe Kinder, nur Kinder, die alles aufessen, dürfen Sterne schauen.«

***

»Sophie! Musstest du ausgerechnet bei diesem Wolkenbruch mit ihm loslaufen? Hättest du nicht zehn Minuten warten können? Wie seht ihr denn jetzt aus? Vor allen Dingen dieser ... Hund!«

Schuldbewusst blickten Sophie und Barny zu Lyn auf.

»Du musst nicht immer mit Barny schimpfen, Mama. Er vermisst Opa, und wenn wir nicht nett zu ihm sind, wird er depressiv.«

»Dann kriegt er ein Antidepressivum. Dieser Hund frisst doch sowieso schon mehr Tabletten als Hundefutter.«

Während das Regenwasser aus Sophies Haaren und Jacke auf die Flurfliesen tropfte, entledigte Barny sich der ungeliebten Nässe durch kräftiges Schütteln.

Lyn schloss die Augen. »Bleib ruhig, Lyn, bleib ruhig. Es ist nur Wasser«, murmelte sie im Singsang vor sich her, »es ist nur Wasser.«

»Fast nur«, sagte Sophie und deutete auf die schleimig-glibbrigen Fäden, die an Treppe und Wand zähflüssig herabglitten.

»Ich bereite jetzt das Abendessen vor«, sagte Lyn ganz ruhig, »und wenn ich in zehn Minuten wieder diesen Flur betrete, ist er komplett sauber und von sämtlichen Wasser- und Sabberresten befreit. Haben wir uns verstanden?«

Sophie nickte und führte den Boxer in den kleinen Wirtschaftsraum. »Du musst erst mal hierbleiben, Barny, bis sie sich wieder beruhigt hat. Dann gehen wir in mein Zimmer. Es läuft im Moment beruflich nicht so bei ihr. Sie kann den Mörder nicht finden.«

»Sophie Hollwinkel! Meine Laune hat nichts, aber auch absolut gar nichts mit meinem Job zu tun, verstanden?«, kam es laut aus der Küche.

»Was ist denn hier los?« Charlotte kam die Treppe herunter. »Iih! Ist das hier Sabber am Geländer?« Angeekelt ging sie in die Küche und wischte ihre Hand mit dem Geschirrtuch ab.

»Warum nimmst du kein Küchenkrepp?« Lyn riss ihr das Tuch aus der Hand. »Weil ich ja so gern wasche, nicht wahr? Ich hab ja auch noch nicht genug zu waschen. Außer deinen Klamotten, die nach einmaligem Tragen alle im Wäschekorb landen.«

»Peace!« Charlotte machte das Dämonen abwehrende Kreuzeszeichen. »Jetzt komm mal wieder runter. Welche mutierte Laus ist dir denn über die Leber gelaufen? Hat Krümel dir etwa gesagt, dass –«

»Nein, hab ich nicht!«, unterbrach Sophie schnell ihre Schwester, als sie ebenfalls die Küche betrat. Die beiden blickten sich stumm an.

»Was hat Krümel mir nicht gesagt?« Lyn stellte sich vor Charlotte und stieß den Holzlöffel, den sie in der Hand hielt, wie einen Degen vor deren Brust. »Raus mit der Sprache.«

»Du willst es nicht wissen, Mama, glaub mir.«

»Ärger in der Schule!«

»Nein.«

»Du bist schwanger!«, schrie Lyn auf.

Charlotte verdrehte genervt die Augen. »Ich hab nicht mal einen Freund, Mama.«

»Was dann?« Lyn drückte den Holzlöffel noch stärker an Charlottes Brust.

»Papa und Miriam wollen heiraten.«

Einen Moment herrschte gespannte Ruhe. Ohne ein Wort zu sagen, drehte Lyn sich abrupt um und begann, in der Pastasoße zu rühren.

»Papa hat es uns heute Nachmittag am Telefon erzählt«, ergriff Sophie das Wort, »eigentlich wollte er es uns erst in den Ferien sagen, aber er freut sich so und hat gesagt, wir sollen es sofort wiss–«

»Krümel!«, zischte Charlotte ihre Schwester an und boxte sie in die Seite.

Schuldbewusst blickte Sophie zu ihrer Mutter.

»Euer Vater kann tun und lassen, was er will«, sagte Lyn, während sie unaufhörlich weiterrührte.

»Du weinst, Mama«, sagte Charlotte betreten.

»Ich weine nicht.« Lyn wischte eine Träne mit dem Handrücken fort. »Also gut, ich weine, aber nicht wegen … ihm.« Jetzt kamen die Tränen zuhauf. »Scheiß-Zwiebeln …«

Lyn warf den Holzlöffel quer über den Herd gegen die Fliesen. Aufweinend drängelte sie sich an Sophie und Charlotte vorbei und rannte die Treppe hinauf, während die Bolognese an der Wand herabbrann.

***

»Du kannst mich loslassen, Anna«, sagte er leise, »wir sind da.«

Das Feld lag in völliger Dunkelheit. Er löste ihre in seine Hand gekrallten Finger. Dann breitete er die mitgebrachte Decke auf dem Gras aus und drückte sie darauf. »Jetzt dürfen wir sprechen. Aber nur flüstern, Anna, nur flüstern.«

Als bräche ein Staudamm, so flossen die Worte aus ihrem Mund, während sie sich bäuchlings auf die Decke legte und mit ihren Händen durch das Gras fuhr.

»Das ist Gras«, flüsterte sie, »Gras kitzelt. Gras ist grün. Gras riecht gut.« Sie bohrte ihren Kopf in die Halme und schnupperte daran. »Darf ich wieder Gras pflücken und mitnehmen, Peter?«

Ganz kurz machte er die kleine Taschenlampe an. »Natürlich. Hier ist der Beutel«, flüsterte er und drückte ihr einen kleinen Plastikbeutel in die Hand.

Andächtig zupfte sie Halm um Halm in der Dunkelheit und legte ihn in den Beutel.

»Es ist genug da«, flüsterte er lächelnd und riss ein Büschel heraus.

Sie zuckte zusammen, als ein lang gezogener Laut die Nacht durchbohrte. Sie tastete nach seiner Hand.

»Eine Kuh«, flüsterte er, »nur eine Kuh, Anna.«

»Eine Kuh hat Milch im Euter«, sagte sie leise, »eine Kuh ist groß. Anna kann keine Kuh haben. Eine Kuh ist laut.«

»Du passt gut auf, wenn Peter dir etwas erklärt«, sagte er leise.

Den Beutel fest an sich gepresst, legte sie sich auf den Rücken und betrachtete den Nachthimmel. »Sterne sind schön. Sterne glitzern.«

Minutenlang sprachen sie kein Wort. Irgendwann streckte sie die Hand gen Himmel aus. »Sterne sind klein. Und leise. Anna kann einen Stern haben.«

»Sterne sind riesengroß«, flüsterte er, »sie sind nur ganz weit oben.«

Sie überlegte einen Moment, dann kicherte sie leise. »Peter macht Spaß. Sterne sind klitzeklein … Hör! Was ist das?« Sie lauschte in die Nacht.

»Das sind Grillen, Anna, sie machen Musik für dich.«

Nach einer halben Stunde drängte er zum Aufbruch.

Sie begann zu weinen. »Noch nicht gehen, bitte, bitte! Anna will Sterne gucken und Grillmusik hören.«

»Anna«, zischte er, »hör auf zu weinen. Du musst leise sein.«

Erschrocken tastete sie sich an ihn heran. Er presste sie an sich und streichelte ihren Kopf. »Wir gehen bald wieder hierher, Anna. Peter verspricht es. Und weißt du was?«

Er brach ab und blickte in die Dunkelheit, als wolle er sich vergewissern, dass niemand ihn flüstern hörte. »Bald darfst du die Sonne sehen. Du kennst die Sonne aus deinen Büchern. Du weißt doch, was Peter über die Sonne erzählt hat. Sie ist das große Licht und macht alles hell.«

Sie musste die Worte erst verarbeiten. »Kleine Anna und Große Anna dürfen nicht zur Sonne«, wiederholte sie, was sie verinnerlicht hatte, »dann können die Piraten sie sehen.«

»Ja«, flüsterte er, raffte die Decke zusammen und nahm das Kind an die Hand, »aber bald können wir es wagen. Die Piraten

werden ruhiger. Sie finden nicht, was sie suchen. Sie sind müde …
Und dann gehen wir und holen etwas, dass Anna große Freude
machen wird. Und Peter!«

Er streichelte ihre Hand mit dem Daumen, während sie durch
die Nacht zurückliefen. »Dann bist *du* die Große Anna!«, flüsterte er, ohne dass sie ihn hören konnte.

SIEBEN

»Was ist? Machst du schlapp, Mama?« Charlotte drehte sich um und lief ein paar Schritte rückwärts.

»Nein, aber hier mache ich immer eine Pause.« Lyn betrachtete einen Containerfrachter, der die Elbe Richtung Hamburg befuhr. »Hier wurde die kleine Nele gefunden«, sagte sie, als Charlotte sich neben sie stellte und mit ein paar Dehnübungen begann.

»Boah, Mama!«, Charlotte hielt inne in ihren Bewegungen, »ich will davon nichts hören. Das ist so gruselig.« Sie starrte ins Schilf, dann den Deich entlang in beide Richtungen. »Vielleicht beobachtet der uns gerade.«

Lyn drehte sich ebenfalls um. »Du meinst, er hat sich, mit einem Fell getarnt, unter die Herde gemischt?« Sie deutete auf die friedlich grasenden Schafe, die den Elbdeich bevölkerten.

»Witzig! Wenn ihr so oberschlau seid, warum habt ihr ihn dann noch nicht? Jeder könnte es sein. Jeder. Vielleicht der da!« Sie deutete mit dem Zeigefinger auf einen Mann, der sich langsam näherte.

Lyn stierte gegen die Sonne. Ein alter Mann in Cordhosen und Gummistiefeln, der einen Handkarren hinter sich herzog, kam auf sie zu.

»Das ist Heinrich Kelting. Er hat Nele gefunden. Hier im Schilf.«

»Hab ich's nicht gesagt? Das ist doch oft so, dass der Täter an den Tatort zurückkommt, oder? Und dann hat er so getan, als hätte er sie gefunden. Genauso war's«, begeisterte Charlotte sich immer mehr für ihre Theorie, »auf dem Karren hat er sie hierhergebracht, dann hat er eine Stunde gewartet und sie wieder aus dem Wasser gezogen. Und vor euch hat er den armen Alten gegeben.«

»Grandios!«, rief Lyn aus und fasste sich theatralisch an die Stirn, »warum sind wir nur nicht selbst darauf gekommen.«

Charlotte zog einen Flunsch. »Ihr habt ihn abgecheckt?«

»Natürlich.«

»Dann komm, lass uns umdrehen, Mama.«

»Nein, warte. Ich möchte noch kurz mit Herrn Kelting sprechen.«

Stöhnend sank Charlotte auf die Bank am Deich, streckte Arme und Beine von sich und legte den Kopf in den Nacken.

»Rück ein Stück, Lottchen. Das dauert noch, bis der alte Mann hier ist.«

Sie beobachteten zwei Möwen, die im Schlick nach Essbarem suchten.

»Bist du noch traurig, Mama? Wegen Papa, meine ich.«

Lyns Antwort kam zögerlich. »Ich wünschte, ich könnte Nein sagen.«

»Krümel und ich wollten es dir eigentlich noch nicht sagen. Papa hat auch gesagt, wir sollen einen günstigen Moment abwarten und es dir schonend beibringen.«

Wie eine Sprungfeder schnellte Lyn hoch. »Er hat was?«

»Er hat gesagt, dass wir es dir schonend –«

»Ich hatte dich schon verstanden«, unterbrach Lyn Charlotte, »was bildet sich dieser arrogante Affe, dieses … dieses testosterongesteuerte Arschloch eigentlich ein? Dass ich zusammenbreche, weil seine Hoheit wieder die Ehe einzugehen gedenkt? Oh, ich fass es nicht.«

»Du hast eine Stunde geweint, Mama.«

»Wag ja nicht, es ihm zu erzählen, hörst du? Sonst kannst du nach dem Ende deines Stubenarrestes direkt ins Seniorenheim übersiedeln.«

»Ich bin eine Frau, Mama. Ich weiß, was du fühlst. Natürlich sage ich es ihm nicht.«

»Ach Lotte!« Lyn nahm ihre Älteste in den Arm.

»Aber Sophie solltest du bedrohen, Mama, die plappert doch alles aus.«

»Darauf kannst du dich verlassen.«

Hand in Hand setzten sie die Betrachtung der Möwen fort. Begleitet von dem stetig lauter werdenden Geräusch des Kelting'schen Handwagens, dessen Räder nach einem Tropfen Öl schrien.

»Guten Tag, Herr Kelting, erinnern Sie sich an mich?«, begrüßte Lyn den alten Mann, als er die Bank passierte. »Ich bin Lyn Harms von der Kripo Itzehoe.«

Der alte Mann blieb stehen. »Ach ja, die Frau Kommissar. Sind Sie heute nicht im Amt?«

»Nein, wie man sieht«, lachte Lyn und deutete auf ihre Laufklamotten, dann auf Charlotte. »Das ist meine Tochter, Herr Kelting. Wir genießen das Wochenende.«

»Möchten Sie sich setzen?«, fragte Charlotte und sprang von der Bank auf. »Ich laufe noch ein Stück weiter … Aber ich bleibe in Blickweite«, fügte sie leiser, Deich und Elbe skeptisch betrachtend, hinzu.

Heinrich Kelting nahm das Angebot dankend an. Gemeinsam mit Lyn blickte er dem braunhaarigen Mädchen hinterher.

»Den Kerl haben Sie noch nicht gefunden, was? Ich kuck jeden Tag in die Zeitung.«

»Wir arbeiten dran. Auch heute, am Sonntag, sind Kollegen mit dem Fall beschäftigt … Sagen Sie, Herr Kelting, Sie kommen doch oft hier vorbei, an dieser Bank. Ist Ihnen da schon einmal ein blonder Mann in meinem Alter aufgefallen? Ungefähr einen Meter fünfundachtzig groß, schlank. Er sagt, er sitzt oft hier an der Elbe.«

»Meinen Sie den Schlachter?«

Lyn war verblüfft. »Sie kennen Markus?«

»Wie er heißt, weiß ich nicht. Aber er hat mir mal erzählt, dass er Tiere schlachtet. Ich schlachte ja auch, aber nur Aale, die ich in meinen Reusen fang. Ja, ja, den blonden Schlachter, den kenn ich. Ist ein Netter. Wir klönen immer eine Runde, wenn ich hier vorbeikomm. Auch heut' Morgen.«

Lyns Wangen brannten. Markus saß tatsächlich immer hier.

Als Heinrich Kelting aufstand, fragte Lyn: »Gehen Sie jetzt zu Ihren Reusen, Herr Kelting?«

Er schüttelte seinen grauen Kopf und deutete auf das Wasser. »Wie soll ich wohl jetzt an die Reusen kommen, junge Frau? Bei auflaufend Wasser? Das geht nur bei Ebbe. Heut' Morgen in der Früh war ich da. War nicht viel drin. Zwei lütte Aale und ein Brassen.«

Lyn lachte. »Ich war wohl doch zu lange in Bayern. Wie dumm von mir, diese Frage zu stellen!«

»Na, dumm sind Sie doch wohl nicht, Frau Kommissar. Und man lernt ja nie aus. Woll'n Sie den alten Hein mal begleiten? Ich mein, wenn ich den Fang rausthole?«

Lyn nickte erfreut. »Das würde ich mir wirklich gerne mal ansehen. Vielleicht passt es ja an einem der nächsten Wochenenden … Und möglichst, wenn nicht gerade um fünf Uhr Ebbe ist.«

Heinrich Kelting griente. »Stadtleute! Nur der frühe Vogel fängt den Wurm.«

»Vater! Ich dachte, du wolltest Barny erst morgen abholen. Wie war der Kurlaub?« Lyn umarmte ihren auf dem Sofa sitzenden Vater unter Schwierigkeiten, denn der Boxer lag quer über ihm.

»Gitta und ich sind schon gestern Abend gefahren. Ich hoffe, du hast nichts dagegen, dass ich einen Barolo aufgemacht habe? Möchtest du auch?« Er griff nach der Rotweinflasche.

»Nein, danke, wir waren gerade laufen. Das möchte ich meinem Kreislauf nicht antun.«

Henning prostete ihr zu. »War Barny brav?«

»Er hat auf ein Grab gekackt«, berichtete Charlotte, nachdem auch die ihren Großvater begrüßt hatte. »Mama hat mich gezwungen, es wegzumachen. Danach habe ich Sophie Geld gegeben, damit sie meine Gassi-Touren übernimmt. Die kann sich jetzt 'ne neue Jeans leisten.«

»Wo steckt Krümel eigentlich?«, fragte Lyn.

»Telefoniert mit meinem Exschwiegersohn«, sagte Henning Harms.

Lyn und Charlotte sahen sich an. »Ich lauf schnell hoch, Mama«, sagte Charlotte, aber in diesem Moment kam Sophie die Treppe hinunter.

»Wir bekommen ein Haustier bei Papa«, Sophie hatte vor

Aufregung Flecken auf den Wangen, »ein Meerschweinchen oder ein Kaninchen. Oder einen Hamster. Wir dürfen es aussuchen.«

»Nehmt etwas Pflegeleichtes«, kam der großväterliche Rat. »Ihr seid doch sowieso nur in den Ferien da.«

Lyn warf ihm einen vernichtenden Blick zu.

»Dürfen wir keine Katze?«, fragte Charlotte, »wir wollten doch immer eine Katze.«

»Miriam will keine Katze. Papa sagt, sie hat eine Allergie.« Sophie hob bedauernd die Schultern, dann blickte sie Lyn an. »Ich soll dich von Papa grüßen. Ich glaube, er war traurig, als ich ihm erzählt habe, dass du gestern Abend so lange geweint hast.«

Lyn kicherte kurz und hysterisch, bevor sie nach dem Barolo griff und einen kräftigen Schluck aus der Flasche nahm.

»Such dir schon mal ein nettes Altersheim raus, Krümel«, grinste Charlotte.

Lyn nahm die Kopfhörer ab und massierte ihre Stirn. Telefonüberwachungsdienst war schon unter normalen Umständen enervierend, doch mit Kopfschmerzen war es doppelt anstrengend. Aber im Kommissariat für Bandenkriminalität waren mehrere Kollegen krank, und der Kommissariatsleiter hatte um Hilfe gebeten. Hilfe, die das Morddezernat leisten konnte, weil sie im Johannson-Fall auf der Stelle traten.

Mittlerweile näherte der August sich seinem Ende, und sie waren keinen Schritt weiter. Lyn seufzte frustriert und griff nach ihrer Handtasche. Irgendwo in deren Tiefen musste doch noch ein Päckchen Aspirin zu finden sein.

»Du siehst blass aus, Bavaria, geht's dir nicht gut?«

Lyn sah auf, hinein in Hendriks graue Augen, die sie ernst musterten.

»Monotones Lauschen gehört nicht zu meinen Lieblingstätigkeiten«, sie deutete auf die Kopfhörer. »Die letzten fünfzehn Minuten musste ich mir anhören, wie irgendeine Chantal von ihrem ›Schleckerchen‹ heute Abend verwöhnt werden möchte. Ich hätte kotzen können!«

Hendrik grinste. »Na, da brauchen wir wohl keine Angst haben, dass Schleckerchen heute Abend noch einen Geldautomaten in die Luft jagt. Anscheinend hat er Besseres zu tun.«

Lyn griff wieder nach den Kopfhörern und sagte angewidert: »Er ist ein ekliges Schwein.«

»Theoretisch würde ich dich gerne er- und ablösen«, sagte Hendrik ernst, »aber praktisch ist es leider nicht möglich. Wilfried möchte, dass ich die Ermittlungsakte noch einmal nach neuen Ansätzen und Spuren durchforste. Soll ich dir einen Kaffee holen?«

Lyn schluckte. Es klang wirklich, als sorgte er sich um sie. Das Schlimme daran war, dass es sich unheimlich gut anfühlte.

»Nein, aber … danke für das nette Angebot«, sagte sie und lenkte ihren Blick wieder in ihre Handtasche.

Hendrik bog seinen Kopf ein Stück nach unten, um noch einmal Augenkontakt zu bekommen. »Habe ich da tatsächlich ein kleines Lächeln gesehen? Für mich?«

»Ich denke, es war eher ein Verzerren meiner Lippen«, log sie, um dann wahrheitsgemäß hinterherzusetzen: »Ich habe wahnsinnige Kopfschmerzen.«

»Würde eine kleine Nackenmassage helfen?«

»Theoretisch schon, aber praktisch ist in weitem Umkreis niemand in der Nähe, den ich an meinen Nacken lassen würde.«

»Auch diese verbale Ohrfeige trage ich mit Fassung«, sagte er im Gehen. An der Tür drehte er sich noch einmal um. »Wie sagte meine Oma immer: Gut Ding will Weile haben.«

Mit einem Augenzwinkern verschwand er schließlich.

Lyn schluckte. Er sah schon verdammt gut aus mit seinem schwarzen taillierten Hemd und der verwaschenen Jeans. Lyns Seufzer hörte Lukas Salamand, der im Türrahmen erschien.

»Möchtest du Ablösung, Lyn? Ich stelle mich sofort zur Verfügung. Wilfried sucht jemanden, der bei den Johannsons vorbeifährt, um sie über den Stand der Dinge zu informieren. Bitte, Lyn, ich hasse das! Du bist doch eine Frau. Du kannst das viel besser als ich.«

Lyn warf den Kopfhörer auf den Schreibtisch und sprang auf.

»Fühl dich umarmt und geküsst, Lurchi. Alles mache ich lieber als das hier. Viel Spaß mit Schleckerchen.«

Nach dem Besuch bei den Johannsons bereute Lyn ihre Entscheidung. Die verzweifelten Fragen Claudia Johannsons und die verständnislosen Blicke ihres Mannes waren schwerer zu ertragen gewesen als die schmutzigen Fantasien des Safeknackers. Da es keine Erfolg versprechende Spur gab, hatte sie kaum mehr zu berichten gehabt als das, was die Presseabteilung der Kripo an die Zeitungen weitergegeben hatte.

Lyn überquerte den Nord-Ostsee-Kanal, ohne einen Blick von der Brücke auf die viel befahrene Wasserstraße zu werfen, die die Kreise Steinburg und Dithmarschen schnurgerade trennte. Sie wollte nur noch nach Hause. Sie sah auf die Uhr. Sechzehn Uhr dreißig. Es lohnte sich nicht, noch in die Dienststelle zu fahren. Gut, dass sie ihren Beetle und nicht den Dienstwagen genommen hatte.

Eine halbe Stunde später signalisierten ihr gelbe Kranhälse, dass Wewelsfleth nah war. Ihr Blick glitt automatisch nach links, als sie an Markus von Böhlings Hof vorbeifuhr. Alles war ruhig. Auf dem Nachbargrundstück herrschte mehr Leben. Jakob Bolthagen fütterte die Kälber auf der an der Straße gelegenen Weide, Lore Bolthagen schob eine Schubkarre mit Gartenabfällen vor sich her.

Nach einem Blick in den Rückspiegel trat Lyn auf die Bremse, wendete auf der Landstraße und fuhr die Auffahrt zum Bolthagen-Hof hinauf. Direkt neben der Bäuerin hielt sie an und stieg aus.

»Ach, die Frau Kommissar«, sagte Lore Bolthagen und wischte ihre schmutzigen Hände an der karierten Kittelschürze ab. »Haben Sie immer noch Fragen?«

»Ja, eine. Haben Sie die kleinen Katzen noch?«

»Die Pechschwarze ist weg. Hat die Susi, die Briefträgerin, genommen«, erklärte die Bäuerin, als sie in der kleinen Melkkammer angekommen waren. »Jetzt haben Sie noch die Auswahl zwischen der Graugetigerten und der Schwarzen mit Latz.« Lore

Bolthagen hatte beide Kätzchen im Genick gepackt und hielt sie Lyn direkt vor die Nase.

»Ich wünschte, es wäre nur noch eine da«, sagte Lyn hin- und hergerissen, »da müsste ich mich jetzt nicht entscheiden. Sie sind beide so süß.« Sie griff nach der Getigerten, legte sie in ihre Armbeuge und streichelte den kleinen Kopf.

»Nehmen Sie die mal ruhig. Ist ein bisschen kräftiger als die Schwarze hier«, sagte Lore und betrachtete das kleine Fellbündel in ihrer Hand mitleidlos. »Die kommt dann gleich in die Tonne. Das wollte der Dirk gestern schon tun. Da haben Sie richtig Glück gehabt.«

»Das ist Tierquälerei, Frau Bolthagen. Das kann ich nicht dulden.«

Lyns ernster Ton und Blick prallten an der Bäuerin ab. »Das machen wir seit vierzig Jahren so, und das wird auch so bleiben. Katzen, die keiner will, werden ersäuft. Wo kommen wir denn da hin? In ein paar Wochen ist die Katze wieder dick. Sollen wir die alle behalten?«

»Warum lassen Sie Ihre Katze nicht sterilisieren? Dann sind Sie das Problem los.«

Die Bäuerin lachte hart auf. »Das fehlt auch noch, dass wir unser sauer verdientes Geld dem Tierarzt in den Rachen stopfen. Eine Hofkatze sterilisieren! Wer hat denn so was schon gehört? Neumodischer Kram. Das können Sie mit Ihrer Katze gern machen. Wollen Sie sie nun, oder nicht?« Lore Bolthagen sah Lyn verkniffen an, während sie ihr das Kätzchen wieder aus dem Arm nahm.«

Lyn schluckte die Bemerkung, die ihr auf den Lippen lag, hinunter. Wenn sie mit einer Anzeige drohte, würde sie keines der Katzenjungen bekommen, und beide würden sterben. Aber sie wollte nur eine Katze. Ihr Blick ging zum Rimmer-Hof.

»Geben Sie mir beide mit«, sagte Lyn.

»Herr Rimmer? Hallo? ... Herr Rimmer?« Lyn ging langsam über den Hof von Sönke Rimmer, das schwarze Kätzchen im Arm fortwährend streichelnd. Sie rief laut, bekam aber keine Antwort.

»Vielleicht ist er noch auf dem Feld«, flüsterte sie der kleinen Katze zu.

Sie umrundete das Haus. Eine große doppelflüglige Holztür an der rückwärtigen Wand war verschlossen. An der zweigeteilten Klöntür direkt daneben hatte sie mehr Glück. Die obere Hälfte der Tür gab nach, als sie den Türgriff drückte. Sie löste die Verriegelung der unteren Tür und betrat die riesige, stallähnliche Diele.

Nach dem hellen Sonnenschein draußen wirkte der hohe dunkle Raum beklemmend und düster. Landmaschinen standen mehr oder weniger ordentlich im hinteren Bereich. Ein paar Strohballen lagerten in einer Ecke, an den Wänden hingen, über einer riesigen Futterkiste, alte Sensen. Dazu noch Pferdesättel und Werkzeuge.

Lyn ging langsam über den staubigen, zementierten Fußboden zu der gegenüberliegenden Wand. Dort gab es zwei Türen. Vielleicht führte eine davon in den Wohnteil. Sie pochte an die linke Tür und rief laut: »Herr Rimmer?«

»Was tun Sie da?« Die laute, herrische Stimme ließ Lyn herumfahren. Sönke Rimmer stand draußen in der Klöntür, die sie offen gelassen hatte. Anscheinend wollte er gerade zu seinen Reusen, denn die Watthosen, die er trug, waren noch trocken.

»Entschuldigen Sie, Herr Rimmer, ich habe mehrfach laut gerufen.« Sie ging zurück, da er keine Anstalten machte, die Diele zu betreten.

»Jetzt haben Sie mich ja gefunden.« Er ging zur Seite, um sie durch die Türöffnung zu lassen, und schloss die Tür. Sein Blick streifte kurz die Katze, die ihre kleinen Krallen spielerisch in Lyns Arm schlug. »Was wollen Sie?«

»Ich möchte Sie bitten, diese kleine Katze aufzunehmen. Dirk Bolthagen wird sie sonst in der Regentonne ersäufen.«

Er sah sie an, als hätte sie ihn gerade zu einem Tango auf dem Hofplatz aufgefordert.

»Ich kann Ihren Blick verstehen, Herr Rimmer, Sie haben bestimmt selbst genug Katzen, aber ich habe den Bolthagens schon eine Katze abgenommen, und noch eine kann und möchte ich

111

nicht nehmen. Ich kann sie natürlich auch ins Tierheim geben, aber ich dachte, ich versuche es einmal bei Ihnen. Sie haben doch ein Herz für Tiere.«

Sie setzte die kleine Katze auf den Boden. Unbeholfen tapste sie vor Sönke Rimmers Füßen herum. Als Lyn sein Lächeln sah, wusste sie, dass sie gewonnen hatte.

»Ich werde sie Mohrle nennen«, sagte er und nahm sie hoch.

»Ich habe eine Graugetigerte im Auto«, sagte Lyn und lief neben ihm zu ihrem Wagen. Aus dem Augenwinkel nahm sie eine leichte Bewegung zu ihrer Rechten wahr. Sie wandte den Kopf. Dirk Bolthagen stand, halb von einem Fliederbusch verdeckt, am Rande seiner Auffahrt und starrte zu ihnen herüber.

»Bolthagen«, knurrte Sönke Rimmer, hob aber grüßend seine Hand.

»Mögen Sie ihn nicht?«

Sönke zuckte die Schultern. »Ich mag seine Art nicht, wie er mit den Tieren umgeht. Sie«, er deutete auf die kleine Katze in seinem Arm, »ist das beste Beispiel dafür. Vielleicht ist es ganz gut, dass seine Eltern ihm die Frau vergrault haben. Wer weiß, wie er sie behandelt hätte.«

Sie waren am Auto angelangt. Lyn warf einen Blick auf den Beifahrersitz, auf dem ein ausgedienter Quelle-Karton mit ihrem Kätzchen stand. Die Graugetigerte versuchte vergeblich, den Rand zu erklimmen.

Lyn holte sie heraus und zeigte sie Sönke Rimmer. »Wie meinten Sie das eben, dass seine Eltern ihm die Frau vergrault haben?«

Er streichelte das Kätzchen. »Er hatte eine Freundin, der Dirk. Haben sich beim Tanzen kennengelernt. Er hat sie wohl ein paarmal mit nach Hause gebracht.«

»Ich dachte, seine Mutter wäre froh, wenn er eine Frau finden würde«, sagte Lyn erstaunt.

»Das schon, aber nicht die.«

»Was war denn mit ihr?«

»Asthmakrank … Sie haben sie ihm förmlich ausgeredet. Nach dem Motto: Eine Bäuerin muss gesund sein. Die muss mit anpacken, und nicht vor sich hin kränkeln.« Er warf einen abfälligen Blick zu den Nachbarn. »Verdammter Bauernstolz. Nur gesundes Fleisch ist gutes Fleisch. Pack!«

Lyn setzte ihre Katze in den Karton zurück. »Ich habe Sie neulich auf dem Friedhof gesehen«, sprach sie Sönke Rimmer an, »am Grab Ihrer Mutter und Ihres Onkels.«

»Ja, und?« Er sah unbeteiligt aus, aber seine Hand hatte aufgehört, das Kätzchen zu streicheln.

»Sie haben auf das Grab gespuckt.«

Das Gefühl, sich ducken zu müssen, überkam sie, als sie den Ausdruck in seinen Augen sah. Sein Tonfall hatte sich seinem kalten Blick angepasst.

»Gibt es ein Gesetz, dass das verbietet? Wenn nicht: Auf Wiedersehen.«

∗∗∗

»Guten Morgen, Anna.«

»Anna kann den Schmetterling nicht finden.«

»Ich sagte: Guten Morgen, Anna!«

»Ann… Guten Morgen, Peter.« Sie blickte ihn nur kurz an, dann suchte sie im Licht der Wandlampe weiter Regale und Schränke nach dem Pfauenauge ab.

Er legte eine Banane auf den Tisch, dazu die kleine Brotdose. »Wenn du aufgegessen hast, können wir etwas spielen. Was möchte Anna spielen? Verkleiden?« Er zog einen großen Pappkarton unter ihrem Bett hervor und öffnete ihn. »Möchtest du Wendy sein?« Er nahm ein langes Kleid aus dem Karton und legte es auf das Bett. »Oder lieber Tiger-Lily?« Er wühlte ein Indianerkleid heraus.

Sie starrte zu dem leeren Bett. »Große Anna ist Wendy.«

Er sog tief den Atem ein. Für einen Moment herrschte Stille. Dann griff er nach ihr.

»Möchtest du einmal das Nimmerland sehen, Anna?«

Ihr Blick glitt zum Bücherregal. Sie schüttelte den Kopf. »Anna mag jetzt nicht Bilderbuch gucken.«

»Ich meine das richtige Nimmerland, Anna. Das da draußen.«
Er deutete zur Betonluke.

Rote Flecken bildeten sich an ihrem schmalen Hals. »Das Nimmerland?«, flüsterte sie.

Er zögerte einen Moment, bevor er sprach. »Du weißt doch: Große Anna hat dir davon erzählt. Von der Schaukel und der Rutsche. Und von der Sonne und dem Himmel. Blauer Himmel.«

Ihre Ohren färbten sich rot vor Aufregung. »Nimmerland ist bunt. Kleine Anna holt die Nimmerland-Bilder.«

Sie sprang auf und nahm einen weiteren, kleineren Karton vom Regal, schob die Kleider auf dem Bett zur Seite und leerte den Inhalt auf ihre Decke. Katalogseiten und Bilder aus Illustrierten. Der abgegriffene Zustand des Papiers zeugte davon, wie oft es zur Hand genommen worden war.

»Das ist der Himmel und die Sonne«, sagte sie und hielt ihm einen Ausschnitt eines Reiseprospektes vor die Nase, »und das ist ein Meer. Ein Meer mit ganz viel Wasser.« Sie deutete auf eine Strandfotografie. »Ein Fisch wohnt im Wasser.«

Mit dem Zeigefinger tippte er leicht auf ihre Nasenspitze. »Kluge Anna. Peter hat dir neue Bilder mitgebracht. Möchtest du sie haben?« Er hielt Prospekte hoch über seinen Kopf.

»Gib! Gib!«, forderte sie gierig und versuchte, das bunte Papier über seinem Kopf durch Hüpfen zu erreichen. Mit einem Lachen erlöste er sie schließlich und gab ihr das Gewünschte in die Hand.

Ein lang gezogenes »Oh« begleitete ihre wilden Blicke. Mit zusammengekniffenen Augenbrauen deutete sie auf das bunte Papier. »Was ist das?«

»Das sind Kinder, Anna, Nimmerland-Kinder. Und das ist eine Rutsche. Die Kinder gehen auf die Leiter und rutschen dort herunter. Und das ist eine Sandkiste. Du hattest auch eine kleine Sandkiste, hier in der Ecke«, er deutete neben den Plastikvorhang, »erinnerst du dich?«

Sie nahm keine Notiz von Schaukel und Sandkiste auf dem Baumarktprospekt. Ihr Finger bohrte sich auf einen kleinen Jungen auf einer der Schaukeln. Dann auf die anderen Kinder. »Was ist das?«

»Kinder, Anna, Kinder. So wie du.«

Verstört ging sie zum Bücherregal und griff das Peter-Pan-Buch heraus. »Das sind Kinder«, sagte sie bestimmt und fragend zugleich, während sie auf die gezeichneten Figuren deutete.

»Das sind gemalte Bilder, Anna. Du malst doch auch Bilder. Dies hier«, er deutete auf den Baumarktprospekt, »sind richtige Kinder. Nimmerland-Kinder. Schau sie dir gut an.«

Minutenlang starrte sie auf die Bilder, ohne einen Ton von sich zu geben. Irgendwann begann sie zu lächeln. »Das Nimmerland-Kind lacht«, sagte sie und sah ihn an, »und das auch. Und das.«

»Gefallen sie dir?« Er forschte in ihrem Gesicht.

»Ja!« Ihr kleiner Kopf nickte im Stakkato. »Ja!«

Sie konnte ihren Blick nicht von dem Prospekt lösen. »Peter ... ist ein Nimmerland-Kind groß?«

»Nein.«

»Ist ein Nimmerland-Kind laut?«

»Hm ... nein.«

»Kann ... kann Anna ein Nimmerland-Kind haben?«

Er lächelte. »Ja.«

ACHT

»Was hat ein Chinese in einer Bäckerei bestellt, wenn er mit einer Blondine wieder herauskommt?« Thilo sah grinsend in die Gesichter seiner Kollegen, während sie durch die Itzehoer Fußgängerzone in der Feldschmiede liefen. »Ein Blödchen!«

»Und wie wurde das Jodeln erfunden?«, hakte Lurchi in das darauf folgende Gelächter ein. »Sind zwei Chinesen auf einer Bergtour. Fällt dem einen das Radio runter. Sagt der andere: Holdudiladio!«

Karin Schäfer lachte als Einzige nicht. »Wenn ich gleich am Tisch auch nur einen einzigen von diesen Witzen höre, Freunde, mache ich euch die Hölle heiß. Oder noch besser: Ich gebe euch direkt bei Herrn Wong in der Küche ab. Der zieht euch das Fell über die Ohren.«

»Schäferlein, haben wir uns jemals danebenbenommen, wenn du uns zum Chinesen einlädst?« Hendrik hatte ihr kameradschaftlich seinen Arm um die Schulter gelegt.

»Ich entsinne mich dunkel an einen Rattenschwanz, der in einer Frühlingsrolle steckte.«

»Das ist verjährt«, antwortete Thilo, »und ich schwöre, ich habe diesmal nichts Derartiges dabei.«

»Sonst gibt's an meinem nächsten Geburtstag Fast Food«, verschärfte Karin ihre Drohung.

»Benehmt euch bitte«, bat Lyn lachend, »ich kann keine Burger mehr sehen.«

Hendrik wartete, bis Lyn mit ihm auf gleicher Höhe war. »Wusstest du, dass meine Leidenschaft dem Kochen gehört, Bavaria?« Er sprach leise, damit die anderen ihn nicht hören konnten. »An *zweiter* Stelle dem Kochen«, fügte er mit einem Lächeln hinzu.

Lyn fluchte innerlich. Diese verdammten grauen Augen! Warum musste er sie immer so ansehen? »Such dir jemanden in deinem Alter, Wolff.«

»Ist das manisch bei dir? Ich bin doch keine siebzehn mehr!«

»Scheiße!«

»Na, so würde ich …«

»Halt die Klappe, Wolff. Ich meine nicht dich.« Sie drehte sich halb hinter seinen Rücken und starrte in die Schaufensterauslage einer kleinen Goldschmiede.

Hendriks Blick glitt zu dem blonden Mann, der geradewegs auf sie zukam und Lyn jetzt von hinten ansprach. »Hallo, Gwen! Für einen Moment dachte ich, du versteckst dich vor mir. Aber das würde die taffe Kriminalbeamtin doch nicht tun, oder?«

Lyn drehte sich um und tat erstaunt. »Oh, hallo, Markus. Warum sollte ich mich verstecken? Ich habe dich gar nicht gesehen. Was machst du … so?«

Er lächelte. »Bummeln … Vielleicht finde ich ein schönes Messer.«

Die Anspielung trieb Lyn das Blut ins Gesicht.

Markus behielt sein Lächeln bei, als sein Blick von Lyn zu Hendrik wechselte. »Ist sie nicht wunderschön mit ihren Mohnwangen?«

Hendrik lächelte nicht.

»Ähm … Markus von Böhling. Hendrik Wolff«, stellte Lyn die beiden einander vor.

»Ich vermute, ebenfalls Kripo?«, mutmaßte Markus, während sein Blick über Hendriks Gesicht glitt. »Unschwer zu erkennen. Dieses interessierte Aufleuchten, als mein Name fiel. Hängt mein Steckbrief auch an Ihrer Wand? So, wie bei Gwen? *Wanted for murder:* Der Schlachter von Pinneberg, oder besser, der Schlächter vom Elbdeich.«

»Ihre Art zu scherzen liegt mir nicht besonders«, sagte Hendrik, ohne eine Miene zu verziehen, »insbesondere nicht, wenn es um den Tod eines Kindes geht.«

»Gwen mag meinen Sinn für Humor, nicht wahr, Gwen?« Er sah sie an. »Du weißt nicht, was du von mir halten sollst. Arme Gwen! Bedauerst du, dass du mich nur noch mit einem Ticket vom Staatsanwalt besuchen darfst? Ich tue es.«

»Wenn Frau Harms das Ticket hat, wird es mir ein Vergnügen sein, sie zu begleiten«, sagte Hendrik kühl, bevor Lyn eine Antwort parat hatte.

Markus beachtete Hendrik nicht. Plötzlich ernst, sah er Lyn an. »Auf Wiedersehen, Gwen.« Völlig unerwartet strich er mit zwei Fingern über ihre Wange. Dann ging er.

Beide starrten ihm hinterher.

»So ist er immer«, lachte Lyn leise auf, und sie hörte selbst, dass ihr Lachen unecht klang, »aber kein Gericht der Welt gibt uns einen Durchsuchungsbeschluss, nur weil er Merkwürdigkeiten von sich gibt und einen Hof in Elbnähe besitzt.«

Hendrik betrachtete ihr Gesicht, bevor er der großen, schlanken Gestalt von Böhlings noch einmal hinterherblickte. »Er ist gefährlich.«

»Ich habe das auch geglaubt. Aber ich bin mir nicht mehr sicher. Er provoziert gern. Nur langsam glaube ich, dass es aus einer großen Verletzlichkeit und aus Einsamkeit heraus geschieht … Ich traue ihm nicht, aber ich hoffe, dass ich mich irre … Irgendwie mag ich ihn.«

Der letzte Satz war ihr leise über die Lippen geschlüpft.

Hendrik musterte ihr Gesicht, das der schwindenden Gestalt hinterherblickte. Abrupt wandte er sich um.

»Ich sag ja, er ist gefährlich«, murmelte er und stapfte los, den Kollegen hinterher.

»Ich gebe noch eine Runde Süffiges aus.« Hendrik winkte der jungen Chinesin, die sofort gelaufen kam. »Eine Flasche Pflaumenwein, bitte.«

»Seid mir nicht böse«, sagte Karin Schäfer, »aber ich passe. Ich möchte noch selbst nach Hause fahren. Und zwar jetzt. Es ist gleich halb elf. Es war ein langer Tag. Aber lustig war er, der Abend. Nächstes Jahr lade ich euch wieder hierher ein.«

Sie warf Thilo einen mahnenden Blick zu und flüsterte: »Aber nur, wenn du in meiner Abwesenheit keine Chinesenwitze mehr erzählst, lieber Kollege. Ich werde es herausfinden. Nicht wahr, Lyn, du erzählst es mir, wenn er das macht.«

Lyn schüttelte den Kopf. »Nein, ich werde ihn direkt an den Küchenchef ausliefern. Dann gibt es morgen die leckeren gefüllten Frühlingsrollen Thi Lo.«

»In diesem Fall werde ich dich lieber begleiten, Schäferlein«, sagte Thilo lachend und stand zeitgleich mit Karin auf. »Ich muss morgen früh raus. Ich habe den Kleinen versprochen, mit ihnen in den Tierpark zu fahren.«

»He, Leute, ich habe gerade einen halben Liter Pflaumenwein geordert. Den möchte ich nicht alleine trinken«, lamentierte Hendrik.

»Ich bin ja noch da«, sagte Lyn und winkte Karin und Thilo nach.

Die Chinesin kam und füllte ihre Gläser mit dem Wein, bevor sie die kleine Flasche auf den Tisch stellte.

»Dass du noch da bist, ist mehr, als ich zu hoffen gewagt hätte«, Hendriks Augen leuchteten im Licht der Kerze. »Ganz ehrlich, ich hätte erwartet, dass du dich den anderen anschließt.«

»Der Wein ist so lecker.« Lyn hob das Glas und wartete, bis Hendrik mit seinem das ihre berührte. »Und ich möchte einfach noch nicht nach Hause. Es ist Freitag. Ich kann morgen ausschlafen. Die Mädchen übernachten bei meinem Vater. Sind das genug Gründe?«

Lässig zurückgelehnt saß er da. Seine Hand spielte mit dem Weinglas, sein Blick strich über ihr Gesicht. Der Klang seiner Stimme war so warm wie das Licht der Kerze: »Ich hätte gern noch gehört: ›Ich unterhalte mich gern mit dir, Hendrik. Ich fühle mich wohl in deiner Nähe, Hendrik. Ich genieße deine Blicke, Hendrik.‹«

Gefangen in genau einem dieser Blicke, sagte sie nichts. Was hätte sie auch sagen sollen? Dass er, vielleicht, recht hatte?

»Mein Glas ist leer, Wolff«, sagte sie stattdessen, trank einen kräftigen Schluck und hielt ihm ihr Glas hin. Lachend schenkte er ihr nach.

»Wenn ich einschlafe, sehe ich immer Nele Johannsons Gesicht vor mir.« Der Satz war heraus, ehe sie wusste, warum sie ihn ausgesprochen hatte. Sie wartete darauf, dass sein Blick sich verändern würde. Den warmen Glanz verlieren würde, weil sie beruflich wurde.

Aber nichts dergleichen geschah. Das Lächeln verlor sich um seinen Mund, aber nicht in seinen Augen. »Erzähl!«, sagte er nur.

»Ich weiß auch nicht«, sagte sie, »sie … sie sah noch so kindlich aus. So rein.« Sie blickte auf. »Versteh mich richtig. Ihre Haut war dreckig. Voller Schlick, aber …«

Hendrik unterbrach sie: »Ich verstehe dich schon. Rein im Sinne von unschuldig.«

»Ja«, ihre Hand begann mit dem aufgeweichten Rand der Kerze zu spielen, »ja, genau das meine ich. Ein unschuldiges Mädchen. Betrogen um seine Familie, um eine sorglose Kindheit, betrogen sogar um die Sonne.« Lyn blickte Hendrik an. »Kannst du diese Bilder ausschalten? Zu Hause?«

Er sah in das Licht der Kerze. »Merkwürdigerweise prägen sich bei mir immer die Hände ein.« Er lachte kurz auf. »Ich weiß nicht, warum ich darauf achte. Aber Hände sind so aussagekräftig. Finde ich. Sind sie gepflegt? Sind die Fingernägel abgekaut? Sind sie alt oder jung? Faltig oder fleckig? Zeugen sie von körperlicher Arbeit? Tragen sie einen Ring? Wenn ja, welchen? Einen Ehering, etwas Pompöses oder eher etwas Schlichtes?«

Er sah Lyn an. »Neles Hände waren schmal und weiß. Sie hatte ganz kurze Fingernägel. Durchaus gepflegt. Und an dem kleinen Finger ihrer linken Hand hatte sie einen Leberfleck. Genau wie ihre Mutter.«

Lyn starrte ihn an. »Darauf hast du geachtet?«

»Das mache ich unbewusst.«

Beide schwiegen einen Moment.

»Wer tut so etwas nur?«, fragte Lyn irgendwann. »Markus? Ich kann das nicht glauben.«

Hendriks Gesichtsausdruck veränderte sich. »Kannst du oder willst du nicht?«

Lyns Augenbrauen zogen sich zusammen. »Ich würde jeden Grashalm umdrehen, wenn ich nur die Möglichkeit hätte, seine Grundstücke zu durchsuchen. Aber Wilfried lässt mich ja nicht.«

»Das ist unfair, er hat mit der Staatsanwaltschaft gesprochen.

Ohne Beweise läuft nun mal nichts. Glaub mir, ich würde diesen von Böhling gerne drankriegen.« Hendriks Stirn lag in Falten, seine Mundwinkel waren missmutig heruntergezogen.

Lyn schluckte. »Entschuldige! Jetzt … jetzt habe ich dir den Abend verdorben. Ich hätte mit den anderen gehen sollen. Der viele Wein hat mich in diese Stimmung gebracht. Ich … ich war es gewohnt, berufliche Dinge zu Hause zu besprechen. Bernd … mein Mann … mein Exmann, er war auch Polizist. Ich konnte ihm mein Herz ausschütten. Und bei dir … Entschuldige, ich rede Unsinn.« Sie sprang auf und lief zur Toilette.

Hendriks Lächeln kehrte zurück. Er winkte der Bedienung. »Zahlen, bitte.« Als die Chinesin sich höflich für das enorme Trinkgeld bedankte, sagte er grinsend: »Ich bin ein sehr glücklicher Mann heute Abend.«

Vor der Tür des Restaurants legte Lyn sich ihre Jacke über die Schultern. Der leichte Septemberwind kühlte ihre erhitzten Wangen.

»Ja, dann …« Sie fühlte sich seltsam verlegen, als sie Hendrik ansah. »Ich geh dann mal. Gute Nacht.«

»Ich bring dich zum Taxi«, sagte er und blieb an ihrer Seite.

»Das musst du nicht. Dein Weg geht doch in die entgegengesetzte Richtung.«

»Man weiß nie, was für Gesindel sich nächtens hier herumtreibt«, sagte Hendrik lächelnd.

»Ich bin die Polizei!«

»Eine leicht wankende, da angetrunkene Polizei. In einem sehr kurzen Sommerrock. Na, da laufen die bösen Buben doch gleich weg.«

Lyn zog es vor, nichts zu erwidern. Er hatte tatsächlich recht. Sie schwankte. Die klare Luft kollidierte mit dem genossenen Pflaumenwein. Sie bemühte sich um gerade Schritte, aber sie konnte nicht verhindern, dass sich ab und an ihre Arme berührten. Am Taxistand blieben sie stehen.

»Das … das war ein schöner Abend«, sagte sie und sah ihn an. Sie konnte seinen Augenausdruck im Licht der Straßenlaterne nicht erkennen.

Er beugte seinen Kopf zu ihr herunter. Jetzt sah sie die Lichter in seinen Augen. Sein Mund war nur Zentimeter von ihrem entfernt. Lyn schloss die Augen.

Nach langen Sekunden öffnete sie sie wieder. Er hatte seinen Kopf zurückgezogen und sah sie an. Mit seinem Wolff-Lächeln. »Der Abend war wunderschön. Gute Nacht, Bavaria.« Dann ging er.

Im Taxi legte sie ihren Kopf zurück. Zum Glück hatte er sie nicht geküsst. Zum Glück.

»Und, hatten Sie einen schönen Abend?«, fragte der Taxifahrer freundlich.

»Ja … Für einen perfekten Abend fehlte allerdings ein Wörtchen.«

»Bitte?«

»Ja, genau das.«

***

»Bald bekommt Anna ein Nimmerland-Kind, Hoppel.« Sie hielt dem Zwergkaninchen ein Stück Apfelschale hin und sah zu, wie das Tier die Schale verputzte. Als sich die Betonluke öffnete, sprang sie auf und blickte erwartungsvoll die Stiege hinauf.

»Hast du Anna ein Kind mitgebracht?«, fragte sie, als er langsam, die Luke hinter sich zuziehend, die Treppe herunterkam.

»Anna!«, zischte er, nachdem er die Luke hinter sich geschlossen hatte, »wann darfst du erst sprechen?«

Ihr Blick glitt erschrocken zur Decke. »Wenn die Luke zu ist«, flüsterte sie schuldbewusst.

»Halte dich daran, Anna«, sagte er, griff in die Brusttasche seines Hemdes und legte zwei Scheren auf den Tisch.

»Haare schneiden«, sagte sie, zog den Stuhl unter dem Tisch hervor und setzte sich darauf.

Sie schloss die Augen, als er nach der großen Schere griff und ihren Pony mit drei geraden Schnitten bis weit über die Augenbrauen kürzte. Das restliche Haar ließ er unbeschnitten. Er tauschte die große gegen die kleine Schere, und sie hielt ihm wortlos ihre linke Hand hin. Vorsichtig kürzte er die Nägel.

Als er auch mit der rechten Hand fertig war, zog sie die dicken Wollsocken aus, und er griff nach dem ersten Fuß. »Deine Füße sind dreckig«, sagte er, während er die Nägel schnitt, »gleich wird gewaschen.«

Sie zog Wolljacke, Shirt und Hose aus, während er einen Eimer hinter dem Plastikvorhang hervorholte. »Das reicht noch«, sagte er und schüttete die Hälfte des Wassers aus dem Eimer in eine rosafarbene Plastikschüssel. Er griff nach einem zusammengeknäult getrockneten Waschlappen und einer Seifendose auf dem Regal.

»Alles ausziehen«, sagte er, warf den Lappen in das kalte Wasser und rieb die Seife hinein. Gehorsam schlüpfte sie aus Unterhemd und Höschen. Er rieb Gesicht, Hals und Rücken, Bauch und Arme mit dem Waschlappen ab.

»Anna friert«, sagte sie.

»Das schadet nicht«, war seine Antwort, die Gänsehaut auf ihrem schmalen Körper ignorierend.

Seine Hand fuhr mit dem Lappen zwischen ihre Beine, dann die Oberschenkel und die Waden hinunter. Sie hielt sich am Tisch fest, als er nach dem ersten Fuß griff. »Du bist ein Dreckspatz«, sagte er und kitzelte ihren Fuß, »Peter muss dich öfter waschen.«

Sie lachte und krümmte die Zehen. »Anna kann selber waschen.«

Abrupt ließ er ihren Fuß los. Sie zuckte zusammen, als er schrie: »Nein, Anna kann sich nicht selbst waschen. Anna ist klein. Klein. Peter muss sie waschen.«

Mit weit aufgerissenen Augen starrte sie ihn an, während er nach ihrem anderen Fuß griff und ihn mit dem Waschlappen heftig abrieb.

»Zieh neue Unterwäsche an«, sagte er ruhiger. Die verschmutzte Wäsche warf er in die Plastikschüssel, streute ein wenig Waschpulver, das er aus einem kleinen Behälter vom Regal nahm, hinein und goss schließlich das restliche Wasser aus dem

Eimer darüber. »Lass es einweichen. Du kannst es morgen waschen.«

Sie nahm ein frisches Paar der wenigen Unterwäschestücke vom Regal und schlüpfte hinein. Dann stieg sie in die Jeans und kuschelte sich in ihre Wolljacke.

Mit großen Augen sah sie ihn an. »Aber morgen wollen wir ein Nimmerland-Kind holen. Bitte, bitte.«

Er seufzte und setzte sich an den Tisch. »Ich weiß, dass du auf das Nimmerland-Kind wartest, Anna. Aber du musst noch Geduld haben. Bald ist es so weit. Wir müssen uns gut vorbereiten. Ein Nimmerland-Kind ist nicht so leicht zu bekommen wie ein Schmetterling.«

Verständnislos blickte sie ihn an. »Was ist vorbereiten?«

»Das, was wir hier tun.« Er streichelte ihren Schopf und zog eine Prospektseite aus seiner Hosentasche. Gierig stürzte sie sich darauf.

»Was ist das?«

»Das ist ein Auto, Anna.«

»Oh«, sagte sie und betrachtete die Abbildung.

»Du kennst Autos aus deinen Bilderbüchern, aber so sieht ein Nimmerland-Auto aus. Peter hat so ein Auto. Damit holen wir das Kind.«

Verwirrt schüttelte sie den Kopf und sah ihn an.

»Heute Nacht zeigt Peter dir sein Auto. Du musst es kennenlernen. Bald fahren wir damit ins Nimmerland.« Während er sprach, ging er durch den kleinen Raum. Vor dem leeren Bett verharrte er und starrte darauf.

Sie folgte ihm mit ihren Blicken, sagte aber kein Wort. Instinktiv wusste sie, dass es besser war zu schweigen. Er streckte eine Hand nach der unbezogenen Federdecke aus, die auf dem Bett lag. Sich schüttelnd, zog er sie wieder zurück.

Ohne dem Kind noch einen Blick zuzuwerfen, ging er zur Treppe. »Mach sauber. Ich lasse das Licht noch ein paar Minuten an.« Seine Stimme klang hart, während er mit dem Fuß heftig das wenige Stroh, das aus dem Kaninchenkäfig herausgefallen war, zur Seite fegte.

Sie stand sofort auf, nahm den Handfeger und begann unter der Treppe zusammenzukehren, was dort lag. Plötzlich hielt sie inne.

»Schmetterling!«, sagte sie freudig. Ganz vorsichtig stupste sie den braunen Flügel an. »Schmetterling?« Sachte legte sie ihn auf ihre Handfläche. »Schmetterling?« Sie warf ihn in die Luft.

Lange betrachtete sie die braunen Flügel vor ihren Füßen. Dann nahm sie ihn auf, ging zu dem leeren Bett, legte ihn auf das Kissen und setzte sich auf ihr Bett. Als das Licht ausging, begann sie zu weinen.

***

»Scheiße!« Lyn fluchte leise vor sich hin und hüpfte auf einem Bein vorwärts. Sie war mit ihrem Fuß umgeknickt. Vorsichtig setzte sie den Fuß auf und versuchte einen Schritt. Es tat weh, aber sie konnte ihn belasten. Sie erlaubte sich, ganz kurz die Taschenlampe anzumachen. Ein Maulwurfshügel! Darüber war sie gestolpert. Das Feld war übersät damit. Sie entschied sich, die Taschenlampe anzulassen. Bis zum Ziel waren es noch zwanzig Meter.

Zum Glück gab es keinen Zaun, sondern nur einen Graben. Als sie davorstand, seufzte sie. Ein ziemlich breiter Graben. In der Hoffnung, dass ihr lädierter Fuß mitspielte, nahm sie Anlauf und sprang. Sie kam trockenen Fußes und mit weniger Schmerzen als vermutet an. Aber die Taschenlampe glitt ihr aus der Hand, denn sie war auf allen vieren gelandet. Mit einem leisen Platschen versank die Lampe im Graben.

Lyn schob den Ärmel ihrer Jacke hoch und fischte mit den Fingern im kalten Nass, bis sie die Lampe zu fassen bekam. Sie steckte sie in ihren Hosenbund und verharrte einen Moment am Grabenrand. Eins stand fest. Die Realität war von den TV-Krimis Lichtjahre entfernt. Angelina Jolie hatte nach acht Stunden Dauerkampf immer noch eine Topfrisur und eine Pumpgun im Hosenbund, verführerisch drapiert neben dem freien Bauchnabel.

Sie hatte nach acht Minuten einen Humpelfuß und eine klitschnasse Taschenlampe. Na gut, eine Pistole hatte sie auch. Zwar nur eine SIG-Sauer, aber immerhin. Sie hatte sie eigentlich nicht mitnehmen wollen, aber jetzt war sie froh, dass sie sich gegen ihr Gefühl entschieden hatte. Die Waffe vermittelte ihr ein Gefühl von Sicherheit. Hier, um drei Uhr nachts in der Dunkelheit des von Böhling'schen Schlachtbetriebes am Rande Itzehoes, den sie gerade rechtswidrig betreten hatte.

Als sie geduckt an der hinteren Wand des Schlachtgebäudes entlanglief, verfluchte sie abermals ihren Fernsehkrimikonsum, der sie ein komplett schwarzes Outfit hatte wählen lassen. Es war Vollmond, und die Wände waren weiß.

Mit der zum Glück noch funktionstüchtigen Taschenlampe leuchtete sie in alle Fenster. Erwartungsgemäß gab es keine Auffälligkeiten in den gekachelten Räumen. Sie machte die Taschenlampe aus und presste sich für einen Moment an die Wand. Was tat sie hier eigentlich? Sie konnte sich die Frage nach wie vor nicht beantworten. War es, weil Markus ihr auf sehr subtile Weise zwei Mal den Besuch des Itzehoer Betriebes verweigert hatte?

Gebückt lief sie über den spärlich von Außenlampen erhellten Innenhof in Richtung eines kleineren fensterlosen Schuppens. Die große hölzerne Doppeltür war verschlossen. Lyn seufzte. Angelina hätte jetzt eine Haarnadel aus ihrer Lockenmähne gezogen, natürlich ohne die Frisur zu zerstören, und damit das Schloss geknackt.

Unschlüssig schlich sie um den Schuppen und leuchtete die hintere Wand ab. Auch hier gab es kein Fenster. Ein leises Knacken hinter ihr ließ sie erschreckt herumfahren und das Gebüsch ableuchten. Als der Strahl ihrer Taschenlampe von einem Paar Augen reflektiert wurde, beruhigte sich ihr Herzschlag wieder. Eine Katze. Lyn schlich an der Schuppenwand zurück und machte die Taschenlampe wieder aus. Gerade früh genug, denn unstetes Licht aus einer anderen Quelle leuchtete an der Seite des Hauptgebäudes auf. Das Licht einer Taschenlampe.

Lyn presste sich an die Wand des Holzschuppens. Ihr Herzschlag nahm Tempo auf. Wer auch immer das war, er kam direkt auf sie zu.

Schritt um Schritt wich Lyn zurück, bis sie die hintere Schuppenecke erneut erreicht hatte. Aufatmend verschwand sie dahinter. Das Öffnen des Reißverschlusses ihrer schwarzen Sweatshirtjacke erschien ihr unverhältnismäßig laut, aber das Geräusch wurde von einem anderen übertönt. Jemand rüttelte an der verschlossenen Tür des Schuppens. Ihre Hand griff in das Schulterholster und zog die SIG-Sauer heraus. Die Pistole fühlte sich in ihrer schweißnassen Hand kalt und schwer an. Sie schlich an der Wand entlang bis zu deren Ende.

Lyn atmete tief durch, dann blinzelte sie um die Ecke. Eine dunkel gekleidete Gestalt wollte gerade an der anderen Ecke des Gebäudes verschwinden.

»Polizei! Nehmen Sie die Hände hoch und legen Sie sie an die Wand. Sofort!« Lyn hörte ihre eigene laute Stimme, als wäre sie in einem Tunnel. Die Taschenlampe zitterte in ihrer linken Hand, synchron mit der rechten, in der sie die Waffe hielt.

Der Mann zuckte zusammen, aber einen Aufschrei unterdrückte er. Nur ein dumpfer Laut kam über seine Lippen. Langsam drehte er sich um.

»Ich habe gesagt, Sie sollen die Hände hochnehmen.« Lyns Stimme war unnatürlich hoch.

»Wenn ich ein *Böser* wäre, wärst du jetzt tot, Bavaria. Ich hoffe, das ist dir klar.«

Fassungslos ging Lyn drei Schritte vor und hob ihre Taschenlampe, direkt in das Gesicht von Hendrik Wolff. Mit seiner Rechten zielte er, ebenfalls mit seiner Dienstwaffe, direkt auf ihren Brustkorb. Er ließ die Hand sinken.

»Wolff! Bist du nicht ganz dicht? Was machst du hier?«

»Im Moment hoffe ich, nicht gleich ein toter Mann zu sein. Denn eine völlig unfähige Polizistin zielt mit ihrer Pistole auf mich. Und zwar mit Händen, die wie Espenlaub zittern. Nimm endlich die Knarre runter, Bavaria.«

Sie nahm den Arm mit der SIG-Sauer runter, schaltete die Taschenlampe aus und stampfte zu ihm. »Unfähige Polizistin?«, zischte sie. »Immerhin konnte ich dich hier überraschen. Ich hätte ja auch ein Böser sein können.«

»Ein Böser mit Parkinson?«, kam es spöttisch über seine Lippen. Er hatte ihre Hand genommen, die nach wie vor leicht zitterte.

Sie entriss ihm ihre Hand. »Sag mir endlich, was du hier machst.«

»Vermutlich das Gleiche wie du. Von Böhling am Arsch kriegen ... Ich habe da hinten am Feldrand auf der Lauer gelegen. Von dort hat man einen guten Überblick über das Schlachthofgelände. Gestern Nacht war ich auch schon hier. In der Hoffnung, dass irgendetwas Ungewöhnliches passiert. Na, und heute war es so weit. Eine dunkle Gestalt schlich mit Taschenlampe um das Gebäude. An der Ecke des Innenhofes habe ich sie allerdings aus den Augen verloren. Dann bin ich zum Schuppen, weil ich dachte, ich hätte kurz ein Licht gesehen. Und jetzt sag mir, was du Wahnsinnige hier machst.«

Lyn grunzte auf. »Ich weiß ja selbst nicht, warum ich hier bin. Ich bin einfach frustriert, weil wir nicht weiterkommen. Und nach unserem Zusammentreffen in der Fußgängerzone, vorgestern, ist Markus mir nicht mehr aus dem Kopf gegangen. Da habe ich mich hierher aufgemacht. Vielleicht nicht einmal, weil ich ihn verdächtige. Vielleicht eher, weil ich endlich die Bestätigung haben möchte, dass er nichts verbirgt.«

»Das deckt sich fast mit meinen Beweggründen. Nur, dass ich froh wäre, wenn er Robin Hood ist«, flüsterte Hendrik.

»Nun, wenn du schon hier bist, Wolff, mach das Schloss auf und lass uns einmal in den Schuppen schauen.«

»Spinnst du?«, flüsterte er, »das kostet uns Kopf und Kragen.«

»Feigling.«

»Du bist mir etwas schuldig«, sagte er nach einem Moment der Stille. Drei Sekunden später machte er sich am Schloss zu schaffen.

»Was fummelst du denn so rum? Mach endlich die Tür auf«, flüsterte sie, ihre Taschenlampe auf das Schloss gerichtet, damit er besser sehen konnte.

»Ich bin nicht Bruce Willis«, zischte er giftig zurück, »ich hab hier nur einen Dietrich.«

Als Lyn auflachte, hielt er inne. »Was ist so lustig?«

»Angelina und Bruce. Wir sind das perfekte Paar. Perfekte Polizei-Idioten.«

Hendrik antwortete nicht. Ein Knacken deutete auf das gelungene Öffnen des Schlosses hin.

»Wieso hast du eigentlich einen Dietrich bei dir, wenn du eigentlich nur beobachten wolltest?«, fragte sie, als er ein triumphierendes »Hah!« ausstieß. »Von wegen, ich bin dir etwas schuldig. Du wolltest selber schnüffeln.«

»Halt die Klappe, Bavaria«, flüsterte er, packte sie am Oberarm und schob sie durch die Tür. Drinnen knipste auch er seine Taschenlampe an. »Du links, ich rechts«, sagte er leise und deutete in die entsprechenden Richtungen, »und achte auch auf den Boden. Vielleicht gibt es Öffnungen.«

»Ich bin nicht blöd«, zischte sie zurück, ging aber gehorsam nach links.

Riesige Kühlbehälter und leere Kisten stapelten sich an der Wand. Lyn leuchtete dahinter und dazwischen. Der Boden war zementiert und eben und wirkte gepflegt. Anscheinend wurde in diesem Schuppen häufig gefegt.

»Wow«, stieß Hendrik aus, und Lyn leuchtete in den hinteren Bereich, wo er stand. Sie ging zu ihm.

»Das ist ein Bugatti. Tolles Teil«, sagte er begeistert und ging um den rot-schwarzen Oldtimer herum. »Dein Freund hat Geschmack«, sagte er und leuchtete Lyn kurz ins Gesicht.

Geblendet kniff sie die Augen zusammen. »Er ist nicht mein Freund. Höchstens ein alter Schulfreund.«

Hendrik nahm die Taschenlampe runter und leuchtete Wände und Boden, auch unter dem Fahrzeug, ab. »Nichts«, sagte er frustriert, bevor er abrupt die Taschenlampe ausmachte. »Mach deine Lampe aus«, zischte er Lyn zu.

Jetzt hörte auch sie das Brummen. Ein Auto kam die lang gezogene Auffahrt zum Schlachthof hinaufgefahren. Hastig tappten sie zur Tür und schlüpften hinaus.

»Scheiße, der Wachdienst«, sagte Hendrik, »gestern kamen die erst um vier Uhr dreißig.«

Zwei Männer stiegen direkt vor dem Hauptgebäude aus ihrem Wagen und begannen ihren Kontrollrundgang.

»Markus lässt einen Wachdienst seinen Betrieb kontrollieren?« Lyn blieb abrupt stehen. »Das würde er doch wohl nicht tun, wenn er hier etwas zu verbergen hätte, oder?«

»Sie machen nur eine Außenrunde. Sie gehen nicht rein … Wo steht dein Auto?« Er sprach leise, während sie im Schatten der Gebäude zum Graben zurückliefen.

»Ich habe den Feldweg hinter der Auffahrt genommen und bin von hinten über das Feld gekommen.«

»Dann nimm mich mit bis zur Straße. Ich stehe auf dem kleinen Rastplatz.«

Die kurze Fahrt zu seinem Wagen verlief schweigsam. Als er ausstieg, beugte er sich noch einmal herunter und sagte durch die offene Wagentür: »Tu das nie wieder, Bavaria! Versprich es mir. Das hätte auch schiefgehen können.«

Sie lächelte. »Dito!«

Als Lyn am nächsten Morgen auf dem Dach des Dienstgebäudes ihre Morgenzigarette rauchte, trat Hendrik zu ihr. Sie hielt ihm ihre Packung hin.

»Witzig«, sagte er mit einem verächtlichen Blick auf die Zigarettenschachtel. »Unser nächtliches Treiben ist natürlich nicht unbemerkt geblieben. Der Wachdienst hat das aufgebrochene Schloss bemerkt. Von Böhling hat direkt heute Morgen Anzeige gegen unbekannt erstattet. Habe ich eben am Computer abgecheckt.«

Lyn drückte die Zigarette in dem mit Sand gefüllten Betonascher aus. Unsicher sah sie Hendrik an. »Könnte ja jeder die Tür aufgebrochen haben, nicht? Jugendliche oder so …«

»Keine Angst. Die Besuchszeiten in Santa Fu sind human. Deine Töchter können dich jederzeit besuchen.«

Lyn hob ihren Mittelfinger und ging.

»Ich mag deine Hände, Bavaria.« Er lief die Treppe hinter ihr herunter. »Deinen Mittelfinger jetzt in diesem Moment gerade weniger, aber ansonsten … dein rechter Zeigefinger ist ein wenig krumm. Süß. Aber was mir am besten gefällt: Du trägst keinen Ring.«

***

»Du warst sehr brav heute Nacht, Anna«, lobte er sie, holte eine Tafel Schokolade aus einer Topkauf-Plastiktüte und legte sie auf den Tisch. »Jetzt weißt du, wie groß ein richtiges Auto ist.«

Er riss das lilafarbene Schokoladenpapier auf, brach eine Rippe ab und legte sie in ihre schon begierig geöffnete Hand.

»Anna hat im Auto gesessen«, sagte sie stolz, bevor sie genüsslich ein Stück Schokolade abbiss. Gleich darauf verzogen sich ihre Mundwinkel nach unten. »Anna hat geweint. Auto war laut … Ra-rarara-raaa.«

»Ja, aber jetzt weißt du, wie sich ein Auto anhört.«

»Alles muss leise sein, sonst kommen die Piraten.«

Ernst sah er sie an. »Das stimmt. Aber Peter hat aufgepasst. Kein Pirat war da. Alle haben geschlafen.«

Er griff noch einmal nach der mitgebrachten Plastiktüte und ging zu dem leeren Bett. Er stülpte die Tüte auf der Federdecke um. Bettwäsche mit Bärchenmotiven und ein Laken kamen zum Vorschein.

»Bezieh das Bett, wenn ich weg bin, *Große* Anna«, sagte er fröhlich, »wir wollen vorbereitet sein.« Den toten Falter wischte er vom Kissen, ohne ihn wirklich wahrzunehmen.

»Heute Nacht machen wir unsere erste Reise ins Nimmerland. Wir werden in den Tag hineinfahren. Du darfst dir alles ansehen. Vor allen Dingen die Kinder.«

»Eins darf Anna haben«, sagte sie, bestimmt nickend.

»Ja, aber noch nicht bei der ersten Reise. Wir müssen vorsichtig sein, und Ort und Zeit richtig wählen. Es ist nicht einfach.«

Ihre hellen, feinen Augenbrauen zogen sich zusammen. Hilflos hob sie die Schultern.

»Du weißt nicht, wovon ich rede«, sagte er, ohne eine weitere Erklärung abzugeben, »das musst du auch nicht. Wir werden spontan entscheiden, wo und wann es sein wird. Peter wird wieder wissen, wann der richtige Zeitpunkt ist. Peter Pan gelingt alles.«

***

Ein leises Klopfen an der offenen Bürotür ließ Lyn aufblicken. »Ist es gestattet, einzutreten?«

»Markus!« Verwirrt starrte sie den Mann an, der gerade eben ihre Gedanken beschäftigt hatte.

»Darf ich?« Er wies auf den Besucherstuhl und setzte sich, ohne ihre Antwort abzuwarten.

»Was kann ich für dich tun?« Sie klappte den Deckel auf die übervolle Hauptakte »Nele Johannson«, die sie als Aktenführerin gerade noch einmal auf Vollständigkeit überprüft hatte, und legte sie in die unterste Schreibtischschublade.

»Bei mir wurde eingebrochen.«

Lyn schnippte ein Papierfitzelchen von ihrer Schreibtischplatte. »Tatsächlich? Auf deinem Resthof?«

»Nein, auf meinem Betriebsgelände in Itzehoe.«

»Und, wurde etwas gestohlen?«

»Nein.«

»Ich hoffe, du hast trotzdem Anzeige erstattet?« Lyns Mimik spiegelte in keiner Weise wider, dass sie sich das Gegenteil erhoffte.

»Natürlich. Deine uniformierten Kollegen haben sich der Sache angenommen. Fingerabdrücke genommen und so weiter …«

Lyn überlief es siedend heiß. Hendrik hatte Handschuhe getragen. Aber sie nicht. Und sie hatte an der Türklinke des Schuppens gerüttelt.

»Und, waren die Kollegen erfolgreich?« Sie sah ihn nicht an, sondern begann die Textmarker zu sortieren.

»Es gab jede Menge Fingerabdrücke. Die Tür wird fast täglich geöffnet. Meine Mitarbeiter mussten ihre Fingerabdrücke abgeben, damit sie ausgeschlossen werden können. Dann wollen deine Kollegen die restlichen Abdrücke mit den in eurem Polizeicomputer gespeicherten Fingerabdrücken vergleichen. Könnte ja ein Serieneinbrecher sein.«

»Was war denn so Wichtiges in dem Schuppen? Hätte jemand Interesse daran haben können?«

Er lächelte und beugte sich vor. »Woher weißt du, dass es ein Schuppen war?«

Sie starrte ihn an. »Du … du hast es eben erwähnt.«

»Nein, habe ich nicht.«

»Ja, woher sollte ich dann wissen … ach, jetzt fällt's mir ein. Ich habe es heute Morgen im Computer gelesen. Bei den Anzeigen gegen unbekannt.«

»Du liest jeden Morgen alle Anzeigen, die erstattet wurden?«

Ihre Wangen brannten. Sie sah ihm in die Augen. »Nein, aber ich lese alles im Zusammenhang mit dir. Und dein Name tauchte im Computer auf.«

»Warum hast du mich dann eben gefragt, ob ich Anzeige erstattet habe? Du wusstest es doch.«

Lyn atmete tief ein. Langsam wurde es eng. »Ich … ich wollte nicht, dass du merkst, dass ich dich, sozusagen, überprüfe.«

Einen Moment stutzte er. Dann lachte er auf. »Da hast du ja gerade noch mal die Kurve gekriegt, was?« Er zog seinen Stuhl näher an ihren Schreibtisch und lehnte beide Unterarme darauf.

»Soll ich dir etwas sagen, Gwen? Langsam fängt es an, mir Spaß zu machen. Ja, wirklich! Du bringst Abwechslung in mein Leben … Wie gefiel dir übrigens mein Bugatti? Ich glaube, ich sollte einen besseren Platz für ihn finden. Die Tür scheint zu leicht zu knacken zu sein, und der nächste Einbrecher würde vielleicht an einem wertvollen Oldtimer Interesse haben.«

»Ich weiß wirklich nicht, wovon du redest, Markus. Und wenn du mir weiter nichts zu sagen hast als diese haarsträubenden Fantastereien … Ich habe zu tun.«

Lächelnd stand er auf. »Auf Wiedersehen, Gwen.« Er hielt ihr seine Hand hin.

»Auf Wiedersehen.« Sie reichte ihm ihre Hand.

Unerwartet führte er sie an seine Lippen und hauchte einen Kuss darauf. Dann strich er über ihre Finger und betrachtete sie lächelnd. »Welchen Abdruck sie wohl ergeben würden?«

***

Er kam hoch und wischte sich die schmutzigen Hände mit einem Taschentuch ab. Zufrieden lenkte er den Strahl der Taschenlampe auf das falsche Kennzeichen, bevor er das Licht löschte. Sein Blick glitt über das Gebüsch am Rand des Feldweges und die dunklen Schatten der entfernten Bäume. Alles war ruhig bis auf die ersten Vögel, die ihr Morgenkonzert begannen. Die Augen schließend, lauschte er lächelnd einem Rotkehlchen, bevor er den Kofferraum öffnete.

»Jetzt darfst du rauskommen, Anna. Hat dir das Versteck-

spielen Spaß gemacht?« Sich noch einmal nach allen Seiten umblickend, hob er sie heraus und legte anschließend die abmon-
tierten Nummernschilder hinein.

Sie schüttelte den Kopf, verzog den Mund und presste sich an
ihn. »Anna hat geweint. Anna mag kein Auto. Autoversteck war
laut. Und dunkel.«

Er lächelte und drückte sie an sich. »Das musste sein. Schließlich dürfen die Piraten dich nicht sehen. Jetzt wird dir das Autofahren gefallen, Anna. Du darfst jetzt auf der Rückbank sitzen
und rausgucken, denn hier kennt uns niemand. Komm!« Er öffnete die hintere Tür, aber sie machte keine Anstalten einzusteigen.

Gierig blickte sie sich um. »Das Nimmerland!«

Er strich über ihre Wange. »Warte nur, bis es ganz hell ist,
dann siehst du alles viel besser. Schau, da hinten geht bereits die
Sonne auf.«

»Oh … oh!« Sie drückte sich an ihn und blickte ehrfürchtig
gen Osten, wo die Sonne den Himmel lachsfarben färbte.

Erst zehn Minuten später war sie bereit einzusteigen. Zügig
verließ er den Feldweg am Waldrand und bog auf die Landstraße ein. Ihr Aufschrei ließ ihn zusammenzucken.

»Was ist denn, Anna?«, herrschte er sie an.

»Anna hat Angst. Da ist ein Haus. Und noch ein Haus. Ganz
viele … Da wohnen die Piraten.«

Er stoppte den Wagen und drehte sich um. Lächelnd. »Anna
muss keine Angst haben. Das sind gute Häuser. Dort wohnen
keine Piraten. Darum hat Peter Anna hierhergebracht.«

Er deutete auf das Dorf, das vor ihnen lag. »Dort, in den Häu-
sern, wohnen die Nimmerland-Kinder. Ganz viele. Schau dir alles
an, Anna. Es ist alles neu für dich, aber wir haben Zeit. Heute
schauen wir nur.«

»Aber Anna will ein Nimmerland-Kind!« Sie hatte aufgehört
zu weinen.

»Dafür braucht Peter deine Hilfe. Aber so weit bist du noch
nicht. Heute suchen wir einen Spielplatz, der leer ist.«

»Das kitzelt im Bauch, das kitzelt …« Sie lachte wie irre und warf sich auf der Schaukel nach vorn und nach hinten.

»Pst, Anna, pst, nicht so laut.« Er sah sich nach allen Seiten um, während er ihr erneut leichten Anschwung gab.

»Möchtest du noch mal rutschen, Anna?«

»Ja, ja.« Sie glitt von der Schaukel, ohne zu warten, dass er sie abbremste, und fiel in den Sand. Ohne einen Mucks sprang sie auf und lief zur Rutsche. Wieder und wieder erklomm sie die Leiter, um den kurzen Genuss des Herabrutschens auszukosten.

»Anna will noch mal witten«, rief sie dann und lief zu einem anderen Spielgerät.

»Wippen!«, verbesserte er sie lächelnd.

Er fuhr zusammen, als eine Jungenstimme hinter ihm rief: »Guck mal, Mama, das große Mädchen läuft aber komisch. Die kann gar nicht richtig rennen.«

Tief durchatmend, drehte er sich langsam um und sah einen kleinen Jungen, der das Mädchen, das jetzt an der Wippe angekommen war, neugierig betrachtete.

Die Mutter des Jungen lächelte verlegen.

»Guten Morgen«, sagte er und nickte der Frau zu. Sie erwiderte seinen Gruß und ging zu ihrem Sohn.

»Warum läuft dein Kind so komisch?«, fragte der Kleine jetzt und sah ihn direkt an.

»Paul!«, maßregelte seine Mutter ihn.

»Schon gut«, sagte er und lächelte erst den Kleinen, dann die Mutter an. »Kindermund. Meine Tochter ist eben keine große Sportkanone. Sie rennt … selten.«

Er drehte sich um und ging mit schnellen Schritten zur Wippe. Gerade rechtzeitig genug, um sie abzufangen, denn sie hatte sich mit vorsichtigen Schritten auf den Weg zu dem kleinen Jungen gemacht.

»Ein Nimmerland-Kind!«, flüsterte sie ehrfürchtig. Sie hob ihre Hand, als wollte sie den fremden, kleinen Menschen aus der Entfernung berühren.

»Anna will das Nimmerland-Kind streicheln«, sagte sie prompt und sah ihn mit leuchtenden Augen an.

»Nein, Anna«, sagte er und nahm ihre Hand, »das mag das Kind vielleicht nicht. Wenn wir ein eigenes Kind haben, darfst du es streicheln.«

Sie hörte ihm nicht mehr zu. Ihr Kopf war herumgeruckt, und ihr Blick durchbohrte die Frau, die jetzt in ihr Blickfeld geriet. Sie drückte sich an seinen Bauch. »Anna hat Angst.«

Er folgte ihrem Blick. »Peter auch«, zischte er leise, »denn das ist eine Mama.«

»Eine Mama ist böse«, flüsterte sie ängstlich und presste ihren Kopf an seine Seite.

»Ja. Lass uns gehen.« Er legte den Arm um sie.

»Auf Wiedersehen!« Mit einem freundlichen Winken nickte er der Fremden zu, als sie an ihr vorbeigingen. »Einen schönen Tag noch.«

Sie blickte dem Mann, der seinen Arm um die Schulter des Mädchens gelegt hatte, hinterher.

»Ich wünschte, du wärst auch mal so anhänglich«, sagte sie zu ihrem Sohn, der nicht einmal zu ihr hinsah. »Das Mädchen hat seinen Papa richtig lieb. Das sieht man.«

Vorsichtig kletterte sie die Stiege hinunter. Er folgte ihr. Erst als er die Luke hinter sich geschlossen hatte, sprach sie. Euphorisch.

»Darf Anna morgen wieder mit Auto zum Nimmerland? Schaukeln!« Sie warf ihren Oberkörper vor und zurück. »Und eine Rutsche! … Bitte, bitte!«

»Bald wieder, Anna. Die Piraten dürfen nichts merken.«

Als sie einen Flunsch zog und ihren Mund zum Protest öffnete, tadelte er sie: »Nur liebe Kinder dürfen ins Nimmerland, Anna. Nur wenn du lieb bist, nehme ich dich wieder mit.«

Sie drehte sich um und ging zum Regal. Mit eingezogenem Kopf stand sie da und sah ihn nicht an. Ihre rechte Hand zupfte an ihrem blonden Haar.

»Mal ein Bild«, schlug er, jetzt mit sanfterer Stimme, vor. »Ein buntes Bild vom Nimmerland.«

Ihr Blick glitt zu den Zeichnungen an der Wand. Auf etlichen davon erkannte man farbige Rutschen, Schaukeln und kleine Buntstiftkinder. »Nimmerland!«, sagte sie wie erleuchtet. »Große Anna hat Nimmerland gemalt.«

Sie drehte sich um, als er einen erstickten Laut ausstieß. Beide starrten sich schweigend an.

»Mal bis zum Mittagessen«, sagte er schließlich, »ich lasse das Licht so lange an.«

»Anna friert«, sagte sie plötzlich und deutete auf die kleinen Gänsehautpickelchen auf ihrem Arm. Und dann, ganz erstaunt, fügte sie hinzu: »Nimmerland ist warm.«

»Hier unten musst du deine Wolljacke wieder anziehen«, sagte er ungerührt und holte die Strickjacke aus der Plastiktüte, die er bei sich hatte.

***

»Mama, Garfield hängt an der Wohnzimmergardine, und ich kann ihn nicht abziehen.« Sophies Stimme klang verzweifelt.

Lyn verdrehte die Augen und zog die Pfanne vom Herd. Als sie das Wohnzimmer betrat, wusste sie nicht, ob sie lachen oder weinen sollte. Die Katze hing auf Kopfhöhe an dem neuen beigefarbenen Vorhang neben der Terrassentür und hatte auf ihrem Weg nach oben sichtbare Spuren hinterlassen. Ausgehakte Fäden zierten den unteren Bereich des Stoffes.

»Gut, dass ich mich gegen die teure Ware entschieden habe«, murmelte Lyn, während sie Kralle um Kralle aus dem Stoff löste.

»Tu ihm nicht weh!«, rief Sophie.

»Was ist denn hier los?« Charlotte patschte barfuß, nur in ein kurzes Handtuch gehüllt, zur Terrassentür.

»Mama reißt Garfield die Krallen ab«, jammerte Sophie.

»Hör auf, die Katze Garfield zu nennen«, fauchte Charlotte ihre Schwester an, »sie heißt Krummbein.«

»Nein, heißt sie nicht!« Sophie stampfte mit dem Fuß auf. »Nur weil du Harry-Potter-Fan bist, muss unsere Katze ja nicht so einen saublöden Namen haben. Sie hat doch gar kein krummes Bein.«

»Aber Garfield kann sie auch nicht heißen.« Charlotte streckte ihrer Schwester die Zunge raus. »Erstens: Sie ist eine Katze und kein Kater. Zweitens: Sie ist grau und nicht orange.«

Lyn hatte die Graugetigerte endlich aus dem Vorhang gelöst. Das Kätzchen im Arm streichelnd, fiel ihr Blick auf Charlotte. »Du bist tropfnass und barfuß!«

»Schrei doch nicht so, Mama.«

»Dann sieh zu, dass du von meinem Holzparkett verschwindest. Aber zackig!«

Aufgrund des Tonfalls beschloss Charlotte, umgehend zu gehorchen. Vom gefliesten Flur aus sah sie ihre Mutter an. »Welchen Namen findest du besser, Mama?«

»Wie wär's mit Pussy oder Miezi?«

Gleichzeitige Würgegeräusche beider Schwestern zeugten von ungewohnter Einigkeit.

»Dann müsst ihr einen Kompromiss machen«, schlug Lyn vor, »entweder Garbein oder Krummfield. Und jetzt kommt essen, die Frikadellen sind fertig.«

Unter lautem Gelächter folgten die Mädchen ihrer Mutter in die Küche.

»Ich nehm noch ein Fleischpflanzerl«, sagte Sophie, nachdem sie ihren Teller mit der Gabel sauber gekratzt hatte. Lyn zuckte leicht zusammen. Bernd hatte immer dieses Wort benutzt.

Dass Charlotte Lyns Gedanken teilte, bezeugten deren nächsten Worte. »In vier Wochen fahren wir zu Papa. Ich freu mich schon so auf zu Hause.«

Lyns Magen zog sich krampfhaft zusammen. Zu Hause. Sie studierte Charlottes Gesicht, die bereits unbekümmert weiterplapperte. Bedeutete ihr Vater für sie das Zuhause? Oder der Ort Bamberg? Lyn seufzte. Auf jeden Fall betrachtete sie nicht Wewelsfleth als ihr Zuhause.

»Claudi und Nina kommen auch zum Bahnhof, um mich abzuholen«, sagte Charlotte.

Lyn lächelte und streichelte über Charlottes nackten Arm. »Lade die beiden doch für eine Woche zu uns ein. In Bayern fangen die Herbstferien doch schon eher an. Sie könnten in drei

Wochen kommen, und dann fahrt ihr gemeinsam zurück nach Bamberg. Was hältst du davon?«

Charlottes Augen leuchteten. »Wirklich, Mama?«

»Dann sollen Lena und Marie aber auch kommen. Das sind meine besten bayerischen Freundinnen«, hakte Sophie sich ins Geschehen ein.

Lyn schluckte die Abfuhr hinunter, als sie in Sophies Augen sah. »Meinetwegen. Das ist dann der ultimative Test für den Spruch: Platz ist in der kleinsten Hütte«, seufzte sie unter lauten Begeisterungsschreien ihrer Töchter und betrachtete ergeben Garfield-Krummbein, die gerade ein Pfützchen vor dem Herd platzierte.

ZEHN

»Sonne ist so warm«, sagte sie, das »so« genießerisch in die Länge ziehend. Sie hielt die Augen geschlossen, legte den Kopf in den Nacken und bot der Sonne ihr Gesicht an.

Er verriegelte den Wagen und nahm ihre Hand. »Komm, Anna, du willst doch auf den Spielplatz.«

Willig folgte sie ihm, ihre Hand in seine gekrallt. Immer wieder warf sie Blicke nach rechts und links auf die Häuser. Ängstlich und zugleich neugierig. Als der Spielplatz vor ihnen auftauchte, blieb sie erstaunt stehen. »Das ist nicht Nimmerland.«

»Doch, das ist auch Nimmerland. Ein anderer Nimmerland-Spielplatz. Es gibt viele verschiedene. Es ist besser, wenn wir immer einen anderen nehmen.«

Sie hörte ihm gar nicht mehr zu. »Anna will schaukeln.«

Er deutete auf eine Nestschaukel. »Das ist eine große Schaukel. Du kannst dich sogar hineinlegen.«

Das tat sie. Sie sprach kein Wort, während er ihr ununterbrochen leichten Anschwung gab.

Ihr Blick wanderte zu den Wolken am Himmel, zu der prächtigen Kastanie an ihrer rechten Seite und blieb schließlich an einem Sommerflieder hängen, um den sich ein Dutzend Schmetterlinge tummelte. Eine Träne rann an ihrer Wange herab. »Schönes Nimmerland«, flüsterte sie.

Sie blieben eine halbe Stunde. Dann mahnte er zum Aufbruch. »Komm, Anna, für heute ist es genug. Wir haben eine lange Rückfahrt, und ich muss vormittags zurück sein. Komm, Autofahren findest du doch auch schön.«

»Aber Anna möchte ein Nimmerland-Kind sehen.« Verzweifelt blickte sie sich auf dem leeren Spielplatz um.

»Beim nächsten Mal. Und dann darf auch Hoppel mitfahren.«

Ihre Augen leuchteten. »Hoppel darf auch rutschen und schaukeln.«

»Nein, Hoppel wartet auf uns im Auto. Aber … vielleicht

finden wir ein Kind … ein kleines Mädchen … das Hoppel gerne einmal streicheln möchte. Im Auto.«

***

»Barny, du Waschlappen!« Henning Harms zog seinen Boxer am Halsband aus der Ecke neben dem Sofa. »Die Katze müsste sich hier verstecken und nicht du!«

»Barny erkennt eben eine wahre Kampfkatze«, lachte Charlotte, nahm das Kätzchen hoch und hielt den Winzling dem Boxer vor die Nase. Sofort zog er sich wieder zurück.

»Du sollst Barny nicht immer ärgern«, zeigte Sophie Mitleid mit dem Hund und streichelte ihn.

Lyn steckte ihren Kopf ins Wohnzimmer. »Ich höre schon, ihr habt hier jede Menge Spaß. Dann kann ich ja beruhigt zu den Reusen gehen. Ich bin auf jeden Fall rechtzeitig wieder hier, um zum Bahnhof zu fahren. Wann kommen die Mädels genau an?«

»Um sechzehn Uhr zehn, Mama. Und wenn du es nicht rechtzeitig schaffst, quetschen wir uns halt alle in Opas Golf rein.«

»Ich habe Opa gebeten, auch eine Tour zu übernehmen, damit eben dies nicht passiert: Sieben Leute in einem Wagen … Also, kann ich es wagen, mich für zwei Stündchen an die Elbe zu verziehen?«

»Wir sind doch immer brav«, sagte Charlotte.

»Ich dachte auch eher an Opa.«

»Fass!«, rief Henning Harms seinem Hund zu und deutete auf seine lachende Tochter.

Barny glotzte ihn aus seiner Ecke an, ohne seine Sabberlefzen zu verziehen.

»Wah! Hier sackt man ja richtig tief ein!«, schrie Lyn auf, als sie Heinrich Kelting durch den Elbschlick folgte.

Sie warf einen Blick zurück. Das hohe Riedgras hatten sie hinter sich gelassen. Von dieser Warte aus hatte sie den Deich noch nie gesehen. Die Schafe hatten sich auf die andere Seite verzogen. Nur die Silhouetten dreier Walkerinnen auf der Deichkrone hoben sich gegen den leicht bewölkten Himmel ab.

»Komm, Deern«, forderte Heinrich Kelting sie auf, »gliek sind wi dor.«

Mit Kraft zog sie ihren gummigestiefelten linken Fuß aus dem graubraunen Schlamm. Beim nächsten Schritt blieb der rechte Stiefel im Schlick stecken, und ihr Fuß landete im Dreck.

Heinrich schüttelte seinen grauen Kopf. »Ohne Wattbüx ist dat hier Schiet.«

»Mir reicht's.« Entschlossen zog Lyn auch den anderen Stiefel aus. Die Socken folgten. Die durchmatschte Jeans aufzukrempeln, gab sie auf. Sie klebte an ihren Waden. Ihre Hände starrten vor Dreck. Heinrich stand mit hochgezogenen Augenbrauen da und betrachtete das Spektakel.

»Sie werd'n sich verkühlen, Frau Kommissar«, er drohte mit seinem Zeigefinger, »wir haben Anfang Oktober.«

Lyn grinste. »Ach was! Ist doch ein goldener Oktober. Auf geht's! Die Stiefel nehme ich auf dem Rückweg wieder mit.« Vorsichtig patschte sie durch den kalten Schlick.

»Ist irgendwie lustig, wie der Schlick durch die Zehen flutscht«, rief sie Heinrich Kelting zu, der trotz seines hohen Alters kraftvoll durch den zähen Boden stapfte. Er drehte sich um und schüttelte nur den Kopf. Lyn meinte etwas wie »Kindskopp« aus seinem Mund zu hören.

»Da wär'n wir«, sagte Heinrich, blieb stehen und deutete auf das etliche Meter lange, an Holzpflöcken befestigte Gebilde vor ihnen.

»Erinnert mich ein bisschen an den zusammenklappbaren Spieltunnel meiner Kinder«, meinte Lyn, »nur dass hier die Außenhaut aus Netz ist.«

Heinrich blickte sie aus großen Augen an. Zweifellos hatte er in seinem ganzen Leben noch keinen Kinderkriechtunnel gesehen.

»Das ist das Leitnetz«, erklärte er, »das verjüngt sich zum Wasser hin. Die Aale, die hinten reinschwimmen, können nicht zurück und müssen immer weiter nach vorne. Da«, er lief weiter vor, »ist dann der Einlauf zu den eigentlichen Reusen, wo die

Aale sich sammeln … Kiek an! Heut lohnt sich das mal wieder. Sie sind 'n Glücksbringer, Frau Kommissar. Das sind bestimmt zehn Pfund.«

Fasziniert starrte Lyn auf die sich windenden Aalleiber. Zwischen fünfzehn und zwanzig Stück mochten es wohl sein.

»Und was ist das für ein Fisch?«, rief sie und deutete auf den grau-grünlich schimmernden Fisch zwischen den Aalen.

»Ein richtig schöner Zander«, freute Hein Kelting sich. »Hat schön festes, weißes Fleisch. Den mögen Sie doch, oder?«

Lyn schüttelte sich. »Fisch gehört nicht zu meinen Leibspeisen.«

Mit einem Hauch Verachtung schüttelte er seinen Kopf und machte sich daran, den Drahtkorb von den Reusen zu binden. Kopfüber landeten nach und nach Aale und Zander in seinem mitgebrachten Eimer.

»Und zu Hause schlachten Sie die Aale?«, fragte Lyn.

»Jo«, nickte Hein Kelting, »und denn geht das ab in die Räuchertonne. Schön mit Buchenholz. 'n paar Obstzweige dazu. Das schmeckt! Meine Aale sind begehrt.«

»Netter kleiner Nebenverdienst, was?«, lachte Lyn.

Heinrich Kelting sah sie erschrocken an. »Sie werden mich doch nicht verpetzen, oder? Ich mein, beim Fiskus?«

»So eine dumme Frage beantworte ich gar nicht erst«, sagte Lyn grinsend. »Und jetzt suche ich besser meine Gummistiefel. Bevor die Flut sie holt.«

***

»Ein Spielplatz mit Nimmerland-Kindern!« Begeistert und zweifelnd zugleich sah sie zu ihm auf.

Bevor er ein Wort sagen konnte, schüttelte sie ihren blonden Kopf. »Wir suchen einen leeren Spielplatz«, wiederholte sie seine Worte der letzten Wochen und warf einen bedauernden Blick zu den beiden Mädchen und dem Jungen, die sich auf dem Kletterturm vergnügten.

Er ging in die Knie und umfasste ihre schmalen Schultern.

»Nein, heute ist es so weit, Anna. Du kennst dich jetzt auf Spiel-plätzen aus. Stellen wir Kontakt her.«

Ihre blasse Stirn legte sich in Falten. »Anna weiß nicht, was Peter sagt.«

»Schon gut, Anna. Lauf einfach los. Ja, wirklich! Lauf! Peter bleibt in deiner Nähe.« Als sie Richtung Kletterturm davonstürm-te, setzte er leise hinzu: »Peter muss ein Auge auf dich haben.«

Er setzte sich auf die Bank in der Nähe des Turmes. Sie wink-te ihm zu. Noch hatte sie kein Wort zu den Kindern gesagt. Von den beiden Mädchen wurde sie neugierig betrachtet, der Junge ignorierte sie.

»Spiel schön, Anna, ich lese so lange die Zeitung«, rief er ihr zu, zog eine Zeitung aus der Jackentasche und schlug sie auf. Aber er hatte keinen Blick für die politischen Begebenheiten auf der Innenseite des Papiers. Über den Rand beobachtete er sie und die anderen Kinder. Lauschte auf jedes Wort, das gesprochen wurde.

Sie stand nach wie vor am Fuße des Turmes und sah lächelnd zu, wie die Mädchen sich an dem grobmaschigen roten Netz em-porhangelten. An der seitlichen Rutsche sausten sie gemeinsam mit dem Jungen herunter.

Sie lachte.

Der Junge ignorierte sie weiterhin. Eines der Mädchen hinge-gen blieb vor ihr stehen und fragte: »Wie heißt du?«

»Ein Pferd«, sagte sie, ohne die Frage des Mädchens zu be-antworten, und deutete auf die Stickerei auf dem Anorak des Kindes.

Das Mädchen blickte an sich herunter. »Ja. Ich hab auch noch eine Katzenjacke. Du auch?«

Sie blickte an ihrer schlichten blauen Jacke hinunter und schüt-telte den Kopf.

»Wie heißt du?«, wiederholte die Kleine noch einmal ihre Frage.

»Anna.«

»Ich heiße Vivian. Und das ist meine Freundin Lucy.« Vivian deutete auf das andere Mädchen.

»Da ist noch ein Nimmerland-Kind«, sagte sie und deutete auf den Jungen.

Er legte die Zeitung zur Seite und starrte zu den Kindern. Bereit, einzugreifen, beobachtete er das weitere Geschehen. Aber von dem braunhaarigen Mädchen kam nur ein verwirrtes »Häh? Das ist Tobi, der kleine Bruder von Lucy.«

»Anna hat auch einen Bruder. Einen großen Bruder.« Sie blickte kurz zur Bank. »Und Wendy hat auch einen Bruder. Und noch einen.«

»Die kenn ich nicht … Wo wohnst du?«

»Zu Hause.«

Das Mädchen lachte. »In der Brennerstraße? Da wohn ich. Oder im Lutherweg?«

Sie sah das Mädchen verwirrt an. »Kleine Anna wohnt zu Hause. Bei Peter. Peter Pa…«

»Anna!«

Sie schrak zusammen. Er stand plötzlich neben ihr und griff nach ihrer Hand. »Wir müssen jetzt gehen, Anna.« Er zog sie mit sich über die Grasfläche des Spielplatzes.

Sie stolperte, weil sie mit seinen großen Schritten nicht mithalten konnte.

»Aber Anna …«

»Was haben wir besprochen?«, unterbrach er sie streng und blieb abrupt stehen. »Dass du ganz, ganz lieb bist und alles tust, was Peter dir sagt. Sonst gehen wir nie wieder ins Nimmerland. Und das möchtest du doch nicht, oder?«

Einen Moment sagte sie nichts, dann nickte sie und drehte sich noch einmal um. Eine Träne lief ihr über die Wange.

»Frag deinen Papa, ob du morgen wiederkommen kannst«, schrie Vivian ihr hinterher.

»Wenn du lieb bist, kommen wir bald wieder«, sagte er, bevor sie einen Ton herausbrachte.

»Was ist ein Papa?«, fragte sie, ohne darauf einzugehen.

»Etwas, was du nicht brauchst.«

***

»Und, Mädels, wie hat es euch im hohen Norden gefallen?« Lyn sah die bayerischen Mädchen eines nach dem anderen an. Alle sahen satt und zufrieden aus. Das Abschlussessen in der Pizzeria konnte also als Erfolg verbucht werden.

»War eine tolle Woche hier. Aber mit Bayern kommt natürlich nichts mit«, antwortete Claudia grinsend und heimste dafür einen beifälligen Blick von Charlotte ein.

»Siehst du, Mama!«

»Aber der Ausflug nach Föhr war schon klasse«, fügte Claudia, und wie es aussah, nicht nur aus Höflichkeit, hinzu. »Die Wattwanderung war spannend. Da kann ich zu Hause erzählen, dass ich auf dem Meeresboden spaziert bin.«

»Und wie war's für euch?«, fragte Lyn die beiden kleineren Mädchen. »War das okay, dass ihr die Vormittage ohne Sophie verbringen musstet?«

Die beiden nickten eifrig. »Zweimal durften wir ja mit in den Unterricht«, sagte Marie, »und das Bummeln war cool. Aber am besten war der Gruselgeschichten-Abend mit Opa Henning.« Sie strahlte Henning Harms an.

»Ich hatte selten ein kreischenderes Publikum«, sagte er, nicht ohne Stolz, und hob sein Chiantiglas, um mit jedem der lachenden Mädchen anzustoßen.

Sophie sog eine letzte Spaghetti durch die Zähne. »Opa war der Sieger. Er hatte die beste Geschichte.«

»Gut, dass ich Dienstbesprechung hatte«, sagte Lyn, »ich hasse Gruselgeschichten. Da wimmelt's immer so von toten Leichen.« Sie zwinkerte Nina, die ihr gegenübersaß, zu.

»Das war ein Pleonasmus, Mama«, kam es wie erwartet aus Charlottes Mund, »eine Leiche ist immer tot.«

»Ja, zum Glück! Stell dir vor, es wäre anders.« Lyn hob die Arme, verdrehte die Augen und wandte ihren Oberkörper mit offenem Mund ihrer ältesten Tochter zu. »Buäääh!«

Die schüttelte sich. »Hör auf! Da muss ich gleich an Opas Gruselgeschichte denken. Die hättest du hören sollen. Er hat behauptet, dass in *meinem* Zimmer vor unserem Einzug eine Leiche hing. Eine uralte Frau. Drei Tage hing sie dort, hat er gesagt,

und wenn ich ganz tief einatme, müsste ich noch den Verwesungs-
geruch riechen.«

Lyn starrte Charlotte an. Einen Moment. Dann ihren Vater.
Einen längeren Moment. Ohne den Blick von ihm zu nehmen,
sagte sie: »Ja, der Opa! Immer für einen Spaß zu haben.«

»Und er hat das so echt rübergebracht«, sagte Nina jetzt und
warf Henning einen bewundernden Blick zu, »mit so vielen Details und so. Das war echt cool. Bis zum Schluss hat er behauptet, dass er die Wahrheit sagt.«

»Würde ich so hübsche junge Damen anlügen?«

»Noch ein Dessert? Eis? Tiramisu?«, lenkte Lyn die Unterhaltung in ungefährlichere Bahnen, ihren Vater dabei visuell er-
dolchend.

»Wo ich so in deine Augen schaue, nehme ich doch ein Eis.«
Henning hob noch einmal sein Glas, um diesmal mit seiner Tochter anzustoßen. »Salute!«

»Salute, Vater!« Lyn stieß mit ihrem Wasserglas gegen das
seine und zischte, als sie sicher war, das keines der plappernden
Mädchen zuhörte: »Auf deine letzten Stunden! Denn wenn wir
die Mädels morgen am Bahnhof abgeliefert haben, bringe ich
dich um.«

»Der Zug kommt«, rief Charlotte aufgeregt und griff nach ihrem
Rucksack.

Die Geräusche des einfahrenden ICE jagten Lyn einen Schauer über den Nacken. Jetzt hieß es Abschied nehmen. Sie straffte
ihren Rücken. Es ist nur eine Woche, Lyn, eine Woche, beruhigte sie sich. Sie umarmte ihre Älteste.

»Grüßt mir die Grachtls und die Moosingers. Und natürlich
Helmi und Jutta. Sagt ihnen, dass ich spätestens im Winterur-
laub bei ihnen aufschlage. Ach ja, und vergesst nicht, Großvater
und Großmutter ganz lieb zu grüßen.« Lyn drückte Charlotte
einen Kuss auf die Lippen.

»Ja, Mama, mach ich«, kam es genervt über Charlottes Lippen,
»wir müssen jetzt einsteigen. Sonst fährt der Zug noch ohne
uns.«

»Sollen wir auch Papa und Miriam grüßen?«, fragte Sophie, und Lyn las in ihren Augen die erhoffte Antwort.

»Natürlich«, sagte sie leichthin, »natürlich.«

Sophie presste sich an Lyn, die ihren blonden Scheitel küsste.

»Ich hab dich lieb. Bis nächste Woche, Krümelchen.«

Sechs Kinderhände winkten, als der ICE schließlich den Altonaer Bahnhof Richtung Bamberg verließ. Lyn winkte zurück, angestrengt versuchend, nicht zu weinen. Henning schwenkte eine kleine Schleswig-Holstein-Fahne, und Barny wedelte mit dem Schwanz.

»Nächste Woche sind sie doch wieder da, Schatz«, sagte Henning und tätschelte über Lyns feuchte Wange.

»Das hoffe ich«, flüsterte sie, »das hoffe ich.«

ELF

»Aber warum nehmen wir nicht *das* Nimmerland-Kind?« Ihre Stimme war weinerlich, mit einem Hauch Unverständnis und Ärger darin.

Er zog sie mit sich und blickte zurück zu dem Sandkasten in dem Park, den er seit einer halben Stunde beobachtet hatte. Zu der Frau, die wieder und wieder kleine Sandförmchen für ihre Tochter befüllte.

»Sei still. Wir können dieses Kind nicht nehmen. Die Frau lässt es keinen Moment aus den Augen.«

»Aber Peter hat gesagt …«

»Schweig!« Wut färbte seine Stimme dunkel. Er nahm seine Sonnenbrille ab und stopfte sie in die Innentasche seiner Jacke.

Sie blieb still, während sie zum Wagen liefen, den er auf einem Supermarktparkplatz in der Nähe abgestellt hatte.

»Es ist Herbst. Wir sind zu spät. Im Sommer ist es leichter«, sprach er mit sich selbst, »vielleicht müssen wir warten bis zum nächsten Jahr.«

Verständnislos blickte sie ihn an.

Sein Blick umfing ihre Gestalt. »Etwas Zeit haben wir noch«, sagte er leise, wie tröstend, zu sich selbst und strich über ihre gerötete Wange, »etwas Zeit, meine Kleine Anna.«

Während sie den Supermarktparkplatz überquerten, schwieg er. Vereinzelt waren Leute damit beschäftigt, ihre Einkäufe zu verstauen. Sein Schritt verlangsamte sich, als er sah, dass das Fahrzeug neben seinem Wagen gerade beladen wurde.

»Was ist?«, fragte die Kleine, die sein Zögern bemerkte.

»Nichts«, er setzte seine Sonnenbrille wieder auf, »schon gut.« Zügig ging er mit ihr zum Auto.

»Komm, Anna, steig auf meiner Seite ein«, sagte er leise und nickte der älteren Frau auf der anderen Seite des Wagens freundlich zu. Sie grüßte zurück.

»Setz dich. Ich schnall dich an, Anna«, sagte er, sicherte ihren Gurt und gab ihr ein Küsschen auf die Stirn, während er seinen Oberkörper aus dem Wageninneren wieder zurückzog.

»Wah! Mein Gott!«, entfuhr es ihm.

»Ich wollte Sie nicht erschrecken, junger Mann«, sagte die alte Dame, die jetzt direkt neben ihm stand, »mir ist nur etwas aufgefallen.«

Er starrte sie an. Wie beiläufig schlug er die Wagentür zu. »Was denn?«

»Nun, dass Sie ein kräftiger Mann sind. Sie werden einer alten, rückenkranken Frau bestimmt die Getränkekiste aus dem Einkaufswagen in den Kofferraum heben.«

Er lachte auf. Erleichtert. »Gern.«

»Eine süße kleine Tochter haben Sie«, sagte sie, einen Blick ins Wageninnere werfend, ohne von dem Kind wahrgenommen zu werden, das mit dem Kaninchen im Käfig spielte, »sie müsste so alt wie meine kleine Enkelin sein. Neun oder zehn?«

Er nickte nur und hob die Kiste in ihren Wagen. Winkend lotste er die alte Frau anschließend aus ihrer Parklücke.

Schweiß stand ihm auf der Stirn, als er in seinen Wagen stieg. Er fuhr das Seitenfenster herunter und atmete tief durch.

»Anna ist hungrig.« Ihre Stimme klang leise aus dem Fond zu ihm.

Sein Blick war ärgerlich, als er sie im Rückspiegel ansah. »Das kommt, weil du heute Morgen dein Brot wieder nicht aufgegessen hast.«

Schuldbewusst sah sie auf ihre Hände. »Nimmerland riecht lecker.«

Er blickte nach links. In zwanzig Metern Entfernung stand ein Imbisswagen, und der Duft der gebratenen Hähnchen wehte durch das geöffnete Autofenster.

Einen Moment zögerte er, dann sagte er: »Na gut, was soll schon passieren.« Sein Blick schweifte über den Parkplatz, während er das Seitenfenster wieder hochfuhr. »Peter holt etwas zu essen. Sei lieb und spiel mit Hoppel.«

Er stieg aus und verschloss den Wagen. Zügig lief er Richtung

Imbisswagen und reihte sich in die kleine Schlange ein. Der Imbissbudenbetreiber trotzte dem Fast-Food-Laden in direkter Nähe mit anscheinend äußerst beliebten Hähnchen.

Wie automatisch scannte sein Blick den Minispielplatz vor dem McDonald's. Sein Herz begann zu klopfen, als ein junges Mädchen ein kleines Kind mit blonden Locken zur Rutsche führte und auf es einredete. Sie deutete auf den Imbisswagen, und das Kleine nickte. Augenblicke später lief das große Mädchen dicht an ihm vorbei und reihte sich in die Schlange hinter ihm und einem weiteren Mann ein.

Ein heißer Schauer überlief ihn. Seine Oberlippe begann zu zittern.

Hier war die Chance. Zumindest eine kleine. Wenn die Große die Kleine nicht ständig beobachtete. Er überlegte nicht lange. Seine Intuition hatte ihm in der Vergangenheit beste Dienste erwiesen.

»Mein Gott, das dauert!«, sagte er genervt, an seinen Hintermann gewandt, und trat aus der Schlange. »Ich hole mir mein Mittag woanders.«

Der andere hob die Schultern. »Mir recht. Bin ich eher dran.« Auch das Mädchen machte froh einen großen Schritt nach vorn.

Er ging zum Wagen zurück. Schnell, aber nicht zu schnell. Nur nicht auffallen.

»Anna! Möchtest du noch ein bisschen auf dem Spielplatz spielen? Dort drüben, wo das kleine Mädchen rutscht?« Hinter dem Lenkrad sitzend, deutete er durch das Seitenfenster auf die gerade noch zu erkennende Rutsche.

»Anna darf noch rutschen?« Freudig starrte sie durch das Fenster. Der Hunger war vergessen.

Er warf den Wagen an. »Ja, das darfst du. Aber wir müssen den Parkplatz wechseln.«

Als er den Imbisswagen passierte, war die Schlange kleiner geworden. Vor dem jungen Mädchen standen nur noch vier Personen. »Scheiße«, fluchte er leise.

Er fuhr in den nächsten Parkplatzabschnitt hinter dem Hähnchengrill. Es waren viele Parkplätze frei. Er fuhr direkt in die

Bucht vor dem Spielplatz. Der perfekte Platz. Die Rutsche war kaum acht Meter entfernt.

Er stieg aus und öffnete die hintere Tür. Seine Finger zitterten, als er ihren Gurt löste. Er packte sie am Arm, als sie draußen stand.

»Anna! Siehst du das kleine Mädchen? Dort neben der Rutsche? Diesem Nimmerland-Kind wollen wir Hoppel zeigen. Du bringst es hierher. Dann kann es Hoppel anschauen. Hast du das verstanden, Anna?« Während er auf sie einsprach, sah er sich nach allen Seiten um.

Sie strahlte ihn glücklich an. »Hoppel kann rutschen.«

»Später, Anna. Jetzt muss Hoppel im Auto bleiben. Du musst das Kind hierher bringen. Im Auto kannst du mit dem Kind spielen.«

»Ja.« Sie nickte und wollte loslaufen. Aber er hielt sie fest am Arm. Er starrte zum Hähnchengrill. »Einen Moment noch, Anna. Einen Moment noch.«

Er konnte das große Mädchen sehen. Und den Mann vor ihr. Die bestellende Person vor den beiden war nicht zu sehen. Sie wurde verdeckt durch den Seitenteil der Schatten spendenden Markise des Imbisswagens.

Sein Herzschlag erhöhte sich im Minutentakt. Jetzt war der Mann vor ihr dran. Das Mädchen warf dem kleinen Kind, das gerade versuchte, von unten in die Tunnelrutsche zu klettern, einen kurzen Blick zu. Gleich, sobald sie an der Reihe war, würde sie den Blickkontakt zu dem Kind lösen müssen. Sie würde für die Dauer der Bestellung und der Herausgabe der Ware hinter dem Seitenteil verschwunden sein. Die Frage war, ob sie, während sie auf ihre Hähnchen wartete, hinter dem Seitenteil hervorgucken würde, um nach der Kleinen zu sehen.

»Anna, du darfst nicht rutschen, wenn du am Spielplatz bist, hörst du?« Er sah ihr fest in die Augen. »Das ist wichtig. Dafür ist keine Zeit. Du musst das Nimmerland-Kind fragen, ob es dein Kaninchen sehen möchte. Sofort. Hast du verstanden?«

Sie nickte. »Anna darf Hoppel zeigen.«

»Genau.« Sein Blick ging zum Hähnchengrill. Das Mädchen

war noch nicht an der Reihe. Doch nur einen Moment später trat sie einen Schritt vor und entschwand seinem Blick.

»Lauf jetzt los, Anna«, gab er mit zittriger Stimme das Startsignal und ließ ihren Arm los. Während sie auf das Kind zulief, öffnete er pfeifend die hintere Autotür. Er zog die Tür des Käfigs auf, nahm das Kaninchen heraus und setzte es auf den Boden vor dem Rücksitz.

Die Kinder würden sich zu dem Langohr hinunterbücken müssen. Kein verräterischer Schopf würde zu sehen sein, wenn er losfuhr. Er ließ die hintere Wagentür ein kleines Stückchen offen. Nicht so weit, dass das Tier entschlüpfen konnte, aber weit genug, dass sie die Tür aufziehen konnte, um das kleine Mädchen zu dem Kaninchen zu lassen.

Während er die Fahrertür öffnete, um sich hinter das Lenkrad zu setzen, glitt sein Blick zum Hähnchengrill. Die Große war nicht zu sehen. Sein Herz begann zu rasen.

»Kleine Anna und Große Anna«, flüsterte er ergeben, als er sah, wie die beiden blonden Mädchen die Köpfe vor der Rutsche zusammensteckten. Er konnte seinen Blick kaum von dem kleinen Lockenkopf abwenden. Das war seine Anna.

»Komm schon«, flüsterte er, den Blick auf die Größere der beiden gerichtet, »komm schon! Was machst du? Bring sie her!« Widerwillig stieg er ein. Er durfte nicht gesehen werden, wenn sie mit ihr kam.

Aber, würde sie kommen? Oder würde sie sich ablenken lassen. Von der Rutsche. Von dem Kind. Sie sprach mit der Kleinen. Beide lachten. Seine Finger krallten sich ins Lenkrad.

Jetzt! Jetzt deutete sie zum Wagen, und die Kleine blickte interessiert herüber. Sein Blick glitt wieder zum Hähnchengrill. Noch hatte die Große nicht um die Ecke geschaut. Eine ältere Frau hinter ihr blickte kurz zu den Kindern, dann unterhielt sie sich mit einem Mann in der Schlange.

Als er wieder zur Rutsche sah, drückte er sich automatisch in die Polster. Die beiden Mädchen kamen auf ihn zu. Die Kleine an der Hand der Größeren.

Das Hemd klebte an seinem Körper. Den Blick unverwandt

auf den Imbisswagen gerichtet, wischte er sich den Schweiß mit zittrigen Fingern von der Stirn. Er wagte nicht, die beiden immer näher kommenden Kinder anzusehen. Er musste die Große am Hähnchengrill im Auge behalten.

Sie durfte nicht schauen! Nicht jetzt, wo das Glück zum Greifen nah war. Er atmete tief und geräuschvoll ein und aus. Er musste ruhig bleiben. Sie konnte jeden Moment um die Ecke sehen. Dann war es vorbei.

Er hatte keine Angst um sich selbst oder um die Anna an der Seite der Kleinen. Warum auch. Das junge Mädchen am Imbisswagen würde nur ein fremdes Kind sehen, das mit ihrer Kleinen spielte. Ein Vorgang, der jeden Tag auf Hunderten von Spielplätzen passierte. Zwei sich fremde Kinder spielten miteinander.

Selbst wenn Anna sagen würde, dass sie der Kleinen ihr Kaninchen zeigen wolle, würde die Große keinen Verdacht schöpfen. Selbst wenn das junge Mädchen mit an den Wagen kommen würde, so würde sie niemals wissen, was er plante. Er würde überrascht tun. Nett sein. Natürlich das Kaninchen zeigen, mit dem sie gerade zum Tierarzt wollten, und dabei seine *Tochter* mit einem lockeren Lachen ermahnen, keine fremden Kinder von einem Spielplatz zu locken.

Nein, davor hatte er keine Angst. Das Kind an seiner Seite erhob ihn in den Augen anderer über alles Schlechte. Aber jetzt, so kurz am Ziel, wollte er nicht verlieren. Er brauchte diese Kleine. Anna.

Sein Brustkorb verkrampfte sich, als er im Rückspiegel einen Mann mit voll bepacktem Einkaufswagen näher kommen sah. Würde er das Auto links neben ihm beladen, wäre die Sache gestorben. Ebenso, wenn sich die Parklücke rechts neben seinem Wagen in den nächsten Sekunden füllen würde.

Langsam ließ er die Luft aus seinen Lungen. Der Mann schob links an ihm vorbei und verschwand hinter anderen Fahrzeugen.

Als die beiden Kinder direkt vor dem Wagen waren, gönnte er sich einen Blick auf das blonde Lockenköpfchen. Sie war wunderschön.

Das Seitenfenster surrte herunter. »Anna! Schnell. Die hintere Tür ist offen. Hilf ihr herein.« Er sprach, den Blick wieder nach vorn gerichtet.

Sollten sie so viel Glück haben? Sie hatte noch nicht um die Ecke gelinst. Aber sie musste jeden Moment, jede Sekunde fertig sein.

»Hasi«, ertönte ein feines Stimmchen hinter ihm auf dem Sitz, und ein wohliger Schauer ließ ihn sich schütteln. Er warf den Wagen an. »Zieh die Tür zu, Anna.«

»Anna muss angeschnallt sei–«

»Später.«

Er fuhr rückwärts aus der Parklücke. Als er den ersten Gang einlegte, blickte er kurz nach hinten. Die Kleine hockte vor dem Kaninchen auf dem Boden und grapschte in das weiche Fell. Die Große lag quer auf dem Sitz und streichelte die blonden Locken der Kleinen.

»Darf ich das Nimmerland-Kind behalten?«, bettelte sie mit Mund und Augen gleichzeitig.

Er nickte glücklich. »Ja, Große Anna.«

Als er losfuhr, sah er durch das Seitenfenster das junge Mädchen mit der Hähnchentüte. Sie steckte ihren Kopf gerade in die kleine Tunnelrutsche. Ihr Ruf ging im Motorengeräusch unter.

Kurz vor der Autobahnauffahrt fuhr er auf einen Feldweg. Seine Hände zitterten nicht mehr.

»Peter schnallt euch jetzt an.«

Er stieg aus. Bevor er die hintere Tür öffnete, ließ er seinen Blick über die lange abgeernteten Äcker schweifen. Keine Menschenseele war zu sehen. Nur ein paar Krähen flatterten im Knickgehölz herum.

Er öffnete die hintere Tür. Der kleine Blondschopf hockte nach wie vor hinter dem Beifahrersitz und plapperte auf das Kaninchen ein. »Hobbi. Hobbi ei machen.«

»Nein, das heißt Hoppel. Nicht Hobbi«, verbesserte die Große kichernd.

Ebenfalls lachend, hockte er sich von außen vor den Rücksitz und strich erst durch die Locken des kleinen Kindes, dann über den blonden Pony der Größeren. »So hast du auch einmal gesprochen. Die Kleine Anna wird es lernen.«

»Mama?«

Die weinerliche Frage des Lockenkopfes ließ beide zusammenzucken.

»Du musst keine Angst haben«, sagte die Große tröstend, »hier ist keine Mama. Und keine Piraten. Peter passt auf.«

»Mama!«

»Sie weiß noch nicht, dass Mamas böse sind«, sagte er, die Mundwinkel geringschätzig nach unten verzogen. »Auch das wird sie lernen.«

»Das Nimmerland-Kind weint«, wimmerte das große Mädchen entsetzt und starrte auf das Kind, das jetzt aufstand und versuchte, aus der offenen Tür zu klettern.

Er packte das kleine Wesen unter den Armen und setzte es auf den Rücksitz. »Jetzt schnallen wir dich an, Kleine Anna.«

Das Kind machte sich steif, und aus dem Weinen wurde Schreien. Er griff in seine Hemdtasche. »Verdammt!«, stieß er aus. Er hatte die Tabletten nicht mitgenommen.

»Sing ihr ein Lied, Anna!«, befahl er, griff nach dem Kaninchen und steckte es in den Käfig. Er startete den Wagen und verließ den Feldweg. Sämtliche Geschwindigkeitsbegrenzungen hielt er strikt ein.

»Lass sie ruhig schreien, Anna«, übertönte er den gehetzten Gesang der Großen, als sie auf die Autobahn fuhren, »das Schreien wird weniger werden. Es wird alles gut, wenn wir erst zu Hause sind …«

Fünfzehn Minuten später sank der kleine Lockenkopf erschöpft zur Seite.

»Das Nimmerland-Kind schläft«, flüsterte sie erleichtert.

Nickend stellte er das Radio leiser.

Sie suchte seinen Blick im Spiegel. »Anna muss Pipi.«

Seine Augenbrauen wurden ein Strich. »Du musst warten, bis wir zu Hause sind.«

»Anna muss ganz nötig«, weinte sie auf, ihre Hände zwischen die Beine pressend.

»Verdammt!« Seine Finger trommelten auf dem Lenkrad. »Gleich kommt der Tunnel, Anna. Ich kann jetzt nicht anhalten. Bis zum nächsten Rastplatz musst du aushalten.«

Sie nickte schluchzend, ohne zu wissen, was ein Rastplatz war.

Er setzte den Blinker, als der Rastplatz nach endlosen Minuten auftauchte. Er war leer.

Trotzdem warf er einen Blick in die Damenkabine der Rastplatztoilette. »*Fuck you Bitch*«, hatte jemand in die Kunststofftür geritzt.

»Alles ist gut, Anna«, sagte er und hielt ihr die Tür auf. »Du kannst hier Pipi machen. Komm raus, wenn du fertig bist. Ich warte vor der Tür.«

Sein Blick pendelte zwischen seinem Wagen und der Autobahn, auf der die Wagen im Sekundentakt an dem kleinen Rastplatz vorbeirasten. Nach drei Minuten riss er die Tür der Damentoilette auf. Sie stand vor dem Waschbecken und spielte mit dem Wasserhahn.

»Ich habe doch gesagt, du sollst rauskommen!« Er packte sie am Arm und zog sie zum Wagen.

»Das Nimmerland-Kind weint wieder«, sagte sie. Die Laute waren trotz der vorbeifahrenden Autos deutlich zu hören.

»Steig ein«, sagte er nur, öffnete ihr die Tür und schnallte sie wieder an. Das Kleine hörte einen Moment auf zu schreien und sah die beiden an.

»Anna hat Pipi gemacht«, sagte die Große und strich liebevoll über die knallrote Wange des Kindes, »musst du auch Pipi machen?«

Er stutzte einen kleinen Moment. Seine Hand fuhr an die grüne Cordhose des Kindes. »Sie trägt keine Windel.« In Windeseile löste er den Gurt und zog das weinende Etwas aus dem Wagen.

»Ich lasse die Kleine Anna auch Pipi machen«, sagte er kurz

und lief die paar Schritte zur Grasfläche. »Komm, meine Kleine Anna, wir müssen uns beeilen. Bevor ein Wagen kommt. Peter hält dich.« Er zog die Hose mitsamt Schlüpfer herunter.

Seine Finger zitterten. »Scheiße! … Verdammte Scheiße.« Er versuchte, den Motor zu starten, aber er würgte ihn ab. Einmal, zweimal, dann endlich sprang er an. »Mein Gott … Verdammte Scheiße!«

Er drückte auf das Gaspedal, jagte über den Rastplatz und fuhr auf die Autobahnspur, ohne auf den nachfolgenden Verkehr zu achten. Das Hupen seines Hintermannes, den er zum Abbremsen zwang, hörte er nicht.

Entsetzt hielt sie sich die Ohren zu. Sein Schreien und das Hupkonzert hatten sie erschreckt, aber noch viel mehr erschreckte sie eine andere Tatsache.

»Peter! Das Nimmerland-Kind …«

Sie versuchte, sich im Gurt herumzudrehen, um aus dem Heckfenster zu sehen. »Das Kind! Wo ist mein Nimmerland-Kind? … Du hast mein Nimmerland-Kind vergessen.«

Tränen quollen aus ihren Augen.

ZWÖLF

Lyn brauchte eine Sekunde, bis sie merkte, dass es ihr Handy war, das durch sein Brummen die Aufmerksamkeit der Kollegen erregte. Sie griff in die Seitentasche ihrer grau karierten Weste und zog es heraus. Sie wollte es ausstellen, aber ein Blick auf das Display verriet die Nummer.

Charlotte.

»Sorry«, sagte sie, entschuldigend in die Runde blickend, »macht bitte weiter. Ich muss da schnell rangehen.« Den Hörer ans Ohr gepresst, verließ sie das Besprechungszimmer.

»Lotte! Ist alles okay bei dir und Krümel? – Wirklich? Normalerweise schläfst du um diese Zeit doch noch. Was hast du denn auf dem Herzen, Schatz? Ich bin gerade in der Frühbesprechung. – Nein, ich bin nicht pampig. Ich möchte einfach nur wissen, warum du anrufst. – Was? Wieso kommt ihr schon *heute* Abend? Ihr wolltet doch bis morgen in Bamberg bleiben. Was ist denn los? – Sie hat Migräne? Ja, dann soll sie zu Bett gehen. Deswegen könnt ihr doch mit Papa etwas unternehmen. – Er hat Dienst? Ja, verstehe, Schatz. Ich bin um siebzehn Uhr dreißig am Hauptbahnhof. Wir reden heute Abend weiter. Ich freue mich auf euch. Grüß Krümelchen. Kuss.«

Lyn schmatzte in den Hörer und drückte den Ausknopf. Kopfschüttelnd ging sie ins Besprechungszimmer zurück.

»Das muss ja ein erfreulicher Anruf gewesen sein«, flüsterte Hendrik ihr zu, als sie sich wieder auf ihren Stuhl neben ihm setzte, »du hast so ein leichtes Grinsen im Gesicht.«

»Blödsinn«, flüsterte sie zurück. Warum auch sollte sie sich freuen, wenn die Freundin ihres Exmannes wegen Migräne unbedingt dessen von ihm heiß geliebte Kinder aus dem Haus haben wollte?

»Ich denke, dann sind wir durch«, beendete Wilfried die Morgenrunde. »Würde bitte einer Lyn über die E-Mail aus Bremen informieren, die ich vorgelesen habe. Ich muss jetzt zum

Gericht.« Er sah kurz über seine Brille hinweg zu Lyn. »Wird dich interessieren.«

Lyn schnaubte durch die Nase, als alle aufstanden und Wilfried durch die Tür folgten. Alle außer Hendrik.

»Scheint ja für die Kollegen selbstverständlich zu sein, dass du mich aufklärst, Wolff«, blaffte sie ihn an.

»Ja, wir haben schon ein paar helle Köpfchen hier. Die wissen, dass ich für jede Gelegenheit dankbar bin, mit dir zu sprechen. Und wenn es nur über einen Fall der Kripo Bremen ist.«

»Komm zur Sache.«

Sein Blick glitt an die Wand. Dort, wo die Leichen- und Tatortfotos von Nele Johannson ein buntes, grausames Mosaik bildeten. »In Bremen kam es gestern Mittag zu einer Kindesentführung.«

»Scheiße«, entfuhr es Lyn.

»Anfänglich wurde die Sache als Vermisstenfall behandelt«, erklärte Hendrik weiter. »Das Kind verschwand von einem McDonald's-Spielplatz, direkt neben einem Supermarkt-Parkplatz. Die große Schwester hatte das Kind kurz unbeaufsichtigt gelassen. Als sie wieder nach ihm sah, war es verschwunden. Es folgte die obligatorische Suchaktion. Am Nachmittag wurde klar, dass es sich um Entführung handelte.«

Lyns Blick glitt ebenfalls an die Wand.

»Keine Angst«, lächelte Hendrik, »dieser Fall ist besser ausgegangen. Das Kind wurde gefunden. Lebend. Zwei Stunden nach seinem Verschwinden. Auf dem Autobahnrastplatz Rantzauer Forst an der A 23, gleich hinter Hamburg. Ein schwules Pärchen, das dort haltmachte, entdeckte das Kind, als es völlig allein dort herumtapste. Nicht auszudenken, wenn es auf die Autobahn gelaufen wäre.«

»Du meine Güte«, sagte Lyn kopfschüttelnd, »das nennt man wohl Glück im Unglück. Wie alt ist die Kleine?«

Hendrik schüttelte den Kopf. »Es ist ein Junge. Tim Rautmann. Knapp drei Jahre alt.«

***

Unsicher blickte sie zu ihrem Bett. Er lag immer noch da. Die ganze Nacht hatte er dort gelegen. Am Morgen war sie in seinen Armen aufgewacht. Sie legte ihren Stift auf die angefangene Zeichnung und ging leise die drei Schritte zum Bett. Er starrte an die Decke.

»Anna hat Hunger.«

Als sie ihn am Morgen angesprochen hatte, hatte er sie nur angeblickt und kein Wort gesagt. Also hatte sie sich an den kleinen Tisch gesetzt und gemalt. Jetzt, nach dem vierten Bild, rumorte es in ihrem Magen.

»Anna hat Hunger«, wiederholte sie noch einmal ihre Worte.

Mit den Fingern fuhr er sich über die Augen. Dann setzte er sich mit einem Ruck auf.

»Peter holt dir ein Brot. Sieh nach, ob die Milch noch gut ist.«

Sie huschte unter den Tisch und tauchte den Finger in die Kanne. Ihr Mund verzog sich. »Die Milch ist sauer.«

Nickend stand er auf und griff nach der Kanne. An der Stiege blickte er sich noch einmal um. Sein Blick blieb an dem frisch bezogenen, leer stehenden Bett hängen.

»Peter hat einen großen Fehler gemacht.« Er sah sie an, mit Tränen in den Augen. »Er hat die Piraten geweckt.«

Eine Ewigkeit verging, bis er wieder zurück war. Er legte zwei Äpfel auf den Tisch. »Peter muss erst einkaufen gehen. Es ist kein Brot mehr da … Hier, frische Milch.«

Er goss ihr aus der Kanne einen Becher voll. Sein Blick fiel auf ihre Zeichnung. Eine große Figur mit schwarzer Brille, eine kleinere mit gelben Strohhaaren und eine winzig kleine mit gelbem Kringelhaar hielten sich an den Händen. Er stieß einen dumpfen Laut aus und griff nach dem Filzstift.

»Ein Mädchen muss es sein«, flüsterte er heiser und krakelte wie wild die kleine gezeichnete Figur unkenntlich, »… ein Mädchen.«

Mit hoffnungsvoll aufgerissenen Augen starrte sie ihn an. »Holen wir heute das Nimmerland-Kind?«

Er schüttelte den Kopf. »Nein«, flüsterte er, »nein. Wir müssen uns ruhig verhalten. Ganz ruhig.« Er ging in die Knie und umfasste ihre Oberarme. Sein Blick glitt über ihr Gesicht, als hätte er es noch nie gesehen.

Fasziniert folgte sie mit ihrem Blick einer Träne, die sich aus seinem Auge löste, langsam über die Wange lief, um durch die Bartstoppeln ihren Weg zum Kinn zu suchen.

»Peter ist traurig.« Ihre Hand strich zart über seine Wange.

Mit einem Aufschluchzen riss er sie an sich und presste sein Gesicht an ihre schmale Brust.

»Sie kriegen dich nicht«, schluchzte er, »niemals! Peter überlässt seine Schwester nicht den Piraten. Niemals. Sie kriegen dich nicht.«

✳✳✳

Dreißig Minuten Verspätung. Genervt sah Lyn auf die Anzeigetafel am Hamburger Hauptbahnhof. Dafür war sie nun mit Bleifuß über die Autobahn gejagt, sämtliche Geschwindigkeitsbegrenzungen außer Acht lassend.

Sie steuerte den nächstbesten Kiosk in der Wandelhalle an und kaufte den Spiegel. Während sie auf das Wechselgeld wartete, fiel ihr Blick auf die diversen Zeitungen. Von einer Abendausgabe lächelte sie ein kleiner blonder Lockenkopf an. »WER ENTFÜHRTE DIESES KIND?« lautete die Überschrift des Artikels.

»Die nehme ich auch noch«, sagte sie, griff nach dem Hamburger Abendblatt und legte die abgezählten Münzen auf den Verkaufstisch. Zielstrebig steuerte sie durch die hastende Menschenmenge ein kleines Bistro an. Der bestellte Kaffee erwies sich als durchaus heiß. Ihre verbrannte Zunge betastend, warf sie der Bedienung einen bösen Blick zu, den diese geübt übersah.

Lyn schob den Becher zur Seite, holte die Zeitung aus ihrer Tasche und betrachtete noch einmal die Abbildung des Kindes. Leuchtende Augen in einem feinen Gesicht, das durch die blonden Löckchen fast mädchenhaft aussah, strahlten sie an. Der dazugehörige Text bestand neben den wenigen Tatsachen aus den üblichen Übertreibungen und Ausschweifungen des Boulevardjournalismus. Lyn betrachtete noch einmal das Foto.

Was mochte passiert sein? War der kleine Tim Rautmann vom Spielplatz weg- und seinem Entführer in die Arme gelaufen? War es jemand, den das Kind gekannt hatte? Ein Fremder hätte doch irgendjemandem auf dem Spielplatz oder dem Parkplatz auffallen müssen. Oder auch nicht. Lyn dachte an Nele Johannson. Die Kleine war von Tausenden Menschen umgeben gewesen, und nur Marco Schmych hatte eine aussagekräftige Information geben können.

Sie klappte die Zeitung zusammen und machte sich auf den Weg zu den Gleisen. Hauptsache, der kleine Tim war wohlbehalten wieder da. Hoffentlich hatten die Kollegen in Bremen mehr Glück bei der Aufklärung.

Als der Zug am Bahngleis hielt und seinen Inhalt durch die geöffneten Türen ausspie, schweiften Lyns Blicke über das bunte Gewusel. Sie war ganz ruhig. Charlottes Anruf am Morgen hatte die Anspannung, die innere Unruhe, die ihr Denken und Fühlen die Woche über beherrscht hatte, von ihr abfallen lassen. Sie würden wiederkommen. Sie würden den geliebten Vater, die Freunde und die Heimat hinter sich lassen, um zu ihrer Mutter zurückzukehren.

Als sie Sophie und Charlotte dann durch die Menschenmenge auf sich zukommen sah, fühlte Lyn sich zum ersten Mal, seit sie wieder in Schleswig-Holstein war, wirklich schlecht.

Sie hatte ihre Töchter beraubt. Sie hatten ihnen etwas genommen, was zu ihrem Lebensglück gehört hatte. Und sie wusste auch, dass sie es ihnen nicht würde zurückgeben können. Sie würde nicht nach Bayern zurückkehren.

Lyn ging den Mädchen entgegen. Sophie winkte lachend, Charlotte beschimpfte gerade einen Mann, der sie leicht angerempelt hatte.

»Gott, hab ich euch lieb«, sagte Lyn, als sie vor den beiden stand. Tränen liefen ihr über die Wangen, während sie die beiden heftig an sich zog und Küsse auf die Scheitel verteilte.

»Hab ich was verpasst?«, sagte Charlotte, sich umgehend freimachend und peinlich berührt umblickend, »ich dachte, ich war eine Woche in Bayern und nicht drei Jahre in einem sibirischen Arbeitslager.«

»Mama freut sich, dass wir wieder da sind. Ohne uns war sie allein«, sagte Sophie und drückte ihren Kopf weiter an Lyns Brust.

Lyn lachte auf und strich sich mit dem Handrücken über die nassen Wangen. »Besser hätte ich es nicht sagen können, Krümel.«

»Ich habe einen Mordshunger«, sagte Charlotte und lief voraus, »können wir ins Steakhaus gehen? Miriam ist Vegetarierin. Sie hat nur einmal Fleisch für uns gemacht. Und zweimal Fisch.«

Der Satz »Du willst doch sonst immer so gesund essen« wollte Lyn nicht über die Lippen.

»Vielleicht sollte sie lieber mal ein Stück Fleisch essen und dafür den Tofufraß und die Kuchen weglassen«, kommentierte Lyn stattdessen, »wenn ich mich recht entsinne, hat Miriam locker ein paar Kilo zu viel auf den Rippen.«

Charlotte grinste, Sophie stieß ein tadelndes »Mama!« aus.

»Mittagspause!« Karin Schäfer blickte durch die Bürotür zu Lyn. »Möchtest du uns zum Chinesen begleiten? Lurchi meint, das ist mal wieder fällig.«

Lyn nickte und griff nach ihrer Handtasche. »Ich habe das ganze Wochenende geschlemmt, da kommt es auf den einen Tag auch nicht mehr an.«

Dass Karin mit »uns« nicht nur Lukas gemeint hatte, erfuhr Lyn, als sie das Polizeigebäude verließen. Wartend standen Hendrik und Lukas vor der Tür. »Ich habe noch jemand Hungriges aufgetrieben«, sagte Karin fröhlich zu den beiden.

»Schön!«, erwiderte Hendrik lächelnd.

Wie selbstverständlich liefen Lukas und Karin vor. Lyn verkniff sich einen Kommentar. Von der Seite warf sie Hendrik einen Blick zu, während sie zügig durch die Straßen Itzehoes liefen. Er musterte sie ungleich auffälliger.

»Du scheinst ein schönes Wochenende gehabt zu haben, Bavaria. Du siehst …«, er suchte nach den richtigen Worten, »… einfach verdammt gut aus … Ich muss mir doch keine Sorgen machen?«

Er hatte den letzten Satz flapsig hinzugefügt, aber Lyn glaubte, einen Unterton herauszuhören, der ihr, ohne dass sie es wollte, ein Lächeln auf die Lippen zauberte. Darum fiel ihre Antwort auch nicht so bissig aus, wie sie es sich wünschte. »Sorgen solltest du dir um dein kindisches Verhalten machen, Wolff.«

Eine halbe Stunde später lehnte Lyn sich in ihrem Stuhl zurück und strich aufstöhnend über ihren Bauch. »Ich hasse Büfetts. Da finde ich kein Maß. Ich möchte jetzt ein Sofa und nicht zurück an diesen ätzend frustrierenden Fall.«

»In dem Bremer Entführungsfall gibt es übrigens Neuigkeiten«, sagte Karin, nachdem sie das letzte Stückchen Frühlingsrolle aufgepickt und sich mit der Serviette den Mund abgewischt hatte, »kam vorhin per E-Mail. Eine Zeugin berichtet von einem anderen Kind, einem etwa acht- bis zehnjährigen Mädchen, an dessen Hand der Kleine vom Spielplatz gegangen sein soll. Nach diesem Kind wird jetzt gesucht.«

»Das Mädchen wird den Kleinen wohl kaum mit ihrem Fahrrad über die Autobahn zum Rastplatz gefahren haben«, scherzte Lukas.

»Witzig, Lurchi«, sagte Karin kopfschüttelnd, »das Mädchen hat vielleicht nur helfen wollen. Vielleicht hat der Kleine nach seiner Schwester gerufen, die ja nicht da war, und sie wollte ihm suchen helfen. So ein kleines Mädchen wird kaum etwas Böses im Schilde geführt haben. Wer weiß, an wen die beiden dann geraten sind.«

Hendrik hob die Schultern. »Warten wir's ab, was die Bremer herausfinden. Und jetzt auf, Kollegen, wir haben die offizielle Mittagszeit bereits um fünf Minuten überschritten.«

»Thilo würde sagen: Scheiß drauf! Wir kriegen schließlich auch die Überstunden nicht bezahlt«, lachte Lukas, stand aber auf und winkte der chinesischen Bedienung.

Als Lyn nach ihrer Jacke griff, war Hendrik schneller. Gedankenverloren schlüpfte sie in die Ärmel, die er ihr hinhielt, aber sie machte keine Anstalten zu gehen.

Hendrik folgte ihrem Blick zur gegenüberliegenden Wand. »Jetzt sag nicht, du stehst auf diese kitschigen Seidenmalereien, Bavaria.«

Lyn sah ihn an. »Wie …?« Sie folgte seinem Blick zu der grellbunten Geisha auf dem gerahmten Seidenbild, die sie gar nicht wahrgenommen hatte.

»Irgendwie rattert es in meinem Hirn«, sagte sie und blickte ihn an, »ich meine wegen dem Mädchen auf dem Spielplatz. Ich weiß nur nicht, warum … Hmm, vielleicht gab's ja mal einen ›Tatort‹ mit dieser Szene. Wird mir schon wieder einfallen.«

Angestrengt scrollte Lyn am Computer durch die Vermisstenfälle. Sie war extra eine halbe Stunde früher ins Büro gefahren, um sich noch vor der Frühbesprechung ein Bild machen zu können. Heute Morgen, direkt nach dem Aufwachen, war ihr eingefallen, warum ihr die Spielplatzsituation im Bremer Kindesentführungsfall so bekannt vorgekommen war.

Da! Sie starrte auf den Computerbildschirm. Blaue Augen strahlten ihr von einem Foto entgegen. Es war das kleine strohblonde Mädchen mit den Grübchen, das sie seinerzeit an Sophie erinnert hatte. Elisa Berchinger aus Aachen. Das dreijährige Mädchen, das kurz vor seinem Verschwinden in Begleitung eines etwa acht Jahre alten, ebenfalls blonden Mädchens gesehen worden war. Genau wie der kleine Tim Rautmann in Bremen.

Lyn schüttelte den Kopf. Ein Zufall. Schließlich konnte das Mädchen aus Bremen, das mit dem kleinen Jungen gespielt hatte, nicht das Mädchen sein, das mit Elisa Berchinger in Aachen gespielt hatte. Der Fall lag sechs Jahre zurück. Das große Mädchen von dem Aachener Spielplatz müsste somit heute mindestens vierzehn Jahre alt sein.

Vierzehn Jahre. Lyns Kopf ruckte zur Seite. Zu der grauen Akte auf ihrem Schreibtisch.

Nele Johannson.

Lyn drehte sich mit ihrem Stuhl zum Fenster und blickte hinaus auf den Parkplatz, ohne die parkenden Fahrzeuge wahrzunehmen. Ein ungeheuerlicher Gedanke breitete sich in ihr aus. So ungeheuerlich, dass sie ihn sofort wieder verwarf. »Quatsch«, flüsterte sie, aber dennoch wandte sie sich wieder dem Schreibtisch zu und skizzierte in Windeseile eine Zeitleiste.

Fünfzehn Minuten später war sie die Letzte, die im Besprechungszimmer erschien.

»Schön, dann können wir anfangen«, sagte Wilfried mit einem Nicken zu Lyn. »Guten Morgen, alle zusammen. Wir …«

»Wilfried«, unterbrach Lyn ihren Chef mit hochroten Wangen, »entschuldige, dass ich dir ins Wort falle, aber ich platze, wenn ich meinen Gedanken nicht sofort loswerde. Vielleicht spinne ich ja auch, aber ich muss etwas mit euch besprechen, das mich nicht loslässt.«

Wilfried sah sie erstaunt an, aber er nickte: »Ich bin gespannt, Lyn.«

Lyn saß kerzengerade auf ihrem Stuhl. Ihre Finger spielten mit ihrem Kugelschreiber.

»Es ist vielleicht wirklich blöde, weit hergeholt. Aber … ich glaube, dass die Fälle Nele Johannson und die Kindesentführung in Bremen zusammenhängen.«

Alle blickten sie erstaunt an.

»Welche Tatsache lässt dich das denken?«, fragte Wilfried.

»Dazu muss ich noch einen dritten Fall ins Spiel bringen«, sagte Lyn, »den Fall Elisa Berchinger, die vor sechs Jahren als Dreijährige in Aachen verschwand. Ebenfalls von einem Spielplatz, direkt gegenüber ihrem Elternhaus. Ihre Mutter ließ sie kurz aus den Augen, weil sie mit einem anderen Mädchen spielte. Einem blonden, etwa acht Jahre alten Mädchen. Zehn Minuten später war der Spielplatz leer. Von Elisa Berchinger fehlt seitdem jede Spur.«

Lyn stand auf und trat ans Flipchart. Sie zeichnete die Zeitleiste von ihrem Zettel mit den entsprechenden Jahreszahlen der Entführungen auf dem weißen Bogen nach.

»Ich stelle folgende Theorie auf: Das achtjährige Mädchen, das vor sechs Jahren mit der kleinen Elisa Berchinger auf dem

Spielplatz in Aachen gesehen wurde, war Nele Johannson …
Bitte lasst mich erst aussprechen«, bat Lyn, als die Kollegen da-
zwischenzureden begannen. »Ich denke, dass der Entführer und
spätere Mörder Nele Johannsons sie vor sechs Jahren dazu miss-
brauchte, ein weiteres Kind zu entführen. Die kleine Elisa Berchinger.«

»Aber Nele Johannson ist tot«, sprach Thilo dazwischen, »wie
kannst du sie mit dem Jungen in Bremen in Verbindung bringen?«

»Ich bringe nicht Nele mit dem Jungen in Verbindung. Sondern Elisa. Die jetzt neunjährige Elisa Berchinger.«

Hendrik schüttelte seinen Kopf. »Moment. Lass mich das
verstehen. Du glaubst, dass Elisa Berchinger aus Aachen unter
Mitwirkung Nele Johannsons von unserem sogenannten Robin
Hood entführt wurde. Er hielt also, deiner Meinung nach, jahrelang zwei Mädchen versteckt. Dann tötete er Nele Johannson.
Und Wochen später zieht er los, diesmal mit Elisa Berchinger,
und raubt erneut ein Kind. Diesmal einen kleinen Jungen, den er
aus unerfindlichen Gründen auf einem Rastplatz wieder frei-
lässt. Wow, Bavaria, deine Fantasie möchte ich haben.«

Das Rot auf Lyns Wangen vertiefte sich. »Es wirkt vielleicht
konstruiert, aber je länger ich darüber nachdenke, desto mehr
glaube ich, dass ich recht haben könnte. Nach dem Mädchen,
das mit Elisa Berchinger in Aachen auf dem Spielplatz spielte, ist
natürlich als Zeugin gefahndet worden. Genau wie jetzt in dem
Bremer Fall. Man hat nie eine Spur von dem Mädchen entdeckt …
Wilfried, ich würde gerne die Aachener Akte anfordern. Die
Aachener Kollegen haben seinerzeit bestimmt auch mit dem Verdacht gespielt, dass das Mädchen in Verbindung mit der Entführung stehen könnte.«

»Tja, ich weiß nicht … Schaden kann es nicht, einen Blick in
die Akte zu werfen«, murmelte Wilfried.

»Ich finde, das klingt sehr weit hergeholt«, tat Thilo seine Meinung kund, »was wäre denn das für ein Täterprofil! Der Kerl
holt sich ein zweites Mädchen? Warum sollte er sich den Stress
antun? *Ein* Kind zu verstecken ist schon nicht leicht. Und das
über Jahre.«

»Da hake ich als Mutter und zweifache Großmutter jetzt mal ein«, kam es von Karin Schäfer. »Ich kann aus Erfahrung sagen, dass es viel stressiger ist, ein einzelnes Kind zu beaufsichtigen, als wenn es noch einen Spielkameraden hat.«

»Und warum hat er dann eins der Kinder getötet?«, hielt Thilo dagegen.

»Vielleicht, weil sie kein *Kind* mehr war«, sagte Lyn.

»Diese These unterstütze ich«, ergriff Hendrik Lyns Partei. »Dass Neles Menstruation eine Rolle spielte, vermuteten wir von Anfang an.

»Na gut«, sagte Thilo, »er will also ein neues, ein kleines Kind. Und das holt er sich. Diesmal einen Jungen. Warum um alles in der Welt setzt er es dann auf einem Parkplatz wieder aus? Scheint ein ziemlich unschlüssiger Typ zu sein.«

»Vielleicht hat der Kleine geschrien wie am Spieß, und er hat die Nerven verloren«, sinnierte Wilfried. »Aber die Akte solltest du auf jeden Fall anfordern, Lyn. Bin gespannt, was die Aachener Kollegen von deiner Theorie halten.«

Als die Runde sich auflöste und sie das Besprechungszimmer verließen, kam ihnen Birgit entgegen. Die in eine wallende giftgrüne Chiffonbluse gehüllte Sekretärin drückte Wilfried einen Zettel in die Hand. »Hier sollst du bitte umgehend zurückrufen, Chef, es geht um den Fall Johannson.«

Wilfried blickte auf das Papier. Dann zu Lyn. »Ich glaube, es kommt Bewegung in die Sache«, sagte er ruhig, »hier scheint jemand deine Meinung zu teilen.«

Er hielt Lyn den Notizzettel vor die Augen. Über der Telefonnummer hatte Birgit den Namen des Anrufers notiert. »Kriminalhauptkommissar Jan van Donken, Kripo Aachen«.

DREIZEHN

»Herr van Donken ist in zehn Minuten bei Ihnen«, sagte die Blondine, während sie die Kaffeetassen verteilte. »Kann ich noch irgendetwas für Sie tun?« Sie ignorierte Lyn und Wilfried und lächelte Hendrik an.

»Vielleicht etwas Milch für den Kaffee«, unterbrach Lyn, ohne Lächeln, den Augenkontakt der beiden.

»Gern«, sagte die Blondine, ohne Lyn anzugucken, und verschwand hüftschwingend Richtung Flur.

Lyn sah ihr nach. Wie war Blondie in diese Hose gekommen? Die Stretchröhre umhüllte die schlanken Beine und den Po wie eine zweite Haut.

»Danke«, sagte Lyn, als die Sekretärin mit Zucker und Sahne zurückkehrte.

Die Blondine lächelte Hendrik an und schob ihm den Zuckertopf zu. »Falls Sie's süß mögen.«

Hendrik hatte keine Chance zu antworten, denn Lyn war schneller. »Nein, süß mag er nicht.« Sie zog der Blondine den Zuckertopf aus der Hand und zu sich heran. Indigniert die gezupfte Braue hebend, ging die Sekretärin hinaus.

»Ich dachte, du trinkst deinen Kaffee schwarz und ungesüßt«, sagte Hendrik lächelnd. Dass der Klang seiner Stimme dabei von einem Hauch von Triumph gefärbt war, gefiel Lyn gar nicht.

»Nicht immer«, sagte sie schnippisch, gab einen Klacks Sahne in ihren Kaffee, fischte mit dem Löffel ein Zuckerstück aus dem Schälchen und versenkte es in ihrem Becher.

»Denen geht's nicht so gut wie uns«, lenkte Wilfried das Gespräch in andere Bahnen, und Lyn war ihm äußerst dankbar dafür. Er ruckelte auf dem wackligen Besprechungsstuhl hin und her. »Nordrhein-Westfalen investiert anscheinend nicht so viel Geld in Inventar wie Schleswig-Holstein.«

Den eklig süßen hellen Kaffee tapfer schluckend, gab Lyn ihm nickend recht. Das Aachener Besprechungszimmer unterschied sich ausstattungsmäßig durchaus von dem der Itzehoer. Allerdings zauberten die diversen gepflegten Grünpflanzen auf der langen Fensterbank eine nette Atmosphäre. Blondie schien einen grünen Daumen zu haben.

Nachdem Jan van Donken den Besprechungsraum betreten hatte, musste Lyn sich zusammenreißen, um ihn nicht dauernd anzustarren. Der Aachener Hauptkommissar war von beeindruckender Gestalt. Die wallende Haarmähne ließ ihn ein wenig wie Albert Einstein in Zwei-Meter-Ausgabe aussehen. In seiner Gesellschaft befanden sich zwei weitere Männer.

»Die Kollegen aus Bremen«, teilte van Donken bei der Vorstellung mit und deutete auf die Stühle. Alle setzten sich.

»Ich glaube nicht an Zufälle, genau wie Sie«, begann er das Gespräch, und sein Blick blieb an Lyn haften. »Ihr Chef sagte am Telefon, dass Sie auch glauben, dass alle drei Fälle zusammenhängen. Die Bremer Kollegen haben uns etwas mitgebracht, das diese Theorie zumindest in der Paarung Bremen/Aachen untermauert.« Er sah den älteren Bremer an.

Der nickte und blickte zu den Itzehoern. »Eine junge Frau hat sich aufgrund des Zeitungsartikels über die Entführung des Jungen mit uns in Verbindung gesetzt. Sie befuhr am Tattag die Autobahn A 23 in Richtung Norden, als ein Fahrzeug mit hoher Geschwindigkeit vom Rastplatz Rantzauer Forst, ohne den Beschleunigungsstreifen zu nutzen, auf ihre Spur wechselte und sie damit zu einem riskanten Bremsmanöver zwang.« Er machte eine kleine dramatische Pause.

»Die junge Frau prägte sich voller Wut das Kennzeichen des Fahrzeugs ein, um den Fahrer anzuzeigen. Zu Hause hatte sie sich aber wieder so weit beruhigt, dass die Angelegenheit für sie erledigt war. Erst der Zeitungsartikel erinnerte sie wieder an den Vorfall. Es war schließlich derselbe Rastplatz, an dem der kleine Tim Rautmann gefunden worden war. Auch die Uhrzeit passte.« Der Bremer blickte in die Runde. »Das Kennzeichen des Fahrzeugs, das sie uns dann nannte, stellte sich als hochinteressant heraus: AC-RW 99.«

Lyn brauchte eine Sekunde, um zu verstehen. AC. Das Autokennzeichen von Aachen.

»Es kommt noch besser«, schaltete sich Jan van Donken wieder ein. Er stand auf und ging zum Fenster.

»Die Bremer Kollegen fanden schnell heraus, dass das Kennzeichen hier in Aachen gestohlen worden war. Und das ist der Hammer! Die Nummernschilder wurden vor sechs Jahren von einem VW Passat abmontiert.« Er sah Lyn an. »Genauer gesagt: Am Tag vor dem Verschwinden von Elisa Berchinger.«

»Wow«, stieß Lyn aus und starrte erst ihn, dann den Bremer Kollegen an, »das ist mit Sicherheit kein Zufall. Der Täter klaute also vor sechs Jahren die Nummernschilder. Dann gehen wir mal davon aus, dass er sie gegen seine eigenen austauschte. Ein Aachener Kennzeichen fällt in Aachen nicht auf. Er parkte vermutlich ganz in der Nähe des Spielplatzes, auf dem Elisa Berchinger spielte. Er entführte die Kleine, ich behaupte, mit Hilfe Nele Johannsons, und seitdem ist sie verschwunden.«

»Und dann schlägt er sechs Jahre später zum zweiten Mal zu«, klinkte Wilfried sich in das Gespräch ein. »Er fährt nach Bremen, montiert erneut die geklauten Schilder an und sucht sich ein neues Opfer. Den kleinen Tim Rautmann.«

»Warum klaut er diesmal keine Bremer Schilder?«, fragte Hendrik. »Das Aachener Kennzeichen erweckt in Bremen mehr Aufmerksamkeit.«

»Darauf bauen wir«, sagte der jüngere Bremer. »Die Informationen wurden der Presse übermittelt. Jetzt hoffen wir auf weitere Zeugen, denen das Fahrzeug eventuell auf dem Supermarkt-Parkplatz aufgefallen ist.«

»Welcher Wagentyp?«, fragte Hendrik.

»Das wissen wir nicht«, antwortete der Bremer.

»Wie? Die Zeugin auf der Autobahn hatte ihn doch vor sich«, sagte Hendrik ungläubig, »sie hat sich das Kennzeichen gemerkt.«

»Unfassbar, aber wahr«, sagte der Bremer. »Sie war so auf das Kennzeichen fixiert, dass sie uns nur noch sagen konnte, dass es ein silberner oder silbergrauer Wagen war. Eine Limousine.«

Hendrik warf sich in den Stuhl zurück. »Weiber! Die achten tatsächlich nur auf die Farbe.«

»Wir wollen doch nicht verallgemeinern«, sagte van Donken mit Blick auf Lyn und lächelte sie an. Aber Lyns Gedanken kreisten um etwas anderes. Ein silberfarbener Wagen!

Ihr Herzschlag erhöhte sich. Sie sah zu Wilfried. »Markus von Böhling fährt einen silbernen Nissan Primera.«

Jan van Donken hob interessiert eine Augenbraue. »Sie haben einen Verdächtigen?«

Wilfried wiegte den Kopf skeptisch hin und her. »Nicht konkret. Millionen Deutsche fahren silberfarbene Autos. Wenn die Zeugin doch nur den Fahrzeugtyp erkannt hätte!« Er blickte zu den Bremern.

»Die Frau wird in diesem Moment von Kollegen zu verschiedenen Autohäusern gebracht. Wir hoffen, dass sie sich erinnert, wenn sie die Wagentypen vor sich sieht, oder wenigstens einige ausschließen kann«, sagte der Bremer.

»Wir gehen auch wieder an die Presse«, sagte Jan van Donken. »Vielleicht erinnert sich jemand an ein silberfarbenes Auto mit dem jetzt bekannten Kennzeichen und hat es vor sechs Jahren in der Nähe des damaligen Tatorts gesehen.«

»Dass Sie diese beiden Fälle miteinander verbinden, will mir ja noch einleuchten«, sagte Hendrik zu van Donken, »aber wie sind Sie auf Nele Johannson gekommen?«

»Ich zähle einfach eins und eins zusammen«, sagte der, während er mit dem Wasser aus einer Sprühflasche die Orchideen auf der Fensterbank benebelte. »Das unbekannte Mädchen, das vor sechs Jahren mit Elisa Berchinger auf dem Spielplatz gesehen wurde, wurde von Elisas Mutter als etwa sieben- oder achtjährig beschrieben. Zähle ich sechs Jahre dazu, bin ich bei einem heute vierzehnjährigen Mädchen. Na, und da stutze ich doch. Weiß ich doch, dass bei Ihnen an der Elbe die vierzehnjährige Nele Johannson, seit elf Jahren ebenfalls verschwunden, tot aufgefunden wurde. Zufall? Unmöglich. Ich sagen Ihnen: Der Täter ist Ihr Robin Hood! In Bremen wollte er sich Ersatz für die getötete Nele holen.«

»Aber warum hat er den Jungen wieder ausgesetzt?«, fragte Hendrik.

Der Bremer zog ein großformatiges Foto aus der mitgebrachten Akte. Das Foto des kleinen Tim Rautmann, das in kleinerer Form in der Zeitung abgebildet gewesen war.

»Sehen Sie sich das Kind doch mal an«, sagte er, und sein Finger tippte auf den blonden Löckchen herum. »Sie wissen jetzt, dass es ein Junge ist, aber hätten Sie es auch auf Anhieb sagen können, wenn Sie es nicht gewusst hätten? Der Kleine ist zart, und mit seiner Engelsfrisur kann er unbedingt als Mädchen durchgehen. Vielleicht hat der Täter erst im Auto gemerkt, dass er statt eines Mädchens einen Jungen erwischt hat.«

»Natürlich«, sagte Wilfried und schlug sich gegen die Stirn, »warum sind wir nicht selbst darauf gekommen? Er wollte ein Mädchen.«

Jan van Donken grinste seinen Itzehoer Kollegen an. »Ich denke, ab sofort liegt die Federführung der aktuellen Ermittlungen in Ihren Händen«, sagte er. »Wir tun hier für Sie, was wir können. Ich schicke Ihnen auch einen Verbindungsbeamten nach Itzehoe, wenn Sie es für nötig erachten. Denn über eines sind wir uns wohl klar. Wir müssen den Kerl finden, bevor er seine Finger erneut nach einem Kind ausstreckt.«

»Es gibt ja aber auch eine wundervolle Erkenntnis aus diesen Geschehnissen, so wir denn recht haben mit unserer Theorie, und darum vor allen Dingen müssen wir Robin Hood schnell finden«, sagte Lyn und sah die Männer an. »Elisa Berchinger lebt!«

»Dein Wort in Gottes Ohr, Lyn«, nickte Wilfried und sah sie und Hendrik an. »Ich fahre heute Abend noch zurück. Es gibt genug zu tun. Ihr versorgt euch hier in Aachen mit den nötigen Informationen und kommt morgen nach.«

Nachdem Jan van Donken Wilfried Knebel und die Bremer verabschiedet hatte, kam er mit einem dicken Ordner zurück ins Besprechungszimmer und drückte ihn Lyn in die Hand. »Carmen hat Ihnen die Berchinger-Hauptakte kopiert. Wenn Sie noch Fragen haben, sprechen Sie mich jederzeit an.«

»Vielleicht die Telefonnummer eines Hotels«, sagte Hendrik.

Jan van Donken trat ans Fenster und schnupperte an einer Orchidee. »Carmen bucht Ihnen gern ein Zimmer«, sagte er.

»Ihre Carmen scheint ja ein Händchen für Blumen zu haben«, sagte Lyn und deutete auf die Fensterbank.

»Um Gottes willen! Niemanden lass ich an meine Pflanzen.« Der Riese betrachtete die Töpfe auf der Fensterbank liebevoll. Er sammelte eine verwelkte Blüte auf und hielt sie in der Hand. »Schönheit ist so vergänglich«, murmelte er. »Wie das Leben.«

Er warf die Blüte in den Papierkorb und blickte von Lyn zu Hendrik. »Finden Sie das Schwein, bevor er wieder zuschlägt.«

»Wolff«, nannte Hendrik seinen Namen an der Rezeption des Hotels, »für uns wurde ein Doppelzimmer gebucht.«

»Wa-«, Lyn erstarb vor Wut das Wort im Hals. Sprachlos starrte sie von Hendrik zur Rezeptionistin.

Die lächelte. »Verzeihung, aber es wurden zwei Einzelzimmer gebucht. Wenn Sie ein Doppelzimmer wünschen, ist das aber kein Problem.«

Hendrik sah die junge Frau an. »Ich wünsche zwar ein Doppelzimmer«, jetzt wechselte sein Blick zu Lyn, »aber ich schätze, es wird doch ein Problem.«

»Er hat seine Tabletten heute noch nicht genommen«, sagte Lyn und lächelte die Frau an. »Das mit den beiden Einzelzimmern ist genau richtig. Meinen Schlüssel bitte.«

»Ich habe nur laut geträumt«, sagte Hendrik, als die Fahrstuhltür sich hinter ihnen schloss, »sei nicht sauer, Bavaria.«

»Du bist so ein Kindskopf, Wolff! Stell dir einmal vor, ich würde, was ich selbstverständlich nicht tue und niemals tun werde, geneigt sein, auf deine Avancen einzugehen. Dann hättest du mit dieser albernen Aktion eben deine Chancen erheblich gemindert.«

»Tatsächlich?« Hendrik stieß sich von der Fahrstuhlwand ab und legte seine Hände an der gegenüberliegenden Wand rechts und links neben Lyns Kopf ab. »Dann sollte ich unbedingt etwas Chancensteigernderes tun«, sagte er leise.

Lyn schluckte. Seine dunkle Stimme war leise noch gefährlicher.

Er löste eine Hand. »Hier würde ich dich küssen ... und hier ...«, er fuhr mit dem Zeigefinger zart über die Haut ihres Halses, »... und hier.« Ganz kurz strichen seine Finger über ihre Lippen, bevor er sich wieder zurückzog. »Aber ich darf ja nicht.«

Das Klingen der Fahrstuhltür erlöste Lyn aus dem Gefühlschaos, das seine Berührungen in ihr auslösten. Sie sprang förmlich aus dem Fahrstuhl.

»Es gibt natürlich noch keine gesicherten Beweise«, sagte Lyn und strich der wild weinenden Christine Berchinger leicht über den Unterarm, »aber wir können und dürfen diese Möglichkeit in Erwägung ziehen.« Sie blickte zu Hendrik, der mit ihr in der kleinen Küche Elisas Mutter gegenüber saß.

»Sie lebt ...«, wimmerte die Frau mit dem kurz geschnittenen, rötlich getönten Haar immer wieder, »... sie lebt.« Die Handflächen vor das Gesicht gepresst, wiegte sie ihren Oberkörper dabei vor und zurück.

»Wir setzen alles daran, sie zu finden«, sagte Hendrik, »und dafür brauchen wir Ihre Mithilfe, Frau Berchinger. Ich zeige Ihnen jetzt zwei Fotos. Das eine zeigt Nele Johannson als fast Dreijährige, kurz bevor sie verschwand. Das andere Foto ist eine Leichenfotografie. Es zeigt Nele, wie sie als Vierzehnjährige aussah. Zwischen diesen Fotos liegen also elf Jahre, in denen sie sich natürlich stark veränderte. Aber vielleicht können Sie auf den Fotos das Mädchen wiedererkennen, das vor sechs Jahren mit Ihrer Elisa spielte, bevor sie verschwand.«

Christine Berchinger nickte, sich die Tränen energisch aus den Augen wischend.

»Ich will sie mir gerne ansehen«, sagte sie, die Stimme noch brüchig, »aber ich weiß nicht, ob ich Ihnen helfen kann. Ich war damals auch nicht in der Lage, ein vernünftiges Phantombild zu erstellen.«

»Das ist auch nicht leicht«, gestand Hendrik ihr zu. »Da ist es wesentlich leichter, jemanden auf einem Foto wiederzuerkennen. In diesem Falle kommt natürlich erschwerend hinzu, dass es kein Foto gibt, das Nele in dem Alter vor sechs Jahren zeigt. Nichtsdestotrotz können Sie sie anhand der Gesichtszüge vielleicht wiedererkennen.«

Er legte die beiden Fotografien vor sie auf den Tisch.

Die rechte Hand auf die Brust gepresst, nahm Christine Berchinger das Foto mit der kleinen Nele in ihre Linke und sah es an. Ohne ein Wort zu sagen, legte sie es nach einer Weile wieder aus der Hand und griff nach der Leichenfotografie. Ihr Blick verharrte auch auf diesem Bild eine lange Zeit. Als sie es auf den Tisch zurücklegte, blickte sie Hendrik an.

»Ich bin mir nicht sicher, was das Gesicht betrifft. Aber sie könnte es gewesen sein. Ihr Haar …«, sie deutete auf die Leichenfotografie, »… das Mädchen, das mit Elisa spielte, hatte auch so dichtes, dickes Blondhaar. Elisas Haar ist viel feiner und heller.«

»Na, das ist doch schon etwas«, sagte Lyn und suchte Hendriks Blick, um die Zuversicht, die sie empfand, auch in seinen Augen zu entdecken. Sie wurde nicht enttäuscht.

»Die Zeugin in Bremen, die den kleinen Tim Rautmann in Begleitung des unbekannten Mädchens gesehen hat, hat die Haarfarbe des Mädchen als hellblond beschrieben«, sagte Lyn. »Sie trug ihr langes, glattes Haar mit Pony.«

»Hellblond! Das passt doch genau auf Elisa, nicht wahr?«, stieß Christine Berchinger aus und blickte hoffnungsvoll von Lyn zu Hendrik und zurück.

»Die Kollegen in Bremen legen in dieser Stunde der Zeugin das Foto Ihrer Tochter vor, Frau Berchinger«, sagte Lyn mit Blick auf ihre Uhr. »Wir warten gespannt, was sich daraus ergibt. Wir hoffen natürlich, dass die Frau Ähnlichkeiten entdeckt. Aber auch für sie wird es schwierig sein. Denn sollte es sich tatsächlich um Elisa handeln, so hat sie sich natürlich in den letzten sechs Jahren ebenfalls enorm verändert.«

»Elisa hatte eine kleine Narbe«, Christine Berchinger deutete auf ihre Augenbraue, »direkt hier, über dem linken Auge. Es sah immer so aus, als wäre ihre Augenbraue zweigeteilt. Ich war froh, dass sie so helle Brauen hatte. Da fiel es nicht so auf. Mein Gott, ich darf gar nicht daran denken, dass sie es sein könnte …«

»Wir werden tun, was wir können, um sie Ihnen zurückzubringen«, sagte Lyn.

»*Wenn* es sich bei dem Kind um Elisa handelt«, schwächte Hendrik mit einem mahnenden Blick zu Lyn ab. »Wir sind uns natürlich nicht sicher. Erst mal sind es nur Vermutungen.«

»Frau Berchinger, haben Sie noch ein Kleidungsstück von Elisa? Irgendetwas, das Sie uns mitgeben können, für den Fall, dass wir Hunde einsetzen.«

»Ich habe nichts weggegeben«, sagte Christine Berchinger und verließ die Küche, um gleich darauf einen Umzugskarton in die Küche zu schleppen. Hendrik sprang auf, um ihr zu helfen. Sie öffnete den Karton und legte die obenauf liegenden Utensilien auf den Tisch. Eine Spieluhr, einen Teddybär, einen Schnuller. Dann folgten Pyjamas und ein kleiner Bademantel.

»Am besten etwas, das Sie nicht gewaschen haben«, sagte Hendrik.

Sie griff nach einem Paar gelber Söckchen mit roten Gummiherzen an der Sohle. Sie deutete auf einen Fleck an dem einen Söckchen. »Erdbeermarmelade«, sagte sie mit Tränen in den Augen. »Ich habe sie nie gewaschen. Sie trug sie am Morgen, bevor sie auf den Spielplatz ging. Ich habe noch mit ihr geschimpft, weil sie ihr Brötchen im Stehen gegessen hat und dabei die Marmelade auf die Socke tropfte.«

Christine Berchinger presste ihre Nase an das Söckchen und atmete den Duft tief ein. »Ich kann mein Kind nicht mehr riechen«, sagte sie und legte die Socken auf den Tisch, »darum habe ich die Söckchen in den Karton gelegt. Ihr Duft ist verflogen.«

»Das ist perfekt«, sagte Hendrik und nahm die Socken mit einer Plastiktüte auf. »Die Hunde haben eine feinere Nase, Frau Berchinger, sie können Elisa noch riechen.«

Christine Berchinger stand auf und starrte aus dem Küchenfenster. »Wir waren einmal eine glückliche Familie«, sagte sie und zupfte gedankenverloren eine vertrocknete Blüte aus einer Kalanchoe. »Wir hatten ein Häuschen in einer netten Siedlung, und dann … Erst hat Elisa mich verlassen. Ein halbes Jahr später Rolf. Das Haus wurde verkauft. Seitdem wohne ich hier.«

Lyn folgte Christines Blick aus dem Fenster der Plattenbausiedlung zu den blattlosen Bäumen in der Ferne. Eine trostlose Gegend in einem grauen Oktober.

Christine Berchinger blickte zu Lyn und Hendrik. »Mein Mann hat mich für den Verlust unseres Kindes verantwortlich gemacht.« Sie zupfte eine weitere Blüte aus der Pflanze. »Ich kann es ihm heute noch nicht übel nehmen. Er hat sein Bestes versucht, aber … er konnte mich nicht mehr anfassen. Zum Schluss konnte er mich kaum mehr ansehen … Er hatte ja recht. Wie konnte ich sie aus den Augen lassen?«

***

»… und die gelbe Sonne ist gaaanz warm. Nimmerland ist so schön. Möchte Hoppel auch wieder ins Nimmerland?« Sie presste ihr Gesicht in das Fell des Kaninchens, erfühlte dessen Weichheit. »Wenn Anna ganz lieb ist und Hoppel ganz lieb ist, dürfen wir vielleicht auf den Spielplatz. Anna fragt Peter. Gleich kommt er.«

Sie starrte durch die Dunkelheit Richtung Luke.

»Anna hat Durst.« Sie setzte das Kaninchen neben sich auf ihr Bett und stand auf. Sicher ging sie zum Tisch, bückte sich, ertastete die Wasserkanne neben dem Milchkrug und trank direkt aus der Kanne einen großen Schluck. Als das Licht anging, kniff sie geblendet die Augen zusammen.

»Wollen wir ein Buch gucken, Hoppel?«, sagte sie gleich darauf, ging zum Bett zurück und nahm das Tier hoch. »Oder Malbilder?« Sie tappte zu der mit Zeichnungen übersäten Wand. Kaum einmal blitzte der weiße Putz zwischen den diversen Kinderbildern hindurch.

»Große Anna … Kleine Anna … Große Anna … Große Anna … Kleine Anna …«, murmelte sie leise vor sich hin, während sie Bild für Bild betrachtete und der jeweiligen Zeichnerin zuordnete. »Große Anna versteckt sich«, lachte sie und hielt das Kaninchen vor eine Zeichnung, auf der ein Kopf mit gelbem Haar hinter einem bunten Plastikvorhang hervorlugte.

»Große Anna«, flüsterte sie noch einmal, diesmal mit Tränen in den Augen. Sie setzte das Kaninchen auf den Boden, als die Tränen kitzelnd über ihre Wangen liefen. Mit den Fingern wischte sie sie fort und zuckte zusammen, als ihr Blick auf die Wäscheleine fiel.

»Anna muss Wäsche abnehmen«, sagte sie erschrocken, »sonst schimpft Peter. Er hat Licht gemacht für Wäsche abnehmen. Hoppel hat Angst, wenn Peter schimpft.«

Schnell zog sie die Unterwäsche, Jeans und Pullover von der Strickleine und legte die Sachen auf ihr Bett. Sorgfältig faltete sie alles, um es anschließend auf das Regal zu legen.

Das Kaninchen spitzte seine Löffel, als sie zehn Minuten später »Kchrrrrr« machte. Sie setzte das Tier in seinen Käfig, als er die Leiter herunterstieg, und umfasste mit beiden Armen seinen Bauch, als er vor ihr stand. »Anna hat Peter lieb«, sagte sie und hüpfte zum Tisch.

»Essen«, sagte er kurz und stellte eine Dose auf den Tisch. Er zog sich den zweiten Stuhl heran und betrachtete sie, während sie sich gierig auf das Hühnerbein stürzte. Das Kartoffelpüree aß sie erst, als kein Stückchen Fleisch mehr am Knochen war. »Lecker!«, sagte sie zufrieden und lächelte ihn an.

»Meine wunderbare Anna«, flüsterte er und strich mit dem Finger über ihren Mundwinkel, in dem sich ein wenig Püree eingenistet hatte.

Sein Tonfall wischte das Lächeln von ihrem Gesicht. »Peter ist traurig!«

Einen Moment starrte er sie an. »Peter hat Angst«, kam es Sekunden später brüchig über seine Lippen, »große Angst! … Die Zeitung … Die Piraten haben Peters Auto gesehen.«

Mit einem Gemisch aus Verständnislosigkeit und Furcht sah sie ihn an.

»Die Piraten kommen nicht«, hauchte sie, um sich selbst die Angst zu nehmen, »Anna ist leise. Peter passt auf Anna auf.«

»Ja«, kam es heiser über seine Lippen. »Ja. Peter passt auf, dass die Piraten sie nicht kriegen … Komm her.« Er klopfte auf seinen Oberschenkel und zog sie auf seinen Schoß, als sie vor ihm stand.

»Die Piraten kommen nicht!«, sagte sie, in der Hoffnung, dass er diese Aussage noch einmal bestätigte. Doch das Einzige, was sie hörte, war das rasende Pochen seines Herzens, als er ihren Kopf an seine Brust presste.

VIERZEHN

Claudia Johannson starrte Lyn entsetzt an. »Aber ... das kann doch nicht ... Wie können Sie so etwas behaupten? Das ... das ...« Sie brach in Tränen aus. »Reicht es Ihnen nicht, dass sie tot ist? ... Reicht das nicht? Warum sagen Sie mir so etwas? Meine Nele. Was sind Sie nur für ein Mensch?«

Lyn zog sich der Hals zusammen. »Es tut mir so leid, Frau Johannson, aber es war uns wichtig, dass Sie es aus unserem Mund und nicht aus der Zeitung erfahren. Es ist ja bisher auch nur eine Vermutung, aber es könnte durchaus sein, dass Nele das Mädchen auf dem Aachener Spielplatz war.«

»Aber Nele war ein Kind! Ein unschuldiges Kind, das selbst gelitten hat. Das selbst seiner Mutter, seiner Familie geraubt wurde. Und Sie behaupten, sie hat das Mädchen vom Spielplatz gelockt?«

Claudia Johannsons angewiderter Blick ließ Lyn sich wie ein ekliges Insekt fühlen. Das Stück, das Neles Mutter im Sofa vor ihr zurückwich, rückte Lyn in ihrem Sessel vor.

»Sie dürfen nicht eine Sekunde glauben, dass Nele irgendeine Schuld trifft, Frau Johannson«, sagte sie bestimmt, »niemand glaubt das! Ihre Tochter stand zu diesem Zeitpunkt bereits seit Jahren unter dem unheilvollen Einfluss dieses Mannes. Sie war sein Werkzeug. Nele war absolut unschuldig.«

Claudia Johannson starrte Lyn an. »Ich ... ich muss meinen Mann anrufen«, sagte sie und stand auf.

Lyn erhob sich. »Soll ich solange bei Ihnen bleiben, bis Ihr Mann hier ist? Ich kann mir vorstellen, wie Sie sich fühlen.«

Claudia Johannson drehte sich um. Ruckartig, verächtlich auflachend. »*Sie* können sich vorstellen, wie ich mich fühle?« Langsam kam sie auf Lyn zu und blieb direkt vor ihr stehen. »Wissen Sie, was es heißt, durch die Hölle zu gehen? In der wahren Bedeutung dieses Satzes? Wir wissen es. Die Hölle ist nicht heiß. Da gibt es kein Fegefeuer. Sie ist auch nicht da unten«, sie zeigte auf den Boden, »die Hölle ist hier drin.« Sie presste die Hand auf ihre Brust.

»Wenn Sie vor dem leeren Bettchen Ihres Kindes stehen, dann wissen Sie, was die Hölle ist. Wenn Sie in der Besteckschublade den kleinen Löffel, im Badezimmer die kleine gelbe Ente, im Regal die roten Hausschühchen sehen! Wenn die schreckliche Stille Sie wahnsinnig macht! Wenn der Schmerz Sie anspringt wie ein Tier, am Morgen, in der Sekunde, in der Sie vom Schlaf ins Wachsein wechseln, dann wissen Sie, was die Hölle ist … Sagen Sie nie wieder, dass Sie wissen, wie ich mich fühle!«

Claudia Johannson drehte sich um und griff nach dem Telefon. Lyn stand stocksteif da. Kein Ton wollte über ihre Lippen. Leise ging sie.

»Und, wie haben die Johannsons die Nachricht aufgenommen?«, fragte Karin Schäfer auf dem Flur, als Lyn zurück im Polizeigebäude war.

»Ich glaube, ich habe mich noch nie so schlecht gefühlt«, sagte Lyn, folgte Karin in die kleine Teeküche und berichtete kurz von Claudia Johannsons Reaktion.

Mit dem Kaffeebecher in der Hand ging sie in ihr Büro, kam aber nicht dazu, sich zu setzen, denn Birgit steckte ihren Kopf in die Bürotüren und bat alle Kollegen ins Besprechungszimmer.

»Neue Erkenntnisse bei den Kollegen in Bremen«, empfing Wilfried seine Leute. »Die Zeugin, die den silberfarbenen Wagen des mutmaßlichen Entführers vor sich hatte, konnte etliche Wagentypen ausschließen. Letztendlich blieben vier Fahrzeugtypen übrig, die aus Sicht der Frau in Frage kommen könnten. Der Opel Vectra, der Renault Laguna, der VW Passat und«, jetzt blickte er Lyn an, »der Nissan Primera.«

Lyn schoss das Blut in die Wangen. Ihr Magen verkrampfte sich. Markus?

Hendrik sah aus wie ein Bluthund. »Von Böhling! Hast du schon einen Durchsuchungsbeschluss angeregt?« Sein Blick hing an Wilfried. Seit sie vor zwei Tagen aus Aachen zurückgekommen waren, hatte er seinen Chef mit dieser Frage stündlich genervt.

Der schüttelte den Kopf. »Noch nicht, aber ich habe in einer halben Stunde einen Termin bei Staatsanwalt Meier. Diesmal haben wir etwas mehr in der Hand. Vielleicht überzeugt ihn die Tatsache, dass von Böhling eines der in Frage kommenden Modelle fährt. Aber auch nur vielleicht.«

»Letztendlich muss doch wohl der Richter überzeugt werden und nicht der Staatsanwalt«, sagte Lyn irritiert.

»Die Richter sind das kleinere Übel«, klärte Wilfried sie auf, »die quatscht Meier an die Wand. Aber eben nur, wenn er selbst überzeugt ist.«

»Nimm Lyn mit«, schlug Lukas vor. »Ein wenig weiblicher Charme kann doch nicht schaden. Außerdem kennt sie von Böhling.«

»Ein Grund mehr, dass Wilfried allein geht.« Hendrik spie den Satz giftig aus.

»Jetzt reicht's, Wolff!« Lyns Herz schlug im Hals vor Wut. »Deutest du etwa gerade an, dass mich persönliche Gefühle daran hindern könnten, einen eventuellen Kindermörder zu überführen?«

»Sei nicht albern«, sagte Hendrik mit harter Stimme, »aber ich halte dich trotzdem für befangen.«

»Befangen? Nur weil ich Markus nicht vorverurteile so wie du?«, giftete Lyn zurück. »Spielen wir hier Verteidiger und Staatsanwalt, oder was? Dann hieße es doch wohl auch: Im Zweifel *für* den Angeklagten.« Lyns Kopf ruckte zu Wilfried herum. »Wollen wir nicht erst Markus von Böhlings Alibi überprüfen, bevor wir das Kind mit dem Bade ausschütten?«

»Hah! Ich sag's doch!«, fuhr Hendrik dazwischen und deutete mit dem Zeigefinger auf Lyn. »Du willst nicht, dass er es ist!« Im gleichen Atemzug wandte er sich Wilfried zu. »Wenn wir ihn erst auf ein Alibi hin überprüfen, weiß er Bescheid. Und bevor wir dann mit dem Durchsuchungsbeschluss wieder bei ihm sind, hat er jede Menge Zeit, Maßnahmen zu ergreifen. Und was das heißt, muss ich doch wohl nicht sagen.«

»Hendrik hat recht«, nickte Wilfried, »wir dürfen das Leben des Kindes nicht aufs Spiel setzen. Die Alibiüberprüfung erfolgt erst im Zuge der Durchsuchung. Punkt! Nichtsdestotrotz«, jetzt lächelte er Lyn an, »darfst du mich gerne zu Staatsanwalt Meier begleiten.«

»So, so, das sind also Ihre Fakten.« Staatsanwalt Meier klappte die Ermittlungsakte Nele Johannson zu. Er begann, mit den Fingern seiner rechten Hand darauf herumzutrommeln, während er von Wilfried zu Lyn und wieder zu Wilfried blickte.

»Ein gravierender Vorwurf, den Sie Herrn von Böhling da machen«, fuhr er fort, »und das bei relativ dünner Verdachtslage. Bisschen vage. Schwammig. Etwas Handfesteres haben Sie nicht anzubieten, um den Richter überzeugen zu können?« Sein Blick blieb diesmal an Lyn hängen.

Lyn fühlte sich unwohl. Sein Blick hatte etwas Stechendes. Wie mochten die Angeklagten sich erst fühlen? Sie räusperte sich.

»Tja, also … er hat merkwürdige Äußerungen von sich gegeben. An der Elbe, kurz nachdem ich ihn dort getroffen habe. Etwas in der Art, dass man seinem Schicksal nicht davonlaufen kann und dass man hergeben muss, was man halten möchte. Damals habe ich es natürlich nicht auf Nele Johannson bezogen, da ich Markus von Böhling nicht mit ihr in Verbindung brachte.«

»Kryptische Bemerkungen fallen bei mir nicht unter ›handfest‹.« Staatsanwalt Meiers Stimme klang missbilligend.

»Das Leben eines Kindes könnte auf dem Spiel stehen«, mahnte Wilfried.

»Oder der Ruf eines unbescholtenen Bürgers«, hielt der Staatsanwalt dagegen.

Er stand auf und trat an sein Bürofenster. »Hmm, hmm …« Er starrte minutenlang hinaus, ohne etwas zu sagen.

Lyn warf Wilfried einen fragenden Blick zu. Im Gegensatz zu ihr kannte er Meier. War dessen Verhalten jetzt gut oder schlecht?

Und nun? Sie formte die Frage mit den Lippen.

Wilfried wiegte unentschlossen den Kopf hin und her. Er schien keine Antwort parat zu haben. Staatsanwalt Meier trat vom Fenster weg und starrte jetzt ein gerahmtes Gedicht an der Wand hinter seinem Schreibtisch an.

Lyn blinzelte und versuchte, die Strophen aus der Entfernung zu entziffern.

Jeder Gedanke ist Saat.
Einst, über kurz oder lang,
führt durch dies Feld dich dein Gang.
Jeder Gedanke ist Tat,
einst, über lang oder kurz,
wird er dein Sieg oder Sturz.
Wie dir das Schicksal auch naht,
nenn es nicht fremde Gewalt:
Du bist's in eigner Gestalt!

»Ephides, nicht wahr?«, sagte Lyn, um das unangenehme Schweigen zu brechen, und deutete auf das Gedicht.

Staatsanwalt Meier drehte sich überrascht um. »Beachtlich, Frau Harms. Woher kennen Sie es?«

»Durch meinen Vater. Diese Sätze hingen, seit ich denken konnte, an der Pinnwand in seinem Arbeitszimmer. Ich dachte immer, Ephides sei ein griechischer Dichter der Antike. Irgendwann hat mein Vater mich dann aufgeklärt, dass die Zeilen von einer medial veranlagten Frau stammten. Aus dem zwanzigsten Jahrhundert.«

»Genau«, nickte Meier.

Lyn fühlte sich abermals von seinem Blick durchbohrt. Der Staatsanwalt setzte sich wieder an seinen Schreibtisch. Seine Augenbrauen zogen sich zusammen.

»Ihr Vater, sagen Sie? Harms. Ist Ihr Vater etwa Henning Harms?«

Jetzt war Lyn verblüfft. »Woher kennen Sie meinen Vater?«

»Ich war sein Schüler am Gymnasium. Deutschlehrer Harms hat in mir die Liebe zur Literatur und Lyrik geweckt«, der

Staatsanwalt lächelte das erste Mal. »Er ist pensioniert, nicht wahr?«

Lyn bekam Oberwasser. Vielleicht rückte Meier jetzt den Durchsuchungsbeschluss raus. Immerhin war sie die Tochter seines ehemaligen Lieblingslehrers. Sie warf einen schnellen Blick zu Wilfried, der ihre Gedanken zu teilen schien und sie mit einem kaum wahrnehmbaren Kopfnicken aufforderte, weiterzusprechen.

»Das muss ich unbedingt meinem Vater berichten, Herr Meier. Es wird ihn freuen zu hören, dass seine Leidenschaft einen ehemaligen Schüler inspiriert hat.«

Das Lächeln aus Meiers Gesicht verschwand. »Er würde es kaum glauben. Lehrer Harms hielt nie viel von meinen Beiträgen in seinem Unterricht. Ich konnte schreiben, was ich wollte: Er hat meine Interpretationen nie mit mehr als fünf Punkten bewertet … Ich hegte keine große Zuneigung zu ihm persönlich.«

Lyns Blick kreuzte sich erneut mit Wilfrieds. In seinem Gesichtsausdruck spiegelten sich ihre Gedanken: Durchsuchungsbeschluss, ade!

»Na ja«, lachte Lyn künstlich auf, »Sie haben's ja auch ohne meinen Vater geschafft, Herr Meier. Sie sind Staatsanwalt. Und ein ziemlich erfolgreicher, wie man so hört.«

Lyn lächelte Meier an. Er musste ja nicht wissen, dass sie bisher gar nichts von ihm gehört hatte.

Einen Moment herrschte Schweigen.

»Zurück zu Herrn von Böhling«, sagte Meier und klopfte erneut auf die Ermittlungsakte. »Ich werde den Antrag auf Erlass eines Durchsuchungsbeschlusses stellen. Die Angelegenheit ist grenzwertig, aber ich werde schon einen entschlussfreudigen Ermittlungsrichter finden.«

Er stand auf und reichte erst Wilfried, dann Lyn die Hand. »Auf Wiedersehen, Herr Knebel. Sie hören von mir in spätestens einer Stunde. Auf Wiedersehen, Frau Harms, und … Gruß an den Herrn Vater.«

»Leute, Leute, haben wir auch nichts vergessen?« Wilfried Knebel lief vor dem Tisch im Besprechungszimmer auf und ab. Unmengen Papiere lagen dort ausgebreitet. Er nahm seine Brille ab und knetete die Druckstelle, die sie zwischen den Augen hinterlassen hatte. Schließlich fuhr er sich mit der Hand durchs Haar und sah seine Kollegen der Reihe nach an. »Das wird hart. Ich hoffe, ihr habt heute Abend alle nichts vor.«

Thilo grinste. »Dir stehen die Haare zu Berge, Chef.«

Wilfried fuhr sich mit der flachen Hand über sein in alle Richtungen abstehendes, schütteres Haupthaar. »Kein Wunder bei drei gleichzeitig zu durchsuchenden Objekten … Machst du den Objektführer auf dem Hof in Wewelsfleth, Thilo?«

Der nickte. »Wie viele Bereitschaftspolizisten habe ich zur Verfügung?«

»Um die fünfundzwanzig«, sagte Karin Schäfer, »ich habe vor zehn Minuten mit den Eutinern telefoniert. Sie schicken uns drei Züge. Die warten nur auf unser ›Go‹. Ich werde dich in Wewelsfleth unterstützen, Thilo.«

»Das ist gut«, sagte Wilfried und blickte Lyn, Hendrik und Lukas an. »Ich mache ebenfalls einen Objektführer. Ich fahre in den Pinneberger Schlachthofbetrieb. Einigt euch, wer mich begleitet und wer den Objektführer im Itzehoer Schlachthof macht.«

Lyn zögerte. Sie wollte nicht auf Markus treffen. Aber, wo war Markus? In Pinneberg oder in Itzehoe? Bisher hatte sie ihn immer in seinem Pinneberger Büro angetroffen. Sie war froh, dass die beiden Männer ihr die Entscheidung abnahmen.

»Ich begleite dich nach Pinneberg, Wilfried«, sagte Lukas.

Hendrik sah Lyn an. »Bleibt Itzehoe für uns. Möchtest du die Objektführung?«

»Das überlasse ich gerne dir, Herr Kollege«, sagte sie und fügte leise, für die anderen unhörbar hinzu: »Du brennst doch darauf, ihn am Arsch zu kriegen.«

Lyns Herz raste, als sie auf dem Hof des Schlachthofes aus dem Dienstwagen stiegen. Das Szenario kam ihr seltsam unwirklich vor. Petrus meinte es nicht gut mit ihnen. Es goss wie aus Eimern. Die Eutiner Bereitschaftspolizisten stürmten aus ihren Bussen durch den Regen, während sie und Hendrik zügig Richtung Geschäftsräume liefen.

Zwei Schlachthofmitarbeiter, die, in gelbes Ölzeug gehüllt, auf dem Hof eine Ladung Schweine entgegennahmen, starrten der Polizistenschar mit offenen Mündern nach. Das Grunzen und Quieken der Schweine im Ohr, betrat Lyn nach Hendrik das Schlachthofbüro.

»Kriminalpolizei!«, sagte Hendrik und hielt einer erschrockenen Sekretärin seinen Ausweis vor die Nase. »Ist Herr Markus von Böhling im Haus?«

Verwirrt schüttelte die Frau den Kopf. »Nein, Herr von Böhling ist nicht hier, aber … Was machen Sie da!«, rief sie Lyn hinterher, die eine andere Tür öffnete. »Das ist das Büro von Herrn von Böhling. Ich kann Ihnen nicht gestatten …«

»Doch, Sie können«, sagte Hendrik und legte ihr ein Formular auf den Schreibtisch. »Das ist ein Durchsuchungsbeschluss.«

»Der Hundeführer ist da«, sagte Lyn eine halbe Stunde später und steckte ihren nassen Kopf in das Büro von Markus von Böhling, in dem Hendrik gerade telefonierte. »Hast du die Söckchen von Elisa und Nele?«

»Ich ruf dich gleich zurück, Thilo«, sprach Hendrik in den Hörer und drückte seinen Kollegen weg.

»Hier«, er gab Lyn die Plastiktütchen mit den beiden Socken, »auf gutes Gelingen. Thilo sagte gerade, dass Svea mit ihrem Hund auf dem Hof in Wewelsfleth erfolglos geblieben ist. Der Hund hat nichts entdeckt. Die Eutiner drehen natürlich trotzdem jeden Grashalm um. Ich rufe jetzt Wilfried in Pinneberg an. Bin gespannt, ob er von Böhling angetroffen hat.«

Lyn lief, den Pfützen ausweichend, über den Hof in das Schlachthaus und übergab die Socken dem Hundeführer.

»Such, Nero, such!«, stachelte der Mann seinen Hund an und hielt ihm das Söckchen von Elisa vor die empfindliche Nase. Er ließ den Hund von der Leine.

»Ich habe den Schlachtmeister angewiesen, alle verschlossenen Türen zu öffnen«, erklärte Lyn dem Hundeführer, während sie sich eine nasse Haarsträhne aus dem Gesicht strich, »sonst melden Sie sich bitte umgehend.«

Gespannt beobachtete sie, wie der Schäferhund durch das Gebäude lief. Einige Schlachthofmitarbeiter standen abseits und betrachteten das Geschehen aus der Ferne, andere liefen wie die aufgescheuchten Hühner hin und her.

Fünfzehn Minuten später stand fest, dass der Hund keine Witterung aufgenommen hatte.

Lyn folgte dem Hundeführer nach draußen. »Versuchen wir in dem Schuppen unser Glück«, sagte der und deutete auf das Gebäude, in das Lyn und Hendrik vor Wochen eingebrochen waren. »Kommen Sie mit?«

Lyn schüttelte den Kopf. »Kollege Wolff kommt gerade. Mal sehen, was er zu berichten hat.«

Hendrik kam, die Jacke über den Kopf gezogen, auf sie zugerannt. »Scheißwetter, verfluchtes!« Er folgte Lyn ins Trockene.

»Und, was sagt Wilfried?«

»Die sehen genauso alt aus wie wir. Sie haben noch nichts entdeckt. Und von Böhling war weder zu Hause noch im Betrieb. Laut Pinneberger Sekretärin ist er auf dem Weg nach Itzehoe. Wenn's stimmt, müsste er jeden Moment hier eintreffen.«

»Scheiße«, murmelte Lyn. Warum musste Markus ausgerechnet heute den Itzehoer Betrieb aufsuchen?

»Die Presse in Elmshorn hat Wind von der Durchsuchung bekommen«, berichtete Hendrik weiter. »Wilfried war stinksauer. Anscheinend hat einer der Eutiner geplaudert.«

Lyn schluckte. Wenn das stimmte, würde der Bericht morgen früh die regionalen Tageszeitungen füllen. Was, wenn Markus nichts mit den Entführungen zu tun hatte?

»Alles klar?«, fragte Hendrik und strich ihr eine Strähne ihres nassen Haars aus der Stirn.

»Ja, warum nicht? Wir machen hier schließlich nur unseren Job.«

»Allerdings«, sagte Hendrik mit gerunzelter Stirn. »Du kannst gleich mit einer Alibiabfrage weitermachen.« Er deutete durch die offene Tür nach draußen auf den Hof. »Dein Schulfreund kommt gerade.«

Lyns Herz schlug mal wieder bis zum Hals, als der silberfarbene Nissan mitten auf dem Hof stehenblieb. Markus von Böhling stieg aus dem Auto und sah sich ungläubig um. Sein Blick glitt über die Polizeibusse, erfasste den Hundeführer, der mit Nero gerade den Schuppen verließ, und verweilte schließlich an der offenen Schlachthaustür, in der Lyn und Hendrik standen.

Lyn setzte sich in Bewegung, aber Hendrik hielt sie zurück. »Spar dir den Weg, er kommt zu uns.«

Mit weit ausholenden Schritten stampfte Markus von Böhling durch den Regen auf sie zu. Einen winzigen Moment war Lyn versucht, mit ihrer Hand nach Hendriks zu greifen. Wärme und Halt. Das fehlte ihr in diesem Moment, in dem ihr alter Schulfreund sie mit einem Blick maß, der zwischen Unglauben und Hass pendelte.

»Was geht hier vor?« Markus spie die Worte aus, während sein Blick von Lyn durch das Schlachthaus schweifte, die Mitarbeiter erfasste, die aufgeregt in Grüppchen diskutierten und ihn jetzt neugierig beobachteten.

»Bitte begleite uns in dein Büro, Markus«, sagte Lyn ernst und deutete Richtung Tür.

Schweigend und mit eiserner Miene drehte der Schlachthofbesitzer sich um und lief mit großen Schritten Richtung Büro, vorbei an glotzenden Angestellten und Polizisten.

Hendrik legte Markus den Durchsuchungsbeschluss auf den Schreibtisch. »Herr von Böhling, wo waren Sie am Donnerstag, den 21. Oktober, um zwölf Uhr mittags?«

Markus griff nach dem Schriftstück und überflog es. Er warf das Papier auf den Tisch zurück und bohrte seinen Blick in Lyns. »Bis hierher war es amüsant … Jetzt gehst du zu weit, Gwen, eindeutig zu weit.«

»Herr von Böhling, wo waren Sie am 21. Oktober 2010«,

wiederholte Hendrik seine Frage laut, »und wo waren Sie am Nachmittag des 15. Februars 1999?«

Markus verzog verächtlich seine Lippen nach unten. »Ihr seid doch krank! Ich rufe jetzt meinen Anwalt an.«

FÜNFZEHN

»Scheiße!« Wilfried zerknüllte einen seiner Notizzettel und warf die Kugel an die Wand. »Ich dachte wirklich, wir haben ihn. Robin Hood. Scheiße!«

»Scheiße« war das mit Abstand meistbenutzte Wort des Tages, stellte Lyn fest, während sie sich die brennenden Augen rieb. Sie blickte auf ihre Armbanduhr. Mitternacht war durch. Der Duft frisch gebrühten Kaffees zog durch das Besprechungszimmer, als Karin eine Kanne auf den Tisch stellte.

»Haben wir auch wirklich nichts übersehen?«, fragte Hendrik zum wiederholten Male und fuhr sich mit den Händen durchs Haar.

Wilfried schüttelte den Kopf. »Nach polizeilichem Ermessen nicht. Die Hunde haben nicht eine einzige Spur aufgenommen. Weder auf den Grundstücken noch an von Böhlings Fahrzeugen. Und Jochen hat bis eben vor Ort mit seinen Leuten die Bauzeichnungen der Schlachthöfe, des Hofes und des Wohnhauses mit den tatsächlich vorhandenen Wänden der Gebäude verglichen. Alles stimmt überein. Keine Hinweise auf versteckte Räume. Das war's dann wohl.« Er stand auf. »Gute Nacht, Kollegen.«

»Scheiße«, murmelte Hendrik, warf seinen Kugelschreiber auf den Tisch und stand ebenfalls auf.

Lyn blieb vor ihrer Tasse Kaffee sitzen, ohne ihn zu trinken. Markus' Blick ging ihr nicht aus dem Kopf. Die tiefe Verletztheit darin wühlte in ihr.

»Lass uns gehen, Lyn«, sagte Karin Schäfer in der Besprechungszimmertür, »auch mit Fehlschlägen müssen wir leben. Versuchen mussten wir es.«

»Ich fühle mich schuldig«, sagte Lyn müde und stand auf, »Markus tut mir so leid. Ich darf gar nicht an den Presseartikel denken.«

Hendrik zog sich seine Jacke an. »Er wird deine Entschuldigung schon annehmen«, sagte er kalt, »da mach ich mir keine Sorgen. Gib ihm eine Woche, dann hat er sich wieder beruhigt.«

Er zerrte an dem Jackenreißverschluss, der sich verhakt hatte. Als er den Zipper in der Hand hatte, pfefferte er ihn an die Wand. »Ich scheiß auf von Böhling«, spie er aus. »Ich mach mir eher Sorgen wegen Staatsanwalt Meier. Schlappen erleidet der äußerst ungern. Sollten wir noch einmal einen Verdächtigen haben, brauchen wir schon hieb- und stichfestere Beweise.«

»Lyn, kommst du?« Henning Harms steckte seinen Kopf durch die Wohnzimmertür seiner Tochter. Er wartete einen Moment. »Gwendolyn!«

Lyn schrak zusammen. »Mein Gott, Vater!«, stieß sie wütend aus, »schrei nicht so! Ich bin ja nicht taub.«

»Ich hatte dich zweimal vom Flur aus gerufen und zweimal hier im Wohnzimmer. Hockst du immer noch über der Akte? Es ist Freitagabend. Sprich: Wochenende!«

Lyn stand auf. »Ja, ich weiß. Ich dachte, ich hätte dieses Wochenende Zeit, die Hauptakte noch mal in Ruhe zu studieren.«

»Aber du wolltest mich auf die Lesung begleiten.«

»Mach ich ja auch«, sagte Lyn und strich ihrem Vater über die Wange, »obwohl ich nicht sehr viel Lust dazu habe.«

»Da habt ihr ein literaturträchtiges Haus in direkter Nachbarschaft, und du nölst nur rum, Tochter! Ein wenig Kultur schadet dir nicht. Noch dazu, wo ich Lotte und Sophie überreden konnte, mitzukommen«, sagte Henning Harms und drückte seine jüngste Enkeltochter an sich, »Opa ist stolz auf euch.«

»Du hast uns zwanzig Euro gegeben, Opa«, korrigierte Charlotte seinen Enthusiasmus, »da folgen wir dir überall hin.«

»Ich höre doch wohl nicht richtig.« Lyn drehte sich empört zu ihrem Vater um. »Du gibst den Mädchen Geld, damit sie uns begleiten?«

»Mit Speck fängt man Mäuse«, kommentierte Henning seine Vorgehensweise, »wenn ich sie so an die Literatur heranführen kann, ist es mir recht.«

Als die vier durch die Friedhofspforte gingen, deutete Henning Harms auf das weiß gestrichene Fachwerkhaus mit den blauen Fenstern zu seiner Linken, in dem die Lesung stattfinden sollte. »Das Alfred-Döblin-Haus ist fast zweihundertfünfzig Jahre alt. Hier lebte Günter Grass, meine Lieben!« Er sah seine Enkeltöchter an. »Also mault nicht immer, dass ihr hier in Wewelsfleth lebt. Ein Nobelpreisträger hat in unmittelbarer Nachbarschaft gewohnt und hier einige bedeutende Werke verfasst.«

»Der ist für mich kein Maßstab«, bügelte Charlotte ihren Großvater ab, »von wegen Nobelpreis! Er hat das langweiligste und zugleich grässlichste Buch geschrieben, das ich jemals lesen musste. Es besteht nur aus Ortsnamen und ekligen Beschreibungen. Wenn ich nur an die Aale im Pferdekopf denke. Bäh! Und dann diese andere Stelle, du weißt schon, Opa, die Frau mit dem Aal … Grässlich! Aber dieses Kaff macht einen ja auch blöde im Kopf.«

»›Die Blechtrommel‹ entstand lange vor seiner Wewelsflether Zeit«, klärte Henning sie auf und fügte, mit einem Augenzwinkern, hinzu: »Und, ist grässlich nicht das Adjektiv zu Grass?«

»Ein fantastisches Haus!«, verlieh Lyn zwei Stunden später auf dem Heimweg ihrer Begeisterung Ausdruck. »Der kleine Kolonialladen im Flur! Toll! Wie zu Großmutters Zeiten. Allerdings hätte ich bei der nächsten Lesung gern reservierte Plätze. Auf einem *Stuhl*.«

Sie rieb sich den Po. »Die Treppe war nicht gerade gemütlich.«

»Du hättest die Unterlage annehmen können, die dir von der Haushälterin angeboten wurde«, antwortete Henning.

»Die *Unterlage* war der Badvorleger aus dem Badezimmer! Hast du gesehen, wie der aussah? Ich darf gar nicht daran denken, was das für Flecken waren.« Lyn schüttelte sich und schloss die Haustür auf.

»Und, Mädels, kommt ihr beim nächsten Mal wieder mit?« Henning sah seine Enkeltöchter an.

»Klar, Opa«, sagte Charlotte und gab ihm einen Kuss auf die

Wange, »die hatten da echt leckeren Kuchen. Und mit deinen zwanzig Euro ist der Kinoabend morgen gesichert.«

»Ich komm auch wieder mit, Opa«, klinkte Sophie sich ein, »auch für zehn Euro. Ich fand das toll, dass die Lesung in der Küche war. Das war 'ne richtige Hexenküche. Mit den ganzen Spinnweben und so. Wie im Film.«

Henning Harms verdrehte die Augen. »Möchte vielleicht mal jemand etwas zu dem literarischen Teil sagen? Wie haben euch die Texte der Berliner Autoren gefallen?«

»Keine Zeit, Opa. Ich geh jetzt chatten.« Charlotte nahm die Treppe in großen Schritten und verschwand in ihrem Zimmer.

»Ich hätte lieber einen Thriller gehört«, kommentierte Sophie den Abend. »Drei Texte und keine einzige Leiche. Langweilig!«

Kopfschüttelnd blickte Henning ihr nach, als auch sie auf der Treppe verschwand.

»Gibst du noch einen Rotwein aus, Tochter?«, fragte er und folgte Lyn ins Wohnzimmer, »oder möchtest du auch nicht mehr über das Gehörte sprechen?«

Lyn nahm zwei Rotweingläser aus dem alten Kiefernbüfett und deutete zur Küche. »Neben dem Kühlschrank steht noch eine angebrochene Flasche.«

Als Henning mit dem Rotwein zurückkam, saß Lyn auf dem Sofa und blätterte in der Akte Johannson, die auf ihrem Schoß lag.

»Mit euch werde ich keine Lesung mehr besuchen«, sagte Henning, füllte die beiden Gläser und ließ sich in den Sessel fallen. »Keiner will mit mir reden!«

Lyn blickte auf. »Wie? Was hast du gesagt?«

»Prost!«

Lyn nahm ihr Glas und stieß an das ihres Vaters. »Ich hatte dir doch von Staatsanwalt Meier erzählt, deinem Exschüler. Es wird ihm überhaupt nicht gefallen, dass an der ganzen Sache nichts dran war.«

»Meier konnte damals schon nicht richtig interpretieren.«

Lyn musste lachen. »Ich glaube, er hat das anders gesehen.«

Dann wurde sie wieder ernst. »Ich bin natürlich froh, dass Markus aus der Sache raus ist, aber … wir müssen diesen Kerl finden. Und vor allem die kleine Elisa.«

»Ist es denn sicher, dass Markus von Böhling nicht euer Robin Hood ist?«

Lyn nickte. »Wir haben nicht die geringste Spur entdeckt. Sein Alibi ist zwar nicht hundertprozentig, aber so gut wie. Er hatte am Donnerstag, als der kleine Tim entführt wurde, einen Geschäftstermin in Kiel. Zwar erst am Spätnachmittag, aber er konnte Tankbelege vorlegen, die ihn uhrzeitlich entlasten.«

»Muss frustrierend sein«, murmelte Henning. Er trank den letzten Schluck Rotwein und stand auf. »Ich lasse dich jetzt über deiner Akte brüten.«

»Ich begleite dich zum Wagen«, sagte Lyn und griff nach ihrer Jacke, als Henning Harms sich an der Haustür verabschiedete, »ich kann noch ein wenig frische Luft gebrauchen.«

Lyn blieb an der Friedhofspforte stehen, bis der Wagen ihres Vaters außer Sicht war, und zündete sich eine Zigarette an. »So viel zu frischer Luft«, murmelte sie, als sie den hellen Rauchschwaden in der klaren, dunklen Oktobernacht nachblickte. Gierig und widerwillig zugleich sog sie den Qualm in ihre Lunge. Seit der ersten Schwangerschaft hatte sie nicht mehr geraucht. Erst als Bernd ausgezogen war, hatte sie wieder zur Zigarette gegriffen.

»Arschloch!« Sie warf die Kippe auf den Boden und trat sie aus. »Sorry«, murmelte sie im gleichen Moment, mit Blick auf die fünfhundert Jahre alte Kirche, und sammelte den zertretenen Stummel auf. Langsam ging sie über den Friedhof zurück. Die Umrisse Dutzender Grabsteine stachen durch die Dunkelheit. Lyn mochte den Ort, auch bei Nacht. Hier herrschte Frieden.

Als sie wieder im Haus war, rief sie die Treppe hoch: »Schlafenszeit, Krümel!«

»Ich bin hier unten«, klang es aus dem Wohnzimmer.

Das Lächeln auf Lyns Gesicht verschwand, als sie ins Wohnzimmer ging. Sophie saß mit überkreuzten Beinen auf dem Sofa und las.

»Sophie Hollwinkel! Ich habe dir schon hundertmal gesagt, dass die Akten für dich tabu sind!«

Erschrocken schlug Sophie den Aktendeckel zu und sprang auf, als Lyn auf sie zueilte. Lyn grapschte nach dem Ordner und fluchte im nächsten Moment los, als der Inhalt der Akte sich auf den Boden ergoss. »Verdammt, Krümel!«

»Was kann ich dafür, wenn das Ding überläuft. Heftet das doch ordentlich ab.«

»Ins Bett! Sofort!«

Vorsichtig tapste Sophie über die losen Blätter, vor denen Lyn jetzt auf den Knien saß und alles zusammensuchte.

»Cool! Peter Pan als Phantombild«, sagte Sophie, bückte sich und nahm die Zeichnung in die Hand.

»Gib das her.« Wütend riss Lyn ihr das Papier aus der Hand.

»Gute Nacht, Mama«, sagte Sophie leise und ging zur Tür, »tut mir leid. Ich wollte dir keinen Ärger machen.«

Lyn antwortete nicht. Sie saß nach wie vor auf den Knien und starrte das Phantombild an. »Krümel!«, sie drehte sich zu ihrer Tochter um und hielt ihr die Zeichnung hin, »was hast du da eben gesagt? Wer ist das?«

Sophie zuckte die Schultern. »Na, Peter Pan. Sieht man doch an den Klamotten.«

Lyn schüttelte den Kopf. »Das ist ein Robin-Hood-Kostüm.«

Sophie kam zurück und nahm die Zeichnung in die Hand. »Ach so, ja. Der Typ war ja als Robin Hood verkleidet. Peter Pan sieht aber genauso aus. Die Strumpfhose, das Käppi mit der Feder. Vor allem dieses zipfelige Oberteil! Das trägt Peter Pan im Disney-Film.«

Lyn starrte wieder auf das Papier. »Haben wir das Video?«

Sophie schüttelte den Kopf. »Nö. Aber ich hab das Buch zum Film. Mit allen Bildern.«

Lyn stand auf. »Das würde ich mir gerne mal ansehen. Ist es hier oder noch in Bamberg?«

»Oben stehen noch zwei unausgepackte Kartons. Vielleicht sind die Bücher da drin. Ich weiß ja gar nicht, wohin mit all den Sachen. Mein Zimmer in Bamberg war viel größer.«

Lyn wusste, dass Sophies letzter Satz rein sachlich gesprochen war. Es war keine Schuldzuweisung, und dennoch durchfuhr es sie heiß. Sie ging zu Sophie und nahm sie in die Arme. »Schon gut, Krümel. Das hat Zeit bis morgen früh. Dann schauen wir gemeinsam nach.«

»Ist das eine heiße Spur, wenn es ein Peter-Pan-Kostüm war und keine Robin-Hood-Verkleidung?« Sophies Wangen waren vor Aufregung gerötet.

»Leider nicht«, schüttelte Lyn den Kopf, »letztendlich spielt das Kostüm keine Rolle. Obwohl … wir könnten noch einmal unter diesem Aspekt an die Presse gehen. Vielleicht ist jemandem auf dem Marner Karneval ein Peter-Pan-Kostüm aufgefallen.«

»Das glaubst du doch selbst nicht, dass sich nach elf Jahren noch jemand daran erinnern könnte, oder?«

Lyn seufzte. »Wohl kaum.«

»Hier ist es!« Triumphierend zog Sophie ein Buch aus dem Umzugskarton und setzte sich damit auf ihr ungemachtes Bett.

Lyn wandte sich von dem Karton, in dem sie gesucht hatte, ab und hockte sich neben ihre Tochter. Sophie blätterte, bis sie die richtige Seite aufgeschlagen hatte. »Hier! Siehst du, Mama? So sieht Peter Pan aus. Genau wie Robin Hood, oder?«

Lyn griff nach dem Buch und starrte auf die Seite. Kein Zweifel, das Kostüm glich dem des Sherwood-Helden aufs Haar.

»Das ist die Familie Darling«, klärte Sophie Lyn auf und deutete auf die verschiedenen Figuren. »Die Kinder heißen Wendy, John und Michael. Peter Pan besucht sie am Abend und erzählt ihnen von Nimmerland.«

»Ja, ich erinnere mich«, sagte Lyn und blätterte weiter. »Das ist Käpt'n Hook mit seinen Piraten.« Sie klappte das Buch zu und sah Sophie an. »Ich werde das Buch am Montag mit ins Büro nehmen. Vielleicht kommen wir über das Kostüm doch noch einen Schritt weiter. Mal schauen, was Wilfried dazu sagt … Und Marco Schmych.«

»Boah, das ist lausig kalt, Mama.« Charlotte rieb sich beim Laufen die Arme. »Können wir nicht etwas schneller laufen? Außerdem wird's gleich dunkel.«

»Heute ist es wirklich eklig«, gab Lyn ihr recht. »Aber wenn ich noch schneller laufe, schaffe ich die zehn Kilometer nicht. Warum hast du auch nicht die warme Laufjacke angezogen?«

»Da drin seh ich aus wie Cindy aus Marzahn.«

Lyn tippte sich gegen die Stirn. »Spinnst du, Lotte? Wir machen Sport. Und keine Modenschau.«

»Man kann nie wissen, wem man begegnet.«

»Brad Pitt wird kaum am Wewelsflether Deich spazieren gehen.«

Eine Zeit lang liefen sie auf der Landstraße, ohne ein Wort zu wechseln. Dann deutete Charlotte auf den Hof zu ihrer Rechten. »Ist das der Hof, auf dem Krummbein geboren wurde?«

Lyn schüttelte den Kopf. »Nein, das ist der Rimmer-Hof. Die Katze habe ich von den Bauern daneben. Bolthagen heißen sie.«

»Oh, schau mal!« rief Charlotte plötzlich aus und blieb stehen, »das arme Pferd! Es ist noch auf der Koppel. Und das bei der Kälte. Warum holt der Bauer es nicht rein? Wir haben Ende Oktober.«

Lyn blieb neben Charlotte stehen. »Das ist das Pferd von Rimmer. Er wird es schon reinholen, wenn es an der Zeit ist. Er ist tierlieb.« Sie lief weiter und zog Charlotte am Arm mit sich. »Komm schon, sonst erkälten wir uns noch eher als Darling.«

Charlotte warf ihrer Mutter einen Seitenblick zu. »Als wer?«

»Darling«, lachte Lyn auf, »so heißt das Pferd.«

Drei Sekunden später stoppte Lyn abrupt.

»Was ist denn jetzt schon wieder, Mama«, maulte Charlotte und sah sich zu ihrer Mutter um, die wie zu Salz erstarrt dastand. »Mama?«

Lyn starrte zu dem Pferd auf der Koppel. »Lass uns umdrehen«, sagte sie tonlos und lief zurück, Richtung Wewelsfleth.

»Kannst du mir bitte mal sagen, was jetzt wieder los ist? Warum rennst du plötzlich so?«, bohrte Charlotte, während sie im Eiltempo neben Lyn hertrabte.

»Ich muss etwas überprüfen, Lotte. Etwas Dienstliches. Bitte, frag nicht. Ich … ich möchte nicht schon wieder mit meinen Vermutungen auf die Nase fallen.«

Charlotte rubbelte sich die Haare mit einem Handtuch trocken, während sie in der Küchentür stand und zu ihrer Mutter blickte, die, nach wie vor in Laufklamotten, in ein Buch vertieft am Küchentisch saß.

»Mama, die Dusche ist jetzt frei.«

»Keine Zeit. Später«, kam die Antwort, ohne dass Lyn aufblickte.

Charlotte trat näher. »Das ist deine dienstliche Überprüfung? Du liest einen Comic?« Sie bückte sich, um den Titel des Buches zu lesen, in das Lyn vertieft war. »Peter Pan?«

Die Höfe Rimmer, Bolthagen und von Böhling lagen im Dunkeln, als Lyn mit ihrem Beetle an ihnen vorbeifuhr. Nach zweihundert Metern bog sie zur Linken in einen Feldweg ab. Sie hielt am Wegrand, schaltete den Wagen aus und anschließend das Licht.

Zwei Uhr neunundvierzig zeigte ihre Uhr an. Sie blickte durch die Windschutzscheibe gen Himmel. Die mondlose, tiefschwarze Nacht machte es ihr nicht leichter, den am Abend gefassten Vorsatz in die Tat umzusetzen.

»Nun komm schon, Lyn«, machte sie sich selbst Mut und stieg aus. Ihre Hand glitt noch einmal über ihre schwarze Jacke. Die Konturen der SIG-Sauer darunter vermittelten das Gefühl von Sicherheit.

Sie huschte den Feldweg entlang, wechselte an der Bundesstraße die Straßenseite und lief zügig und lautlos durch die Nacht. Markus' Hof ließ sie hinter sich, dann den der Bolthagens. Kein Lichtschein schimmerte in der Nacht. Die Höfe lagen ruhig da. Vor der Auffahrt zum Rimmer-Hof blieb sie stehen, dankbar, dass ihr auf der Straße kein Auto entgegengekommen war. Sie wollte nicht gesehen werden. Von niemandem.

Die lang gezogene Auffahrt zum Hof von Sönke Rimmer lag dunkel vor ihr. Tief durchatmend, schlich sie schließlich los. Sie bewegte sich auf dem nasskalten Gras neben der Auffahrt, um das Knirschen von Sand und Steinen zu vermeiden. Als sie direkt neben dem Hofgebäude war, begann ihr Herz zu klopfen. Sie lugte vorsichtig um die Ecke auf den hinteren Hofplatz. Alles war ruhig. Vorsichtig tappte sie über die Hoffläche. Die Taschenlampe anzumachen, traute sie sich noch nicht. Aber sie wusste, wohin sie wollte.

Langsam schlich sie weiter. Neben dem alten Schuppen blieb sie schließlich stehen. Noch einmal blickte sie in die Dunkelheit um sich herum, dann knipste sie die Taschenlampe an. Sie lief ein paar Schritte durch das lange Gras. Die Nässe kroch in ihre Turnschuhe. Sie lenkte den Strahl der Lampe auf das erste kleine Holzkreuz. »Waldi«. Auf den zusammengenagelten Latten dahinter stand »John«. Zwei weitere Kreuze waren nicht zu entziffern. An dem Kreuz mit den krakeligen Buchstaben »Meikel« verharrte der Strahl der Taschenlampe.

»Meikel«, flüsterte Lyn. Sie lenkte den Strahl zurück auf das Kreuz mit dem Namen »John«, bevor sie die Lampe ausknipste. Sie schlich von den Kreuzen zum Schuppen zurück und lehnte sich gegen die raue kalte Holzwand. Was sollte sie tun?

Das Pferd von Sönke Rimmer hieß Darling. Die Familie im Peter-Pan-Buch hieß mit Nachnamen Darling. Die Darling-Kinder hießen Wendy, John und Michael. Zwei der toten Haustiere von Sönke Rimmer hießen John und Meikel. Der kleine Sönke hatte vielleicht nicht gewusst, dass der englische Michael zwar »Meikel« ausgesprochen wurde, aber wie der deutsche Michael geschrieben wurde.

Lyn starrte zum Bauernhaus. Hatte es nie einen Robin Hood gegeben? Immer nur Peter Pan? Und … war Sönke Rimmer dieser Peter Pan?

Lyn stieß sich von der Holzwand ab. Darling war kein ungewöhnlicher Pferdename. Vielleicht lag sie wieder völlig daneben. Und drei lächerliche Namen würden Staatsanwalt Meier und den Richter nur zu einem hämischen Lächeln bewegen. Lyn schlich über den Hofplatz zurück. Auf jeden Fall würde sie Wilfried morgen früh in seiner Sonntagsruhe stören. Die Spur war einfach zu heiß.

Sie lief gebückt am Hauptgebäude Richtung Auffahrt zurück, als sie aus dem Augenwinkel etwas wahrnahm, das sie abrupt stoppen ließ. Sie ging in die Hocke und starrte zum Bolthagen-Hof. Ein schwacher Lichtstrahl bahnte sich seinen Weg durch die dunkle Nacht. Das Licht einer Taschenlampe.

Lyn schluckte. Ein Déjà-vu? Schlich Hendrik Wolff wieder, genau wie sie, über das Grundstück eines Verdächtigen?

Nein. Mit Sicherheit nicht, denn Sönke Rimmer war für niemanden verdächtig. Außer für sie. Sie öffnete den Reißverschluss ihrer Jacke und griff nach der Waffe.

Das Licht kam näher. Irgendjemand lief vom Bolthagen-Hof über die kleine Schafweide zum Rimmer-Hof. Dirk Bolthagen?

Lyn machte sich noch kleiner. Hatte er das Licht ihrer Taschenlampe gesehen? Wollte er nachschauen, was auf dem Nachbarhof los war?

Aber der Strahl der Taschenlampe, der jetzt näher kam, wirkte zielgerichtet. Es gab kein Umherschwenken. Lyn hörte das leise Tappen von Schuhen. Sie glaubte, die Umrisse einer dunklen Gestalt auszumachen, bevor das Licht hinter dem Gebäude verschwand.

Lyn zögerte nur einen Moment, dann schlich sie an der Hauswand zurück und blickte um die Ecke. Jemand machte sich am Schloss der hölzernen Klöntür, die in die riesige alte Diele führte, zu schaffen.

Lyn zog ihren Kopf zurück. Sollte sie einschreiten?

Sie entschied sich instinktiv dagegen. Sie würde den Geschehnissen ihren Lauf lassen. Mit hämmerndem Herzen lugte sie noch einmal um die Ecke. In diesem Moment wurde die Tür von innen aufgerissen. Die Gestalt vor der Tür stieß einen erschrockenen Schrei aus, bevor eine Hand sie am Kragen packte und in die Diele zog.

Lyn gelang es, ihren eigenen Schreck unter Kontrolle zu halten. Tief ausatmend, schlich sie, die Waffe mit beiden Händen ausgestreckt haltend, Richtung Tür. Stimmen, nur gedämpft durch die dicke Tür dringend, waren zu hören. Dann ein lauter, gequälter Aufschrei. Lyn nahm die Waffe in die rechte Hand und griff mit der Linken zum Türdrücker. Aber die Tür gab nicht nach.

»Scheiße«, fluchte sie, bevor sie mit lauter Stimme rief: »Polizei! Öffnen Sie sofort die Tür!« Sie pochte gegen das Holz, ging einen Schritt zurück und wartete. Drinnen waren Geräusche zu hören. Dumpf. Dann sah sie durch die Türritze das Licht in der Diele ausgehen.

Sie zögerte nicht länger und feuerte einen gezielten Schuss auf das Schloss ab. Aber erst nach dem zweiten Schuss ließ sich die obere Türhälfte öffnen. Mit der linken Hand entriegelte sie die untere Hälfte der Tür, aber sie betrat die Diele noch nicht. Sie nahm erst die Taschenlampe aus der Jacke, schaltete sie ein und leuchtete dann in die schummrige Dunkelheit des Raumes.

»Polizei! Kommen Sie raus! … Herr Rimmer?«

Kein Geräusch war zu hören. »Herr Bolthagen? Sind Sie hier?«

∗∗∗

»Anna!« Er rüttelte grob an ihrer Schulter und zog die Bettdecke weg. »Anna, wach auf!«

Erschrocken setzte sie sich auf und starrte ihn an. »Frühstück?«, fragte sie unsicher und rieb sich die Augen.

»Nein, Anna, es ist noch Nacht. Komm, du musst aufstehen!« Er hob sie aus dem Bett und stellte sie auf ihre Füße.

Mit zittrigen Fingern begann er, ihr Pyjamaoberteil aufzuknöpfen. Sekunden später riss er das Oberteil auf. Die Knöpfe flogen durch den Raum.

Sie hatte keinen Blick dafür. Sie starrte nur auf seine Hände. »Blut«, rief sie weinerlich und sah zu ihm auf. »Peter blutet!«

Er griff nach der Bettdecke und fuhr damit über seine rechte Hand. »Das ist nicht Peters Blut, keine Angst.«

Angewidert und ängstlich starrte sie auf ihre rot gefärbte Bettdecke.

Als er ihr die Pyjamahose auszog, schlang sie die Arme um ihren Oberkörper. »Anna friert.«

Er hielt in der Bewegung inne und starrte auf ihren bebenden Oberkörper.

»Komm her«, flüsterte er, ging in die Knie und zog sie in seine Arme. Er hielt sie, seinen Kopf an ihren gedrückt, und wiegte sie sanft hin und her.

Sie wurde steif in seinen Armen, als er leise flüsterte: »Die Piraten sind da.«

Ihren aufkommenden Schrei erstickte er mit seiner Rechten. »Pscht, Anna, pscht«, er wiegte sie hin und her, »es ist alles gut! Du musst keine Angst haben. Sie bekommen dich nicht! Peter lässt nicht zu, dass sie dich kriegen!«

Eine Träne löste sich aus seinem Auge. Er nahm ihr Gesicht in beide Hände und presste seine Lippen auf ihre Stirn. »Ich hab dich lieb, Anna.«

»Anna hat Peter auch lieb«, flüsterte sie zurück.

Mit einem Räuspern stand er auf. »Wir spielen jetzt, Anna. Verkleiden.«

Er zog die Kiste unter dem Bett hervor und begann, in den Kostümen zu wühlen. Verwirrt sah sie ihm zu.

»Hier ist es«, sagte er, zog ein Kleid aus dem Karton und drehte sich zu ihr um. »Du bist jetzt Tiger-Lily.«

»Aber Anna mag jetzt nicht spielen …«

Er lächelte. »Es ist unser letztes Spiel, Anna.«

Die Betonung seiner Worte und der Ausdruck in seinen Augen ließen sie nach dem Kostüm greifen.

***

»Herr Rimmer? … Herr Bolthagen?« Lyns Ruf verklang in der dunklen Weite des Raumes.

Es kam keine Antwort. Beide Hände ausgestreckt, mit Taschenlampe und Waffe, betrat Lyn die Diele. Die Lampe von links nach rechts schwenkend, ging sie langsam vorwärts.

Sie wandte sich nach links, bückte sich und leuchtete unter

die Landmaschinen, hinter denen sich leicht jemand hätte versecken können. Aber keine Beine oder Schuhe waren zu sehen. Sie lief zur anderen Seite und leuchtete kurz die Strohballen ab. Sie wollte sich gerade wieder abwenden, als ihr Blick auf den Boden fiel. Sie knipste die Taschenlampe aus.

Ihr Herzschlag erhöhte sich. Deutlich zeichneten sich in der Dunkelheit zwischen den losen Strohhalmen die Umrisse einer Luke ab, denn ein feiner Streifen Licht drang von unten durch das Karree der Öffnung. Lyn schlich langsam darauf zu und knipste die Taschenlampe wieder an. Da! Ein Scharnier mit aufgeschobenem Riegel war zu sehen. Ihre Hand griff nach dem eisernen Ring darüber. Aber sie kam nicht dazu, die Luke aufzuziehen.

Eine dickliche, rote Flüssigkeit, die in einem dünnen Rinnsal an ihrem linken Fuß vorbeilief, ließ sie innehalten.

Blut!

Sie tauchte ihren behandschuhten Finger hinein und roch daran. Kein Zweifel. Es war Blut. Sie lenkte den Strahl der Taschenlampe auf die rot glänzende Spur, die an der großen Futterkiste endete. Lyn presste die Hand mit der Waffe gegen ihr wild schlagendes Herz.

Sie stand auf und blieb vor der Kiste stehen. Mit angehaltenem Atem hob sie den schweren Deckel an und ließ ihn gegen die Wand fallen.

»Mein Gott!« Ihre Hand tastete über einen Rücken in einer Steppweste. Der Hinterkopf eines Mannes war zu erkennen. Lyn versuchte, den gekrümmten Körper anzuheben, aber ein scharrendes Geräusch zu ihrer Rechten ließ sie herumfahren.

Die Strohhalme neben der Betonluke gerieten in Bewegung. Die Luke wurde von unten geöffnet.

Die Waffe mit ausgestreckten Händen in Richtung der Bodenöffnung haltend, wartete Lyn auf das Gesicht, das dort gleich auftauchen würde. Sie war ruhig. Ihre Hände waren ohne Zittern. Dies war der Moment der Wahrheit.

Aber das Gesicht, das jetzt in der Öffnung erschien, ließ sie die Waffe für einen Moment absenken. Es war ein zartes Gesicht, umrahmt von langem blondem Haar, auf dem ein grotesker Federschmuck thronte.

Einen grässlichen Schrei ausstoßend, starrte das Mädchen in dem Indianerkostüm Lyn mit weit aufgerissenen Augen an.

Das zweite Gesicht, das jetzt auftauchte, jagte Lyn einen Schauer über den Rücken. Nackter Hass, oder war es Wahnsinn?, blickte ihr aus zu Schlitzen zusammengepressten Augen entgegen. Das gellend »Peter! Peter!« schreiende Kind vor seinen Bauch gepresst, kam der Mann die Stiege herauf.

Lyn wich zurück. »Lassen Sie das Kind los, Rimmer! Sofort, oder ich schieße.«

»Nimm die Waffe runter, Piratensau«, kam es gepresst über Sönke Rimmers Lippen, »oder willst du das hier verantworten?«

In dem Licht, das aus dem Verlies heraufschien, schimmerte ein Messer in seiner Hand, das er jetzt direkt neben den Hals des Kindes hielt. »Du weißt, dass ich es tue. Wenn du willst, dass sie lebt, wirf die Waffe rüber.«

Lyns Herz raste. Das Kind schrie ununterbrochen und presste seinen Kopf seitlich an den Bauch des Mannes, ohne das Messer wahrzunehmen. »Peter! Mach, dass der Pirat weggeht!«, schrie sie, während sie einen irren Blick zu Lyn warf.

Lyn lenkte den Strahl ihrer Taschenlampe kurz in das Gesicht des Kindes. Ohne die Waffe herunterzunehmen, sagte sie: »Hab keine Angst, Elisa, ich bringe dich zu deiner Mama.«

»Neeiiin!« Der Schrei des Kindes war unmenschlich. »Nein, Peter, nein! Keine Mama! Nein.«

»Anna will nicht zu ihrer Mama. Hörst du das, Piratensau? Anna will bei Peter sein.« Sönke Rimmer machte, das Mädchen weiter an sich pressend, einen Schritt auf Lyn zu.

»Ich zähle bis drei«, zischte er, »wenn du die Waffe dann noch in der Hand hast, siehst du noch mehr Blut fließen.« Er nickte Richtung Futterkiste.

»Sie haben Dirk Bolthagen getötet, Rimmer. Machen Sie es nicht noch schlimmer. Sie wollen das Mädchen doch gar nicht töten. Sie lieben dieses Kind! Lassen Sie sie los.«

»Eins ...«

»Herr Rimmer, ich bitte Sie ...«

»Zwei ...«

»Nehmen Sie das Messer runter!«

»Dr–«

»Nein!«, schrie Lyn auf, als er das Messer hob. »Hier! Meine Waffe.« Sie ging in die Hocke und legte die Waffe langsam vor sich auf den Boden. Dann stand sie wieder auf. »Alles ist gut, Herr Rimmer.«

»Schieb sie rüber. Mit dem Fuß ... So ist es gut.« Mit dem wimmernden Kind im Arm, bückte er sich und nahm die Waffe. »Jetzt gib mir dein Handy! ... Und die Taschenlampe.«

Lyns Hand glitt langsam in ihre Jackeninnentasche. Sie legte ihr Handy und die Lampe ebenfalls auf den Boden und schob beides Rimmer zu.

Sönke Rimmer nahm das Handy und schmetterte es an die Wand, wo es in seine Einzelteile zersprang. Rimmers Kopf nickte Richtung Luke. »Geh da runter, Piratensau! Langsam.«

Als Lyn an ihm vorbeiging, spürte sie seinen heißen Atem auf ihrer Wange. »Du lebst nur noch, weil ich meine kleine Anna nicht erschrecken will«, zischte er ihr zu.

»Was haben Sie mit Elisa vor, Rimmer? Ich bitte Sie, tun Sie ihr nichts an!«

»Sie heißt Anna!«, schrie er los. »Anna! Sie ist meine Anna. Und jetzt halt dein Maul und geh da runter!« Er gab ihr einen derben Schubs Richtung Luke.

Lyn strauchelte und stieß mit dem Kopf gegen die raue Kante des Lukendeckels. Ihre Schläfe begann zu brennen. Benommen kam sie hoch und tappte schließlich langsam Stufe für Stufe die Stiege hinunter.

»Sie werden damit nicht durchkommen, Rimmer. Ich verspreche Ihnen, wenn Sie das Kind freilassen, werde ich mich für Sie verbürgen ...«

Herb lachend warf er seinen Kopf in den Nacken. »Hörst du das, Anna? Ein Piratenversprechen!«

Lyns Nackenhaare stellten sich auf, als die Kleine die Arme

um Sönke Rimmer schlang und rief: »Mach den Piraten tot, Peter. Mach ihn tot!«

»Später. Jetzt spielen wir Tiger-Lily.«

Es waren die letzten Worte, die Lyn hörte, bevor sich die Luke krachend über ihrem Kopf schloss. Sekunden später erlosch das Licht in dem Verlies.

SECHZEHN

Lyn stemmte ihre Hände mit aller Kraft gegen die Luke, aber sie gab nicht einen Millimeter nach. Sönke Rimmer hatte den Riegel vorgeschoben. Sie kletterte ein Stück höher und versuchte es mit Schulterkraft erneut. Das Ergebnis war dasselbe.

Feuchte Wärme an ihrer Wange ließ sie die Hand heben und über ihr Gesicht wischen. Sie blutete aus der Schläfe. Langsam rutschte sie auf dem Po die Stufen der Stiege hinunter, bis sie Boden unter den Füßen spürte. Es war stockfinster in dem Raum. Keine Kontur war auszumachen.

Mit vorgestreckten Händen tastete Lyn sich durch den Raum. Sie verfluchte ihren Entschluss, die Zigaretten im Auto zu lassen. In der Schachtel steckte ihr Feuerzeug. Aber vielleicht fand sich auch hier ein Feuerzeug oder ein Streichholz. Irgendeine Möglichkeit, Licht zu machen.

Sie fühlte Plastik zwischen ihren Händen und fuhr mit den Fingern darüber. Ein Vorhang.

Sie zog ihn zur Seite und stieß mit dem Fuß gegen Holz. Mit den Fingern ertastete sie die Kiste, während leichter Uringeruch ihre Nase streifte. »Ein Plumpsklo«, flüsterte sie und schrak zusammen, als neben ihr ein kratzendes Geräusch erklang. Sie tastete sich ein Stück vor, und ihre Finger streiften diesmal ein Maschennetz. Ein erneutes Rascheln konnte Lyn nicht mehr erschrecken.

»Du bist bestimmt das Kaninchen, das wir gesucht haben«, sprach sie in den Käfig.

Mit einer Hand tastete Lyn nach der Wunde an ihrer Stirn. Es blutete nicht mehr. Sie ging langsam weiter. Bis ihre Hände erneut auf einen Gegenstand stießen. Zweifellos ein Regal. Sie erfühlte Stoff, Bücher, kleine Pappkartons und Dinge, die sie nicht zuordnen konnte. Ein Feuerzeug oder Streichholz war nicht dabei.

»Scheiße, verdammte!«, fluchte sie in die Dunkelheit und

tappte weiter. Mit dem Knie stieß sie gegen ein Hindernis. Ein Bett. Mit den Händen tastete sie die Umrisse ab und setzte sich schließlich auf die Decke. Sie griff nach dem Kissen und drückte es an ihren Bauch. Ihr Blick wanderte durch die Dunkelheit.

Hier hauste sie seit über sechs Jahren. Die kleine Elisa Berchinger. In einem dunklen Verlies, ohne die Möglichkeit, sich selbst Licht zu machen. Angewiesen auf die Gnade von Sönke Rimmer. Und Nele! Elf lange Jahre in diesem Loch. Und dann, als ihre Regel kam, abgestochen wie ein Schlachtschwein.

Lyn schossen die Tränen in die Augen. Dann durchfuhr es sie heiß. Er würde zurückkommen. Und sie saß hier tatenlos auf dem Bett. Abrupt stand sie auf. Sie würde es ihm nicht einfach machen. Sie brauchte etwas, mit dem sie sich wehren konnte. Den Gedanken, dass er ihre Waffe benutzen könnte, um sie zu töten, verbat sie sich.

Mit den Händen ertastete sie ein Schränkchen neben dem Bett. Ein kleiner Nachttisch, auf dem ein Plüschtier saß. Es gab keine Lampe und keinen Wecker. In der Schublade fanden sich ein paar Buntstifte, loses Papier und ein Anspitzer. Lyn zögerte nicht. Besser als nichts. Sie spitzte drei Stifte und steckte sie in ihre Jackentasche.

Ein Karton unter dem Bett barg nur Kleidungsstücke. Dafür wurde sie unter dem Tisch fündig. Sie nahm den schweren Porzellankrug und schüttete das Wasser einfach auf den Boden. Die Hoffnung, eventuell eine Gabel oder ein Messer zu finden, erfüllte sich nicht. Sie tastete sich zur Stiege zurück und hockte sich auf das obere Drittel. Was, wenn er nicht zurückkam? Niemand wusste, wo sie war. Aber ... sie würden ihr Auto finden.

**

»Peter und Anna fahren zu einem Spielplatz. Peter und Anna fahren zu einem Spielplatz.«

Ihre Stimme strafte den hoffnungsvollen Inhalt ihrer Worte Lügen, während sie durch die Windschutzscheibe in die vorbeieilende Dunkelheit starrte.

»Peter und Anna fahren zu ei–«

»Sei ruhig Anna!«, fuhr er sie an. »Sei endlich ruhig.« Mit seiner Rechten fasste er ihren linken Arm. Er spürte ihre Gänsehaut. Seine Stimme veränderte sich, wurde ruhig. »Wir sind jetzt da. Bei dem Spielplatz. Bei einem anderen Spielplatz.«

Er stoppte den Wagen und stieg aus. »Warte.«

Sie hörte, wie er den Kofferraum öffnete. »Anna will nicht da rein«, murmelte sie, während sie mit dem Finger Kreise an die beschlagene Seitenscheibe malte.

Sie schrak zusammen, als er die Beifahrertür aufzog. Erstaunt musterte sie ihn im Licht der Innenbeleuchtung. »Peter ist auch verkleidet.«

Er nickte und streckte ihr seine Hand entgegen. »Komm jetzt, Anna. Wir gehen spielen.«

»Da ist kein Pirat.«

»Nein, meine Kleine Anna, dort ist kein Pirat. Ich verspreche dir, dass du niemals wieder einen Piraten sehen wirst. Komm.«

***

»Hiiilfe!« Lyn schrie aus Leibeskräften. Sie hatte kein Zeitgefühl mehr, aber vielleicht war auf dem Bolthagen-Hof draußen bereits Leben. Vielleicht war der alte Jakob schon im Kuhstall. Lyn schrie und schrie, obwohl sie wusste, dass außerhalb der dicken Mauern des Rimmer-Hofes sie niemand hören würde.

Irgendwann hörte sie auf zu schreien. Schluchzend sackte sie auf der Stiege zusammen. Der Gedanke daran, was Rimmer gerade mit der Kleinen anstellte, ließ sie schaudern.

Minuten später ruckte ihr Kopf hoch. Irgendetwas passierte über ihr. Ein dumpfes Geräusch von oben drang durch die Luke. Lyns Herz begann zu rasen. Rimmer? War er zurück?

Aber es gab auch noch eine andere Möglichkeit. Sie krabbelte die letzten Stufen auf allen vieren empor. »Hallooo? … Ist da jemand?«, schrie sie aus Leibeskräften.

»Sie … müssen … drücken«, klang es, kaum wahrnehmbar, durch die verschlossene Öffnung.

Den Porzellankrug, zum Ausholen bereit, fest in der rechten Hand haltend, stemmte Lyn ihre Schulter gegen die Betonluke. Überraschend leicht gab sie nach. Jemand hatte die Verriegelung gelöst! Langsam stieß Lyn die Luke bis zum Anschlag nach hinten. Direkt vor ihr auf dem Boden erklang ein gequältes Stöhnen.

Lyn warf den Krug in die Ecke und ertastete mit ihren Händen einen Körper. Eine Steppweste.

»Mein Gott … Herr Bolthagen! … Sie leben!«

Der Mann vor ihr stöhnte erneut. »Helfen … Sie mir!«

Lyn stieg über Dirk Bolthagen und tastete den Boden ab. »Ich versuche, meine Lampe zu finden, Herr Bolthagen. Vielleicht hat Rimmer sie hier liegen lassen.«

»Feu…er…zeug«, kam es über Bolthagens Lippen.

Mit zitternden Fingern tastete Lyn die Taschen seiner Weste ab. Dirk Bolthagen jaulte vor Schmerzen.

»Ich hab's. Ich hab's«, stieß Lyn erleichtert aus, »und das ist …«, überglücklich zog sie mit dem Feuerzeug einen weiteren Gegenstand aus seiner Westentasche, »… ein Handy!«

Sie knipste das Feuerzeug an. Mit dem hellen Schein leuchtete sie das schmerzverzerrte Gesicht des Bauern ab.

»Mein Gott!« Sie schwenkte den Lichtschein über seinen Oberkörper und den Bauch. Das karierte Hemd unter der offenen Weste klebte vor Blut.

»Bleiben Sie ruhig, Herr Bolthagen.« Lyn strich über seine Hand und griff nach seinem Handy. Ihre Finger zitterten, als sie die Eins-Eins-Null wählte.

»Mein Name ist Gwendolyn Harms, Kripo Itzehoe, ich brauche sofort einen Notarzt auf dem Rimmer-Hof in Wewelsfleth, Hinterm Deich 5. Ich habe hier eine schwer verletzte Person, Messerstichwunden im Bauchraum. Und dann verständigen Sie bitte die Kollegen von der Mordkommission … Genau. Wilfried Knebel. Sagen Sie ihm, dass Sönke Rimmer ein Kind, vermutlich Elisa Berchinger, entführt hat. Der Täter ist flüchtig und hat eine scharfe Waffe bei sich. Er ist wahrscheinlich mit seinem Wagen unterwegs, ich habe aber kein Kennzeichen und keinen Autotyp. Wenn Sie die Daten haben, muss umgehend eine Ringalarmfahndung ausgelöst werden. Er ist seit ungefähr fünfundvierzig bis sechzig Minuten unterwegs.«

Lyn legte auf. Alles Weitere musste warten. Erst musste sie sich um Dirk Bolthagens Blutung kümmern. Sie stand auf und begann, mit dem Feuerzeug die Wände der Diele abzusuchen. »Irgendwo muss doch ein verdammter Lichtschalter sein«, murmelte sie, während ihr Blick fahrig umherstreifte.

Da! Lyn presste die Augen einen Moment zusammen, als die grellen Neonröhren an der Dielendecke surrend ansprangen. Sie rannte zu Dirk Bolthagen zurück. Das matschig rote Hemd ließ sie schlucken. Er musste Unmengen von Blut verloren haben.

Entschlossen zog sie ihre Jacke aus. Dann den dünnen Pulli darunter, ebenso das langärmelige Baumwollshirt. »Ich muss Ihnen jetzt wehtun, Herr Bolthagen«, sagte sie und begann, sein Hemd aufzuknöpfen.

»Ich … habe Sönke … in der Nacht … gesehen … Die Nacht, in der die kleine … Johannson … starb. Er kam … spät in der Nacht … mit seinem Wagen … Ich kam von der … Gemein…deratssitzung und wunderte mich … wo er so spät herkam.« Dirk Bolthagens Gesicht verkrampfte sich.

»Hören Sie um Gottes willen auf zu sprechen, Herr Bolthagen«, sagte Lyn, »Sie haben viel Blut verloren. Der Notarzt wird gleich da sein.«

»Ich beobachte … ihn … seitdem. Ich sah … ein Licht heute Nacht …«

»Das war ich, Herr Bolthagen … Hätten Sie nur ein Wort gesagt. Vorher.«

»Ich schwärz … doch keinen Nachbarn … an … Musste mir … erst sicher sein.« Dirk Bolthagen schrie auf, als Lyn sein Hemd von der Wunde zog. »Dieses … Schwein … Rammt mir ein Messer … in den Bauch!«

Sein Kopf sackte mit einem dumpfen Stöhnen zur Seite, als sie ihr zu einem Knäuel gedrehtes Shirt auf die klaffende Wunde drückte und die Ärmel ihres Pullis unter seinem Rücken hindurchzog und fest über dem Shirtknäuel verknotete. »Das wird die Blutung hoffentlich stoppen«, flüsterte sie Dirk Bolthagen zu.

Es kam keine Antwort. Ihre Finger suchten sein Handgelenk. Ein leichtes Pulsflattern ließ sie aufatmen. Er war nur bewusstlos. Sie griff nach ihrer Jacke und zog sie über ihren nur noch mit einem BH bekleideten Oberkörper.

Das ferne Geräusch des Martinshorns ließ Lyn aufspringen. Endlich! Niemals in ihrem Leben waren Minuten so zähflüssig verlaufen, wie in der vergangenen Viertelstunde, die sie neben dem bewusstlosen Bauern ausgeharrt hatte.

Sie rannte nach draußen und lief die Auffahrt hinunter. Es war immer noch stockdunkel. Winkend lotste sie den Rettungswagen zum Hinterhof des Rimmer-Hofes. Zeitgleich mit dem Notarzt traf der erste Streifenwagen ein.

Unendliche Erleichterung durchfloss Lyn, als das nächste Fahrzeug sich als Wilfrieds Passat herausstellte.

»Lyn!« Wilfried Knebel lief ihr entgegen. »Du meine Güte, was machst du hier? Was ist passiert?« Sein Blick glitt über ihr blutiges Gesicht.

»Ich bin okay, Wilfried … Sönke Rimmer. Er ist unser Robin Hood. Er hat die Kleine bei sich. Ich habe sie gesehen, Wilfried. Ich hatte sie direkt vor mir, aber ich konnte nichts tun. Ich musste ihm meine Waffe geben. Er hätte sie sonst getötet.«

»Kannst du mir erklären, was du hier überhaupt machst, Lyn?« Wilfried klang jetzt reserviert. »Als die Leitstelle anrief, dachte ich, ich träume. Ein Schwerverletzter, ein Entführer, ein vermisstes Kind … Arbeitest du jetzt im Alleingang?«

Lyn reckte ihr Kinn. »Ich wollte dich ja informieren. Sofort heute Morgen. Ich war auf dem Weg nach Hause, als die Dinge hier ihren Lauf nahmen … Ihren tragischen Verlauf«, fügte sie etwas leiser hinzu.

Sie klärte ihren Chef knapp und präzise über die Gegebenheiten auf. Von Sophies Deutung des Phantombildes über die Kreuze des Tierfriedhofes bis zum Auftauchen von Dirk Bolthagen und Rimmer mit dem Mädchen.

»Ein Anruf, Lyn, ein Anruf!«, stieß Wilfried gequält aus, »*bevor* du dich hierher aufgemacht hättest!«

»Ich musste mir erst selbst Gewissheit verschaffen«, verteidigte sie sich, »oder was hättest du Staatsanwalt Meier sagen wollen? Dass unser Robin Hood plötzlich ein Peter Pan ist? Und dass wir einen Peter Pan sofort liefern können, weil sein Pferd Darling heißt?«

Lyn stiegen die Tränen in die Augen. »Ich weiß, dass ich nicht korrekt gehandelt habe, Wilfried, aber es war in bester Absicht. Ich wollte nicht schon wieder einen eventuell Unschuldigen belasten …«

»Schon gut, Lyn.« Wilfried klang jetzt milder. Er setzte sich in Bewegung. »Wir klären das später. Im Moment gibt es Dringenderes. Zeig mir die Diele und das Kellerverlies. Dann müssen wir Haus und Hof durchsuchen, um die geringe Wahrscheinlichkeit, dass er noch hier ist, auszuschließen. Die Ringalarmfahndung läuft übrigens. Thilo koordiniert alles in Itzehoe. Obwohl kaum Chancen bestehen, wenn Rimmer wirklich gleich gefahren ist, nachdem er dich in den Keller gesperrt hat. Er kann schon Gott weiß wo sein.«

»Er hat mein Handy zertrümmert«, entschuldigte Lyn sich, »ich konnte euch nicht eher anrufen. Hätte Bolthagen sich nicht aus der Holztruhe gequält und die Luke geöffnet, säße ich immer noch da unten.« Sie deutete durch die Tür, an der sie jetzt angelangt waren, in die Diele.

»Du setzt dich jetzt hier hin«, sagte Wilfried und bugsierte sie auf einen der Strohballen, »für dich ist nun Pause. Brauchst du auch einen Arzt?« Sein Blick glitt zu den Sanitätern und dem Notarzt, die sich nach wie vor um den bewusstlosen Dirk Bolthagen bemühten.

Lyn schüttelte den Kopf.

»Gut, dann warte hier auf Hendrik und Karin. Die müssen auch jeden Moment hier sein. Klär sie auf. Ich gehe mit den Schutzpolizisten ins Wohnhaus. Das Verlies überlassen wir zuerst der Spurensicherung. Karin kann die Durchsuchungen der Schuppen und Ställe organisieren. Hendrik sollte vielleicht erst einmal die Eltern von Bolthagen informieren.«

Mit der Hand an der Kehle sah Lyn zu, wie der Notarzt versuchte, Dirk Bolthagen am Leben zu halten. Sie zuckte zusammen, als sie ihren Namen hörte. Ihr Kopf ruckte herum, und sie sah Hendrik Wolff auf sich zulaufen.

»Lyn? … Lyn!« Sein Blick glitt über ihr Gesicht und blieb an ihrer blutverkrusteten Schläfe hängen, als er vor ihr stand. »Du … du bist verletzt!« Er ging in die Hocke und nahm Lyns Hände in seine. »Alles okay mit dir?«

Die Wärme seiner Hände durchdrang sie gänzlich. Trotzdem entzog sie sie ihm. »Ich muss also erst bluten, damit du mich Lyn nennst?«

Hendrik starrte sie verwirrt an. »Wie …?«

»Du hast mich nicht Bavaria oder Gwendolyn genannt!«

»Ich weiß nicht, was du da faselst. Du bist ganz blass! Ich bring dich zu einem Arzt.«

»Wer braucht einen Arzt?« Karin Schäfer tauchte hinter Hendrik auf.

»Er spinnt«, sagte Lyn, »keiner braucht einen Arzt. Außer«, sie deutete zur Luke, »Dirk Bolthagen. Er ist immer noch nicht transportfähig. Sie stabilisieren ihn noch. Hoffentlich schafft er es.«

Sie weihte Hendrik und Karin in das Geschehene ein und gab Wilfrieds Anweisungen weiter.

»Grotesk«, stieß Hendrik aus, nachdem Lyn ihren Bericht beendet hatte und sein Blick zu dem Notarztwagenteam zurückkehrte. »Rimmer gelingt es anscheinend nie, seine Opfer mit dem Messer sofort zu töten. Wir wollen beten, dass Bolthagen mehr Glück hat, als die kleine Nele.«

»Im Haus sind Rimmer und das Mädchen definitiv nicht mehr«, sagte Wilfried, »wir haben jede Tasse umgedreht. Sind Hendrik und Karin noch draußen?«

Lyn nickte. »Es gibt hier so viele Ställe und Schuppen … Wenigstens hatte der Notarzt Bolthagen so weit stabil, dass sie fahren konnten«, fügte sie hinzu. »Sie sind gerade weg.«

Die Arme um den Oberkörper geschlungen, lief sie durch die

Diele. »Mein Gott, irgendetwas müssen wir doch noch tun können!«, stieß sie verzweifelt aus. »Wir –« Sie brach ab, als Wilfrieds Handy klingelte und er sich meldete.

Ihr Herz begann zu rasen, als er laut in den Hörer schrie: »Was? …«

»Was ist los?«, redete sie einfach dazwischen. Intuitiv wusste sie, dass etwas Gravierendes geschehen war.

Wilfried Knebel brachte sie mit einer abwehrenden Handbewegung zum Schweigen. »Mein Gott … Nein!«, rief er in den Hörer. »Tun Sie, was er sagt! Lassen Sie ihn hier rein.«

Er ließ die Hand sinken und starrte sekundenlang auf das Handy.

»Was ist los, Wilfried?« Lyn suchte seinen Blick.

»Rimmer«, stieß er aus und starrte durch die Diele zur Tür, die nach draußen führte. »Rimmer ist hier.«

»Wa–?« Lyn blieb das Wort in der Kehle stecken.

Dann geschahen mehrere Dinge gleichzeitig. Die zweigeteilte Tür wurde von außen aufgestoßen. Lyn sah nur zwei Rücken. Polizeibeamte, die mit gezogener Waffe rückwärts durch die Tür kamen und sich langsam in die Diele bewegten. Dann kam Rimmer. Dicht gefolgt von zwei weiteren Schutzpolizisten mit ebenfalls gezückter Waffe.

»Mein Gott«, flüsterte Lyn.

Sönke Rimmer hielt ein Messer in beiden Händen. Die Spitze deutete auf seinen Kehlkopf.

Einer der Beamten drehte sich jetzt um und sprach Wilfried an. »Er stand plötzlich auf der Auffahrt. Er hat gesagt, er rammt sich das Messer in den Hals, wenn wir ihn nicht sofort hierherbringen. Das haben wir getan … Das Mädchen war nicht bei ihm.«

»Ich will, dass ihr hier mit mir wartet! Alle! Wenn sich mir einer auch nur noch einen Schritt nähert, stech ich mich ab. Habt ihr das verstanden? Ich steche mich ab. Und dann werdet ihr nie erfahren, wo sie ist.«

Sönke Rimmer klang ruhig und beherrscht, während er sprach. Sein Blick glitt von den Beamten, die ihn umringten, zu Wilfried und verharrte schließlich bei Lyn.

Lyns Blick glitt über sein Hemd, das er unter seiner Jacke trug. Ein Blutfleck war zu erkennen. Lyn schluckte. War es Elisas Blut? Was hatte er mit ihr gemacht? Er hatte auf der Auffahrt gestanden, hatte der Polizist gesagt. Wo war sein Auto? Durch die offen stehende Tür sah sie, dass die Beamten draußen hektisch wurden. Hendrik und Karin mussten jetzt agieren. Die Fahndung nach dem Wagen lief vermutlich auf Hochtouren.

Lyn hielt dem lauernden Blick Rimmers stand. Warum war er zurückgekehrt?

»Wie spät ist es?«, fragte er plötzlich.

Irritiert blickte Lyn auf ihre Armbanduhr. »Es ist sieben Uhr fünfunddreißig.«

»Wo ist Elisa, Rimmer?« Wilfrieds Stimme klang ruhig.

Die Spitze des Messers ritzte in die Haut seines Halses, als Rimmer schrie: »Sie heißt Anna!«

Wilfried war einen Moment irritiert.

»Anna wird sich ohne Sie fürchten, Herr Rimmer«, ergriff Lyn das Wort. »Sie liebt Sie! Sie wartet bestimmt auf Sie. Warum sagen Sie uns nicht, wo sie ist?«

Sönke Rimmer starrte sie an. »Ich muss meine Schwester beschützen! Vor dir! Vor dir und Bolthagen!« Steif drehte er seinen Oberkörper, während seine Stimme anschwoll. »Vor euch allen, ihr Piratenschweine!«

»Ihre Schwester?« Lyn war irritiert. Er bildete sich ein, eine Schwester zu haben? »Ich wusste gar nicht, dass Sie eine Schwester haben, Herr Rimmer.« Lyn war sich der Brisanz ihrer Worte bewusst. »Ich dachte, Sie wären das einzige Kind Ihrer Mutter.«

Wie würde er reagieren?

Einen Moment schloss er die Augen. Als er sie wieder öffnete, schwammen Tränen darin. Seine Stimme zitterte. »Keiner weiß das. Er hat sie versteckt. Er hat das Zimmer gebaut.«

Sein Blick glitt zur Luke, dann wieder zu Lyn. »Peter hat gelacht, als er tot war. Endlich tot!«

Irritiert blickte Lyn zu Wilfried. Was redete Rimmer da?

»Wer ist *er*, Herr Rimmer?«, wagte Wilfried eine Frage.

Sönke Rimmer presste die Augen zu Schlitzen zusammen. »Ein Pirat! Genau wie sie. Sie war auch ein Pirat. Sie hat gesagt, es ist besser so. Sie hat eine Tüte über Annas Kopf gezogen.« Rimmer schloss kurz die Augen. »Peter musste sie eingraben.«

»Von wem reden Sie, Rimmer? Wen meinen Sie mit *sie*? Und wen haben Sie eingegraben?«, hakte Wilfried nach.

Sönke Rimmer ließ die Fragen unbeantwortet. »Wie spät ist es?«

Lyn schüttelte den Kopf. Warum fragte Rimmer andauernd nach der Zeit?

Wilfried schien ihre Gedanken zu teilen. Er sah auf seine Uhr. »Sie scheinen einen dringenden Termin zu haben, Herr Rimmer.«

»Ich muss nur zu Ende spielen«, murmelte er. »Die Piraten dürfen Tiger-Lily nicht kriegen. Gleich ist das Spiel zu Ende … Und die Piraten haben verloren.«

In Lyn schrillten die Alarmglocken. Das klang nicht gut. Die Piraten, also sie, sollten gleich verloren haben? Welches Spiel meinte er? Und was hatte die Uhrzeit damit zu tun?

»Tiger-Lily!«, flüsterte Lyn, als ein ungeheuerlicher Gedanke allen Platz in ihrem Hirn beanspruchte. »Mein Gott«, stieß sie aus und starrte Wilfried an, »er spielt Tiger-Lily mit ihr! Sie trug ein Indianerkleid, als ich sie gesehen habe.«

Wilfried hob die Schultern. »Ich verstehe nicht …«

»Tiger-Lily ist ein Indianermädchen aus dem Peter-Pan-Buch!«, brach es aus Lyn heraus. »Im Buch wird sie von den Piraten bei Ebbe an einen Pflock gebunden und … Mein Gott! …«, ungläubig starrte sie Sönke Rimmer an, »Sie … Sie wollen sie ersäufen! Damit wir sie nicht kriegen.« Hektisch drehte sie sich zu Wilfried um. »Wir müssen an die Elbe! Mein Gott, die Flut! Darum fragt er immer nach der Uhrzeit.«

Ein grausiges Lachen erklang. Entsetzt starrten alle auf Sönke Rimmer.

»Ticktack, ticktack«, flüsterte er mit weit aufgerissenen Augen, während er die Hände mit dem Messer von der Kehle nahm, »zu spät, Piratensau, du bist zu spät. Die Flut ist da! Und meine

Anna muss keine Angst mehr haben. Vor der Mama. Und vor euch!«

Lyn schrie auf, als er das Messer mit beiden Händen über den Kopf hob und auf sie zulief.

Die Schüsse aus den Waffen ihrer uniformierten Kollegen hallten in ihren Ohren, als Sönke Rimmer drei Schritte vor ihr auf dem Boden zusammenbrach.

Lyn stand wie erstarrt, während Hendrik, Karin und weitere Beamte in die Diele stürmten.

»Ist alles in Ordnung?«, fragte Hendrik besorgt in die Runde, mit Blick auf den am Boden liegenden Rimmer.

Wilfried beugte sich über den leblosen Körper. Einer der Beamten, der geschossen hatte, kniete sich neben Wilfried. »Ist er ...?«

Als Wilfried nickend eine Hand auf die Schulter des Beamten legte, kam Leben in Lyn. »Schnell!«, schrie sie auf und griff nach Hendriks Hand, »wir müssen an die Elbe. Mit allen Leuten, die wir haben. Er hat das Kind ins Wasser gebracht. Wir müssen den Elbstrand absuchen. Wo ist dein Wagen? Schnell, wir brauchen ein Auto!«

»Ich koordiniere hier alles«, sagte Wilfried, der sein Handy schon in der Hand hatte, »fahrt los! Ich schicke euch alles hinterher, was ich kriegen kann. Als Erstes informiere ich die Wasserschutzpolizei.«

»Komm«, sagte Hendrik nur und zog Lyn mit sich. Sie rannten die Auffahrt hinunter zu dem Dienstwagen, den Hendrik am Straßenrand geparkt hatte.

»Fahr schneller, Hendrik! Fahr doch schneller!« Lyn saß auf der vorderen Kante des Beifahrersitzes und starrte durch die Windschutzscheibe. »Da! Fahr rechts, Richtung Deich. Wir gehen in Hollerwettern über den Deich. Ich weiß, dass er da irgendwo seine Reusen hat. Er hat mal gesagt, es wären die letzten vor der Störmündung.«

Hendrik raste die schmale Straße entlang. Dicht gefolgt von weiteren Streifenwagen.

»Hier, geh du ran«, sagte Hendrik, als sein Handy klingelte, und drückte es Lyn in die Hand.

»Harms … Was? … Nass … Oh, scheiße! … Ja, ja wir sind gleich da …«

Lyn steckte das Handy in Hendriks Jackentasche. »Das war Wilfried. Sie haben Rimmers Wagen gefunden. In irgendeiner Scheune auf dem Feld. Von Elisa keine Spur. Im Kofferraum lagen seine Watthosen. Nass.«

Einen Moment starrte sie aus dem Fenster, fassungslos den Kopf schüttelnd. »Du hättest sie sehen sollen, Hendrik! Wie sie sich an ihn geklammert hat. Er war alles, was sie hatte. Und er? … Er lässt Peter Pan zum Piraten werden. Er ersäuft sie. Nur, damit wir sie nicht kriegen.«

Hendrik sagte kein Wort. Aber seine Handknöchel traten weiß hervor, als er das Lenkrad noch fester umklammerte.

»Verdammt!«, stieß Lyn aus, als sie den Deich erreichten und vor einem Eisengatter halten mussten. Sie sprang aus dem Wagen, zog das Gatter auf und sprang wieder ins Auto.

»Da«, lotste sie Hendrik, »rechts den Weg zum Deich rauf. Bleib oben auf dem Deich! Wir brauchen einen Überblick!«

Sie sprang heraus, als Hendrik den Wagen auf der Deichkrone stoppte.

»Oh, mein Gott«, weinte Lyn auf.

Erschüttert legte Hendrik einen Arm um ihre Schulter. »Die Flut«, flüsterte er und starrte auf das Wasser, das mächtig und grau ans Ufer platschte. Nah. Zu nah.

Lyn rannte den Deich hinunter. Niemals vorher war ihr die Elbe so eisig, so grau, so kalt erschienen. Ein gefräßiges Monstrum, das alles vernichtete, was ihm in den Weg kam.

Verzweifelt glitt ihr Blick über das undurchsichtige Wasser. Sie suchte den Punkt, wo die Reusen von Heinrich Kelting liegen mussten. Aber es gab nichts zu sehen. Nur Wasser. Hektisch suchte ihr Blick die linke Seite ab. Wo waren Rimmers Reusen? Wieder und wieder glitt ihr Blick über das Wasser, obwohl sie wusste, dass es zu spät war. Alle Reusen waren überflutet.

»Da hinten treibt etwas im Wasser«, schrie einer der ausgeschwärmten Schutzpolizisten aus der Ferne. Lyn und Hendrik rannten zu ihm. Ein anderer Beamter holte bereits ein Fernglas aus einem Streifenwagen.

»Das ist kein Mensch«, sagte Hendrik, während er auf das Wasser starrte, »vielleicht eine Plastiktüte. Sieht bunt aus.«

Lyn hatte dem Polizisten bereits das Fernglas aus der Hand gerissen. »Mein Gott!«, stieß sie aus, »das … das ist ihr Federschmuck.« Sie ließ das Fernglas einfach fallen und rannte los.

Bis zu den Knien war sie bereits im Wasser, als Hendrik sie einholte. »Spinnst du?«, fuhr er sie an, packte sie am Arm und zog sie zurück. »Du kannst da nicht hinschwimmen! Es ist zu weit. Und … *sie* ist nicht dort, Lyn … Es sind nur die Federn, die im Wasser treiben. Wir warten auf die Kollegen von der Wasserschutzpolizei.«

»Sie ist tot«, weinte Lyn auf, während er sie ins Trockene zog. Ihren Blick hielt sie dabei auf das graue Wasser gerichtet. »Sie ist tot!«

Lyn starrte Hendrik an. »Ich hatte sie vor mir! Sie war nur zwei Schritte von mir entfernt. Ich hätte ihm die Waffe nicht geben dürfen. Ich hätte schießen müssen. Vielleicht würde sie dann noch leben!«

Hendrik zog sie in seine Arme. »Hör auf, Lyn! Du hast alles richtig gemacht. Und die Hoffnung stirbt zuletzt. Vielleicht finden wir sie. Sieh doch«, er deutete nach rechts, »es kommen immer mehr Beamte, die das Ufer absuchen.«

Lyn ließ ihren Kopf an seiner Brust. Sie wusste, dass keiner der Polizisten sie finden würde. Sönke Rimmer hatte sein grausames Spiel gewonnen. Verloren hatte Elisa. Verloren hatte Nele. Verloren hatten die Johannsons. Und die Berchingers.

In ihr Schluchzen mischte sich ein leises, quietschendes Geräusch. Lyn wusste, dass sie es schon einmal gehört hatte, hob den Kopf aber erst, als sich ein entferntes Rufen dazugesellte. Ein Ruf nach Hilfe.

Auch Hendrik hatte es gehört. Er ließ sie los und drehte sich um. Vonseiten der Störmündung kam ein alter Mann, einen Handkarren hinter sich herziehend, gelaufen.

»Hein Kelting«, flüsterte Lyn, »er ruft um Hilfe.«

Zusammen mit Hendrik lief sie dem alten Mann entgegen.

»Hilfe!«, krächzte er immer noch, als sie vor ihm standen.

»Herr Kelting!«, stieß Lyn entsetzt aus, »Sie sind klatschnass! Was machen Sie denn nur?«

Heinrich Kelting zitterte wie Espenlaub. Seine ansonsten ausgebeulte Cordhose klebte wie eine zweite Haut an seinen Beinen.

»Ich war ja schon fast um die Kurve, Richtung Sperrwerk, als ich die Polizeiautos sah«, setzte er zu einer Erklärung an, »da bin ich dann umgedreht. Weil, hab ich gedacht, dann können die mir ja vielleicht helfen. Das Wasser war ja eisig. Und nun treff ich Sie hier, Frau Harms.«

»Kommen Sie«, sagte Lyn und griff nach seinem Arm, »ein Kollege fährt sie nach Hause. Sie müssen raus aus den nassen Sachen. Sind Sie ins Wasser gefallen?«

Seine hellblauen Augen blitzten sie empört an. »'n Tattergreis bin ich noch nicht! Im Gegenteil, wie 'n junger Gott musst ich laufen, damit ich's noch schaff. Und das mit meiner Arthrose. Aber das Wasser stand ihr schon bis zur Brust.« Mit einem Ruck zog er die Plastikplane von seinem Handkarren.

Lyns Knie gaben nach. Aufschluchzend sackte sie neben dem Karren nieder. Ihr Blick umfasste das bebende, nasse Bündel in dem Indianerkleid. Automatisch streckte Lyn die Hand nach dem kleinen Gesicht aus, aber sie zog sie erschrocken zurück, als das Mädchen einen lauten, monotonen Singsang begann.

»Aaahhhaaahhhaaahhh …«

»Elisa!«, stieß Hendrik ungläubig aus und ging ebenfalls in die Knie. Er starrte Heinrich Kelting an. »Sie haben das Kind gerettet! Sie lebt!« Er stand gleich wieder auf und klopfte Hein Kelting auf die Schulter. »Sie sind ein Held.« Er drehte sich um und schrie gegen den Wind: »Alle hierher! Wir haben das Kind!« Dann nahm er sein Handy und wählte den Notruf.

»Zwei Rettungswagen sind unterwegs«, sagte er, nachdem er das Gespräch beendet hatte.

Lyn hörte ihn nicht. Sie konnte ihren Blick nicht von dem

Kind wenden. Die Beine an den Bauch, die kleinen Fäuste an den Mund gepresst, lag das Mädchen auf dem mit einer dreckigen Folie ausgelegten Karren und hörte nicht auf, dieses monotone Geräusch von sich zu geben. Lyn griff sich an den Hals.

Es war nicht der ununterbrochen zitternde, schmale Körper des Kindes, der sie erschauern ließ. Es war auch nicht der schaurige Singsang. Nein. Es war der Ausdruck der blauen Kinderaugen. Leer, fast wie tot, starrten sie auf die Karrenwand.

»Anna?«, flüsterte Lyn leise und hob ihre Hand, um über das blasse Gesicht zu streicheln. Aber sie hielt erneut in der Bewegung inne. Für dieses Kind war sie das personifizierte Grauen. Langsam nahm sie die Hand zurück.

»Warum nennst du sie Anna?« Hendrik starrte auf das blonde Köpfchen, während er seine Jacke auszog und sie über das Mädchen legte. »Sie ist doch Elisa, oder? Sie sieht ihr doch ähnlich. Das Foto als Dreijährige …«

»Es ist Elisa«, unterbrach Lyn ihn leise und stand auf, »sieh!« Sie deutete auf die Augenbraue, die zu sehen war. Feine, blonde Härchen, unterbrochen durch eine winzige Narbe.

»Aber sie weiß nicht, dass sie Elisa ist«, setzte Lyn leise hinzu.

Lyn öffnete die Wagentür für Heinrich Kelting, nachdem ein Beamter den Streifenwagen neben dem Handkarren geparkt hatte. Hendrik hob das Kind aus dem Holzkarren und trug sie zum Wagen. Vorsichtig bettete er sie auf den Rücksitz. »Im Kofferraum sollte eine Decke sein«, sprach er Lyn an, »wir müssen die Kleine aus den nassen Sachen holen.«

Lyn nickte und half Hendrik, die klammen Kleidungsstücke vom Körper des apathischen Kindes zu ziehen. Nachdem sie Elisa in die Decke und Polizistenjacken eingehüllt hatten, zog Lyn die Jacke, die ein Schutzbeamter Heinrich Kelting gegeben hatte, fester um dessen Schultern. »Die Heizung läuft auf Hochtouren, Herr Kelting«, sagte sie, »gleich wird es wärmer.«

»Wie sie mich angeguckt hat … Ich glaub, das werd ich nie wieder los«, sagte Heinrich Kelting und blickte zum Rücksitz, wo Elisa Berchinger lag, ohne einen Moment mit dem Singsang aufzuhören.

»Das Wasser schlug ihr schon an 'n Hals. So 'ne kleine Deern. Angebunden am Reusenpfahl … Was für 'n Schwein! … Ihr Mund war zugeklebt. Damit sie keiner hört, wenn sie schreit. Als ich ihr das Klebeband abgemacht hab, ist sie mit diesem komischen Gesumme angefangen. Hat nicht aufgehört, bis ich ihr die Folie über den Wagen gelegt hab, damit sie's wärmer hat. Da war sie plötzlich ruhig. Und nun hört sie wieder nicht auf. Hat wohl ein'n zu viel gekriegt, was? Hätten wir wohl auch.«

Lyn nickte. »Sie ist schwer traumatisiert. Ich habe das Gefühl, sie ist gar nicht in dieser Welt.«

Heinrich Kelting sah Lyn an. »Also, Frau Harms, wenn Sie den Kerl jetzt nicht bald mal kriegen, denn weiß ich auch nicht mehr … Ich kann doch nicht immer tote und halb tote Mädchen finden, oder? Sie müssen mal 'n bisschen Dampf machen!«

Lyn strich über seine Schulter. »Wir haben ihn, Herr Kelting«, flüsterte sie, sodass das Kind sie nicht hören konnte. »Er ist tot.«

SIEBZEHN

»Dieser Singsang jagt einem Schauer über den Rücken«, sagte Lyn leise, während sie dem Rettungswagen nachblickte, der gerade mit Elisa Berchinger hinter dem Deich verschwand. »Sie muss vor Angst halb wahnsinnig sein. Und jetzt ist ihre einzige Kontaktperson tot. Ab sofort hat sie nur fremde Menschen um sich. Selbst ihre Mutter wird eine Fremde für sie sein.«

»Glaubst du nicht, dass Elisa sich an sie erinnern wird?«, fragte Hendrik. »Das Wiedersehen mit ihr wird vielleicht etwas in ihr auslösen.«

»Hoffen wir, dass du recht hast.«

Hendriks Blick glitt über Lyns verkrustete Wunde an der Schläfe. »Soll ich dich zu einem Arzt bringen? Oder nach Hause?«

»Ich bin okay«, sagte Lyn, »aber trockene Sachen würden uns beiden guttun, denke ich. Ich spüre meine Füße kaum.« Schuldbewusst sah sie auf Hendriks Beine, die, wie die ihren, bis zu den Knien durchnässt waren, weil er ihr in die Elbe nachgelaufen war.

»Zieh dir trockene Sachen und vor allem *mehr* an«, sagte Hendrik mit Blick auf ihre Jacke, unter der sie nur ihren BH trug, »dann komm zum Rimmer-Hof.« Er nahm ihren Arm und drückte sie in den Streifenwagen. »Ein Schutzpolizist wird dich fahren.« Er winkte einem der Kollegen zu.

Sie ließ die Seitenscheibe des Wagens herunter. »Und du fährst gleich zum Hof? Du wirst dich erkälten, wenn du in diesen nassen Sachen bleibst.«

Hendrik beugte sich zu ihr herunter. »Tu mir einen Gefallen, Bavaria«, seine Stimme klang gereizt, »betrachte mich nicht mit diesem mütterlichen Blick!«

»Aber ich bin schuld, dass du nass bist …«

Er grinste. »Du hast andere Möglichkeiten, das wiedergutzumachen.«

»Wir sehen uns bei Rimmer, Wolff«, schnaubte Lyn und fuhr die Scheibe hoch.

Lyn ging zur Seite, um die Kollegen von der Spurensicherung nicht bei ihrer Arbeit zu behindern. Sie tappte vorsichtig zu dem Regal und betrachtete die Dinge darauf. Einige davon hatte sie Stunden zuvor im Dunkeln in der Hand gehabt.

»Wie sieht's hier unten aus?« Hendriks Stimme erklang oben an der Luke.

»Komm runter und sieh's dir an«, antwortete Lyn und ging zur Stiege.

»Bavaria! Du bist schon hier? So schnell hätte ich dich nicht erwartet.«

»Wie ich sehe, hast du die Zeit auch zum Umziehen genutzt«, antwortete sie grinsend. »Schick!«

Er trug blau-weiß gestreifte Badelatschen, darin weinrote Socken.

»Hauptsache trocken«, sagte Hendrik. »Wilfried hat seine Socken geopfert, Karin hatte die Latschen im Auto. Gehören ihrem Mann.« Er zog sich ein paar weiße Überschuhe über die Latschen und kletterte die Betonstiege herab.

»Das ist so grotesk«, Lyn deutete in den Raum, »die niedliche Bettwäsche, Kuscheltiere, eine Puppe, Kindergeschirr! Alles anscheinend liebevoll ausgesucht … Und dann dieses dunkle, kalte Loch!«

Sie deutete zu dem kleinen Elektroofen neben dem Tisch. »Der kann doch auch nicht viel Wärme gebracht haben.«

»Selbst im Sommer muss es hier unten kalt gewesen sein«, gab Hendrik ihr recht.

»Das erklärt auch, warum Nele diese dicke Wolljacke und das langärmelige Shirt trug«, sagte Lyn, während ihre behandschuhte Hand über einen dicken Kinderpulli auf dem Regal strich.

»Ist das nicht Wahnsinn?«, sagte Hendrik erschüttert und blickte sich um, »Nele war nur eine halbe Autostunde von ihrer Familie entfernt. Elf lange Jahre. So nah! Und doch so unerreichbar.«

Lyn nickte. Sie konnte nicht sprechen, weil nach seinen Worten ein dicker Kloß in ihrem Hals saß. Sie ging zu dem Käfig und öffnete die Tür. Vorsichtig nahm sie das Kaninchen heraus und kraulte das weiche Fell hinter den Löffeln. Sie räusperte sich.

»Wir müssen Elisa unbedingt das Kaninchen bringen! Es bedeutet für sie ein Stück Zuhause. Ich werde gleich in der Itzehoer Psychiatrie anrufen.«

»Eine gute Idee«, stimmte Hendrik ihr zu. »Wenn die Spurensicherung durch ist, packen wir ein, was sie braucht. Kleidung und ... das hier.« Er griff nach dem Kuscheltier auf dem Bett und betrachtete es. »Ihr Teddybär. Fast so wie der, den Christine Berchinger in ihrem Karton hatte.«

Er sah Lyn an. »Die Aachener Kollegen sind auf dem Weg zu ihr, und zu ihrem Exmann. Was wohl in ihnen vorgehen wird? Werden sie ihr Glück fassen können? Sie bekommen ihr Kind zurück.«

»Ich kann nur hoffen, dass die Ärzte die Berchingers entsprechend vorwarnen«, erwiderte Lyn. »Elisa wird die Freude kaum erwidern. Ihre Eltern sind ihr fremd. Ich ...« Sie kam nicht dazu, den Satz zu beenden, denn von oben durch die Luke erklang Karin Schäfers aufgeregte Stimme.

»Lyn! Hendrik! Kommt hoch! Das müsst ihr euch unbedingt ansehen.«

Der kleine Tierfriedhof sah aus, als hätte dort ein riesiger Maulwurf gewütet. Frische schwarze Erde häufte sich neben ausgehobenen Löchern. Die verwitterten Kreuze lagen daneben. Drei Polizisten waren dabei, den Tierfriedhof umzugraben.

Wilfried Knebel stand mittendrin und winkte Hendrik und Lyn zu sich heran. »Sönke Rimmer hat hier jede Menge Viecher vergraben. Aber ... *das* ist kein Tier«, sagte er und deutete in eine der ausgehobenen kleinen Gruben.

Lyn schluckte. Sie musste sich zwingen, einen Blick auf die freigelegten graubraunen Knochen zu werfen. »Du meinst ...« Sie sah Wilfried an.

Der nickte. »Menschlich. Der Größe nach ein kleines Kind. Der Rechtsmediziner ist bereits unterwegs.«

Hendrik schüttelte ungläubig den Kopf. »Unfassbar! Und in den anderen Löchern waren Tiere?«

Wilfried nickte. »Dies ist das einzige menschliche Skelett. Jedenfalls unter den Kreuzen. Wir werden den ganzen Hof umgraben müssen, um zu sehen, ob er noch weitere Kinder vergraben hat.«

Er sah Lyn an. »›Peter musste sie eingraben.‹ Das waren die Worte Sönke Rimmers, mit denen wir nichts anfangen konnten. Er wird dieses Kind gemeint haben.«

Lyn starrte in das kleine Grab. »Aber … wer ist sie?«

ACHTZEHN

»Bah!«, angewidert schob Wilfried seinen Becher zur Seite, »wer hat diesen Kaffee gekocht?« Sein Blick glitt über die Kollegen am Tisch im Besprechungsraum.

»Ich dachte, wir könnten alle etwas Starkes gebrauchen«, bekannte Hendrik sich schuldig.

»Ich hol mal heißes Wasser«, sagte Lyn, nachdem sie einen Schluck aus ihrem Becher probiert hatte. »Eine schlaflose Nacht pro Woche reicht mir.«

Während sie in der Teeküche den Wasserhahn laufen ließ, um auf heißes Wasser zu warten, fiel ihr Blick auf die Tageszeitung, die einer der Kollegen auf der Spüle abgelegt hatte. Die Geschehnisse auf dem Rimmer-Hof beherrschten die regionalen Medien. Das Monster war gefasst. Sönke Rimmer alias Peter Pan, der für die Medien Robin Hood blieb.

Lyns Gewissen schlug an, als ihr die Schlagzeilen der letzten Woche einfielen. »IST ROBIN HOOD EIN SCHLACHTER?«

Markus von Böhlings Ruf war wiederhergestellt. Er musste unendlich erleichtert sein, dass der Täter gefasst war. Und sicherlich unendlich wütend, dass sie an ihm gezweifelt hatte. Lyn seufzte.

Als Lyn ins Besprechungszimmer zurückging, drückte Birgit, heute in überdimensionaler lila Strickweste, ihr ein Fax in die freie Hand. »Das ersehnte Schreiben von der Rechtsmedizin. Nimm es bitte gleich mit, Lyn. Wilfried hat mich heute Morgen bereits zehn Mal gefragt, ob es endlich da ist.«

Die Runde im Besprechungszimmer hatte Kaffee und Wasser vergessen, als Lyn Wilfried das Papier vorlegte.

»Und?«, stieß Karin aus, »was hat die DNA-Untersuchung der Knochen ergeben?«

Wilfrieds Blicke huschten über das Fax. Über seine Brille guckte er in die Runde. »Das tote Kind auf dem Tierfriedhof war ein Mädchen. Um die vier Jahre alt. Vor circa fünfundzwanzig Jahren gestorben. Das haben die Analysen ergeben. Und: Sie war eindeutig die Schwester von Sönke Rimmer.«

»Ich wusste es«, flüsterte Lyn, »nur so ergeben seine Andeutungen einen Sinn.«

»Die Todesursache war nicht mehr feststellbar«, las Wilfried weiter, »aber, und das ist interessant, sie hatte missgebildete Gliedmaßen.«

»Hat er sie deswegen umgebracht?«, warf Thilo in den Raum.

Lyn starrte ihn an. »Nein«, sagte sie, »nein, das glaube ich nicht. Ich glaube nicht, dass Sönke Rimmer seine Schwester getötet hat. Er hat gesagt, dass er sie eingraben *musste.*

Und«, sie blickte jetzt Wilfried an, »erinnerst du dich an seine anderen Worte? Er hat gesagt: ›Sie hat Anna eine Tüte über den Kopf gezogen.‹« Lyn blickte in die Runde. »Ich glaube, dass er seine Mutter mit *sie* meinte. Monika Rimmer hat ihre Tochter Anna getötet.«

»Aber warum hat sie sie nicht gleich getötet? Die Missbildungen hatte sie doch von Geburt an. Warum hat sie vier Jahre gewartet?«, fragte Thilo.

Lyn schüttelte den Kopf. »Sie hat sie nicht wegen ihrer Missbildungen getötet. Sie hat sie getötet, weil sie nicht mehr für sie sorgen konnte. Monika Rimmer hatte Krebs. Sie starb 1986. Vermutlich kurz nach dem Kind. Ich glaube, dass der Bruder von Monika, Gerd Rimmer, der Vater von Sönke Rimmer und seiner Schwester ist.«

»Inzucht?«, hakte Karin nach.

Lyn nickte. »Die Inzestgerüchte gab es früher schon. Das würde vielleicht auch die Missbildungen bei der Schwester erklären.«

»Und das würde auch die Worte von Sönke Rimmer in ein helleres Licht rücken«, sagte Wilfried.

»›Er hat sie versteckt. Er hat das Zimmer gebaut‹«, wiederholte Lyn die Worte Sönke Rimmers und nickte Wilfried zu. »Das ergibt Sinn, wenn Gerd Rimmer sich seiner Tochter schämte. Er hat sie im Kellerverlies vor der Welt versteckt. Nur Monika und Sönke wussten von ihr.« Lyn schluckte.

»Ich glaube, dass der kleine Sönke seine Schwester sehr geliebt hat. ... Und seine Mutter hat die Kleine mit einer Tüte erstickt, bevor es mit ihr zu Ende ging. Kein Wunder, dass er Mutter und Onkel so sehr gehasst hat. Er musste seine eigene Schwester wie ein Tier vergraben.«

»Musste Nele darum sterben?«, fragte Karin Schäfer gedankenverloren, »weil sie mit ihrer Blutung vom Mädchen zur Frau wurde? Zu einer potenziellen Mutter?«

»Ich denke, dass es so war«, gab Lyn ihr recht.

»Die ganze Wahrheit werden wir nie erfahren«, sagte Wilfried, »alle Beteiligten sind tot.«

Hendrik spielte gedankenverloren mit seinem Kaffeebecher. »Wenn Sönke Rimmer nicht so Schreckliches getan hätte, könnte man ihn fast bedauern. Er ist auch eine Art Opfer.«

»Apropos Opfer«, warf Thilo ein, »wie geht es Dirk Bolthagen?«

Wilfried gab einen großzügigen Schubs Wasser in seinen Kaffee. Er sah nicht Thilo, sondern Lyn an, während er sprach. »Ich habe heute Morgen mit dem Krankenhaus telefoniert. Nach menschlichem Ermessen ist er über den Berg. Wahrscheinlich kann er schon morgen die Intensivstation verlassen.«

Lyn legte ihre zur Faust gepresste Hand an die Brust und schloss die Augen. »Gott sei Dank!«

Als Lyn um siebzehn Uhr das Polizeihochhaus verließ, standen Wilfried und Hendrik vor der Tür und unterhielten sich.

»Feierabend, Lyn?«, fragte Wilfried lächelnd.

»Eigentlich ja«, antwortete sie, »aber ... mich quält etwas, Wilfried. Ist es okay, wenn ich zu Markus von Böhling fahre und mich im Namen der Polizei bei ihm entschuldige?«

»Ich hätte selbst drauf kommen können«, nickte Wilfried, »immerhin war es ein Polizist, der gegenüber der Presse geplaudert hat. Eine Entschuldigung ist das Mindeste, was wir ihm schulden.«

»Ja ... dann fahr ich mal«, sagte Lyn, und ihr Blick glitt zu Hendrik, der noch keinen Ton von sich gegeben hatte, »bis morgen.«

Als sie sich umdrehte und zum Parkplatz ging, hörte sie, wie Hendrik sich hastig von Wilfried verabschiedete.

»Lyn!«

Zögernd drehte sie sich um. »Blute ich schon wieder?« Sie fasste sich an die Stirn.

»Hör auf mit dem Unsinn«, stieß er ärgerlich aus, »ich ... ich nenne dich sonst auch Lyn.«

»Nein, tust du nicht.«

»Na gut, vielleicht hast du recht«, seine grauen Augen suchten ihren Blick, »vielleicht nenne ich dich tatsächlich nur Lyn, wenn ich mir Sorgen mache.«

»Sorgen? Worüber?« Verblüfft musterte sie sein ernstes Gesicht.

»Fahr nicht zu ihm, Lyn!«

Lyn brauchte zwei Sekunden, um zu verstehen. »Redest du etwa von Markus? Er wird mich schon nicht auffressen.«

»Genau das wird er«, stieß Hendrik aus, »mit Haut und Haar und Herz. Ich habe schließlich gesehen, wie er dich angeguckt hat. Er will dich!«

»Hendrik Wolff! Du bist so ein Spinner!« Wütend drehte sie sich um. »Ich fahre jetzt zu Markus von Böhling.«

Lyns Herz klopfte, als sie den Klingelknopf drückte. Was würde er denken, wenn er sie hier vor seiner Wohnungstür stehen sah? Sie war in Versuchung, auf der Ferse umzudrehen, aber in diesem Moment wurde die Tür von innen aufgezogen.

Barfuß, in Jeans und Hemd, starrte er sie an. Sie konnte das Erstaunen in seinen Augen wachsen sehen.

»Tja, also ...«, lächelte sie unsicher, »ich war gerade noch in der Gegend, und da dachte ich, ich guck einfach mal rein, bevor ich nach Hause fahre. Aber, war vielleicht 'ne blöde Idee. Ich meine, so ohne anzurufen und so. Du hast ja vielleicht auch etwas vor oder ... so.«

Lyns Wangen brannten, während sie sich selbst verfluchte. Was faselte sie da eigentlich?

Das Funkeln, das jetzt in seine Augen trat, verstärkte ihre

Unsicherheit noch mehr. Abrupt drehte sie sich um. »Vergiss es einfach«, sagte sie und war schon an der Treppe.

Aber sie kam nicht dazu, einen Schritt hinunterzugehen. Warme Hände packten sie an der Schulter und drehten sie um. »Ich dachte, du wolltest zu von Böhling?«

»Da … da war ich auch«, sagte sie leise, »wir haben zwei Stunden geredet. Und wir sind wieder Freunde … Nur Freunde. Das … das wollte ich dir nur sagen. Mehr nicht.«

Das Funkeln in seinen Augen verstärkte sich. Er beugte seinen Kopf. Seine Lippen waren nur Millimeter von ihrem Mund entfernt. »Mehr nicht?«, flüsterte er. »Bist du ganz sicher?«

Lyn schluckte. »Was … was soll ich schon sagen«, flüsterte sie zurück, »außer … dass die Schmetterlinge in meinem Bauch langsam überhandnehmen?«

Er lachte auf. »Ich hatte eher an ein ›Bitte‹ gedacht. Aber«, seine Finger umschlossen ihren Kopf, »das mit den Schmetterlingen gefällt mir noch sehr viel besser, Bavaria.«

»Dann küss mich endlich, Hendrik Wolff, oder …«

Warme Lippen auf ihrem Mund beendeten den Satz.

»Es ist wirklich nett hier«, sagte Claudia Johannson und blickte sich im Itzehoer Café Ramm um. »Und dieses Beerentörtchen ...« Genussvoll stach sie mit der Gabel in die mit Brombeeren gespickte Creme.

»Ich freue mich, dass Sie meiner Einladung gefolgt sind«, sagte Lyn lächelnd.

»Eigentlich müsste ich *Sie* einladen«, murmelte Claudia Johannson, »ich war, glaube ich, nicht immer sehr freundlich zu Ihnen, oder? Sie ... Sie haben immer nur Ihren Job gemacht.«

Lyn lächelte. »Ob Sie es mir nun glauben oder nicht. Ich hatte immer Verständnis für Ihre Reaktionen in der Vergangenheit. Und jetzt ... ich möchte nicht überheblich klingen, Frau Johannson, aber ich muss Ihnen sagen, dass ich sehr stolz auf Sie bin.«

Claudia Johannson traten die Tränen in die Augen. »Sie ist so wundervoll. Und ich bin über alle Maßen froh, dass ich mich mit ihr getroffen habe. Ich danke Ihnen, Frau Harms, dass Sie mich überredet haben.«

»Ich wusste einfach, nachdem ich Elisa besucht hatte, dass sie Ihnen guttun würde. Wie entwickelt sich die Beziehung zwischen ihr und ihrer Mutter?«

»Elisa nennt ihre Mutter beim Vornamen. Nicht Mama. Elisas Therapeut konnte Christine Berchinger auch kaum Hoffnung machen, dass sie sie jemals wieder Mama nennen wird.«

Lyn nickte. »Sie hat gelernt, dass eine Mama böse ist. Sönke Rimmer hat die kleinen Seelen vergiftet.«

»Christine Berchinger hatte aber auch einen Erfolg zu vermelden: Elisa nennt sich selbst nicht mehr nur Anna. Sie fängt an, sich Elisa-Anna zu nennen. So, wie Christine es macht. Es hat über ein Jahr gedauert.«

»Was will man erwarten? Sie war viel zu klein, als er ihr ihren Namen raubte. Sie war immer Anna.«

»Wie Nele.«

»Kleine Anna und Große Anna. Ist es ein Trost für Sie, dass die beiden Mädchen sich hatten?«

»Wie sollte es nicht.« Claudia Johannson liefen die Tränen über das Gesicht, aber sie lächelte dabei. »Elisa hat mir so viel erzählt! Sie hat sechs Jahre mit Nele gelebt, ich keine drei.«

Claudia wischte die Tränen mit dem Handrücken fort, aber sie liefen fortwährend, während sie weitererzählte. »Sie hat geplappert, wie ihr der Kindermund gewachsen ist. Das war das Schöne. Kein Erwachsener hätte mir all die Kleinigkeiten so authentisch erzählen können wie Elisa. Sie und Nele haben gern Marmorkuchen gegessen. Nele mochte kein Pfefferminz, genau wie ihre Geschwister. Geliebt hat sie Erdbeeren, Rühreier und Schokolade. Das mit den Eiern hatte sie auf jeden Fall nicht von mir … Ihr Lieblingsmärchen waren die Bremer Stadtmusikanten. Wenn sie hätte lesen können, wäre sie bestimmt so eine Leseratte wie ich geworden … Ihre Lieblingsfarbe war Gelb …« Claudia stockte. »… wie die Sonne, die sie kaum gesehen hat.«

»Die beiden haben viel gezeichnet«, warf Lyn ein.

Claudia nickte. »Elisa hat die Zeichnungen geholt, die Ihre Leute in dem … Raum … von den Wänden genommen haben. Sie hat zwei Stapel gemacht. Einen mit ihren Bildern und einen mit Neles. Sie können sich nicht vorstellen, was das für mich bedeutet hat. Diese Bilder haben Nele ein Stück weit lebendig gemacht. Und was das Schönste war: Es waren keine traurigen Bilder. Im Gegenteil. Sie waren bunt, mit Märchenfiguren und Tieren und Blumen.«

Für einen Moment stockte Claudia Johannson. »Es … es waren auch viele Zeichnungen mit … ihm … dabei.« Sie begann wieder zu weinen. »Sie hat ihn geliebt und er … er hat sie einfach getötet.«

Lyn strich über Claudias Hand. An dieser Aussage gab es nichts zu beschönigen.

»Ich hätte die Zeichnungen so gern mitgenommen«, sagte Claudia, »aber ich durfte nicht. Elisa hat auf meine diesbezügliche Frage alle Bilder schnellstens eingesammelt und wieder in ihr

Zimmer gebracht. Christine Berchinger wird davon Farbkopien anfertigen und sie mir geben, die Originale bleiben bei Elisa. Ihr Therapeut hat gesagt, dass sie die Bilder braucht. Zum Verarbeiten. Sie wird sie mir geben, wenn sie älter ist und versteht, was die Bilder für mich und meine Familie bedeuten ... Bis dahin darf ich so oft kommen, wie ich möchte, und Elisa besuchen und mit ihr über Nele sprechen. Für Elisa ist das Teil der Therapie ... und mir tut es gut. Das weiß ich jetzt ... Am kommenden Sonntag werden Elisa und ihre Mutter uns besuchen.«

Claudia Johannson blickte kurz zu Lyn, dann aus dem Caféfenster in den Himmel. »Ich glaube, ich werde einen Marmorkuchen backen.«

Dank

Dieses weiße Blatt verleitet dazu, es mit ein paar Worten des Dankes zu füllen:

Danke, Laura! Für deinen Zuspruch, für konstruktive Kritik, für deine Hilfe, wenn Mamis Computerkenntnisse mal wieder am Ende waren, und für das tolle Cover-Foto!
    Danke, Esther! Für deine Krimibegeisterung. Du bist mein Fan der ersten Stunde.
    Danke, Ralf! Dafür, dass du den Computer noch nicht aus dem Fenster geworfen hast.

Kriminalhauptkommissar Dirk Brackert hat dafür gesorgt, dass meine Fantasie im Bereich der kriminalpolizeilichen Ermittlungsarbeit nicht außer Kontrolle geriet, auch wenn er das eine oder andere Auge zukneifen musste. Danke, großer Bruder!

Für fruchtbaren Gedankenaustausch in Sachen Schreibhandwerk und die Hilfe beim Leeren diverser Rotweinflaschen geht mein Dank an Anja Marschall.

Meinem Agenten Dirk Meynecke, meiner Lektorin Hilla Czinczoll sowie dem gesamten Team des Emons Verlages danke ich für die äußerst angenehme Zusammenarbeit.